光文社文庫

長編刑事小説

新宿鮫

新宿鮫1

新装版

大沢在《あり》昌《まさ》

光　文　社

この作品はフィクションであり、特定の個人、
団体等とはいっさい関係がありません。

著者

新宿鮫

新宿鮫1

解説　北《きた》上《がみ》次《じ》郎《ろう》

1

悲鳴は、鮫島《さめじま》が脱《ぬ》いだジーンズとポロシャツをたたんでいるときに聞こえた。鮫島は一瞬手を止めたが、ロッカーの扉《とびら》を閉め、鍵《かぎ》をかけた。鍵はマジックテープのついたリストバンドで、手首に固定する仕組みだ。

バスタオルを腰に巻き、ロッカー室を出たところで、再び悲鳴が聞こえた。

ロッカー室が面した廊下のつきあたりには、サウナ風呂がある。その手前に、休憩室と仮眠室があった。

悲鳴は仮眠室からだった。

仮眠室は二十畳ほどの広さだが、電球がひとつしか点《とも》っておらず、ひどく暗い。

新大久保《しんおおくぼ》の駅に近い、雑居ビルの最上階にあるサウナだった。鮫島がこのサウナに足を踏《ふ》み入《い》れるのは、この二週間で五度目だ。

サウナは、その種の趣味を持つ連中にとっては、有名な店だった。風呂から出て、休憩室で互いを値踏《ねぶ》みしあったあと、仮眠室の毛布のあいだにもぐりこむ。

仮眠室からは、いつも激しい息《いき》づかいや規則正しい床の軋《きし》み、あえぎ声が聞こえた。

鮫島は仮眠室の前で立ち止まった。その暗がりから転げるように若い男がとびだしてきた。

頬《ほお》が赤くなり、鼻孔《びこう》を押えた指の間から血が滴《したた》っている。

「たすけて……」

若い男は這《は》うようにして、鮫島の背後に回りこんだ。泣きべそをかいていた。

鮫島は仮眠室の出入口に目を戻した。大柄な男が、若い男のあとを追うようにして現われた。若い男も、その男も、まっぱだかだった。

あとからきた男は、四十代の初めくらいで、髪を短く刈っていた。若いときは筋肉質だったと思える体に、その後の暴飲暴食を物語る贅肉《ぜいにく》がはりついている。胸や腹は色が白く、腕と首すじから上が、よく日に焼けていた。

男は鮫島に気づくと、立ち止まった。

「なんだよ」

低い声でいった。楽しみの邪魔《じやま》をされ、怒っているようだ。鮫島が無言でいると、のぞきこむようにして鮫島の顔をにらんだ。

「なんか、文句あるのか」

鮫島を若造《わかぞう》と判断したようだ。三十六の鮫島は、実際の年より十近く若く見える。理由は、後頭部からえりあしの少し下にまでかかる長いうしろ髪だ。体にも贅肉が少なく、ほっそりとした印象を与える。ほぼ毎日、ジョギングをつづけている成果だが、決して貧弱な体つきをしているわけではない。

鮫島は、足にしがみついて震《ふる》えている若い男を見おろした。

「なんだ、てめえ。いいたいことがあるのか」

「そういうたちなのか」

鮫島は、男を見つめ、おだやかにいった。

「なんだと？」

「殴《なぐ》ってするのが、好きなたちなのか？」

「だからなんだよ。人が好《す》き好《ず》きでやってることに口だすんじゃねえ」

男は一歩踏みだした。鮫島は動かなかった。男が鼻白《はなじろ》むのがわかった。

鮫島は若い男に訊《たず》ねた。

「好きか、殴られてするのが」

「いやだよう、痛いのきらいだよ」

若い男は激しく首をふった。鼻血が、鮫島の足の甲《こう》に散った。

「きらいだってさ」

鮫島は男に目を戻した。

「この野郎……」

男は急にたんたんとした口調になった。

「ずいぶん、でけえ口きくな、ん？」

首を倒し、鮫島の顔、体をじろじろと見つめた。男の目が自分の左手や頰のあたりに集中して注《そそ》がれるのを感じた。

鮫島は、男の職業に見当がついた。やくざではない。やくざならば、こうしたやりとりをする前に、手がでている。

「おまえ、ここに来るってことは、それなりにワケがあんだろう。いいのか？　そんなでけえ口きいて、ん？」

鮫島は黙っていた。

「俺はよ、楽しくあそびたくてきてんだよ。おめえみてえのに邪魔されると、仕事のことを思いだしちまうんだよな。どっかで見たツラじゃねえかと思ってさ……」

「そうかい」

「そこにちょっと、いてくれや。え？　逃げんなよ」

もう若い男は眼中にないようだった。犬でも追うように、若い男を蹴《け》り、ロッカー室に歩いていく。着がえているサラリーマン風の男をつきとばし、ふりかえった頰にほくそ笑《え》みがあった。

鮫島がその場を動かないのを見て、満足げに歯をむきだした。ロッカーキィを手首から外《はず》し、ドアを開く。

「行ってろよ」

鮫島は若い男にいった。

「え？」

「休憩室にでも行ってろ」

「でも……」

「鼻を冷《ひ》やしてこい」

男が開いたロッカーに片手をつっこむのを見ながら、鮫島はいった。

「すいません」

若い男はおずおずと鮫島から離れた。不安と怯《おび》えが、血でまだらになった、色白の端整《たんせい》な顔に浮かんでいる。

男が戻ってきた。手に黒皮の警察手帳をつかんでいた。

「お」

獲物《えもの》がいなくなったことに気づき、男は立ち止まった。だが、あとを追うことはせず、手帳を鮫島の顔の前につきだした。

「だから？」

それが鮫島の返事だった。

「なめんじゃねえぞ！　小僧！」

男は怒りを爆発させた。手帳を見れば、鮫島がたじろぐと思ったのが、あてが外れたようだ。

手帳を鮫島の頬に叩《たた》きつけようとした。一瞬早く、その手首を鮫島はつかんだ。

「上等じゃねえか、この野郎！　署《しょ》に来てもらおうか。叩きゃ、なんか出るだろう」

男は手をふりほどき、鮫島の首をつかんだ。鮫島の顔をひきよせる。

「やめとけよ。そんなもの珍しかねえよ」

ひきよせられるままにしながら、鮫島はいった。

「なに？」

男は鮫島の目をのぞきこんだ。そのときになって、ようやく何かを感じとった。

一見、二十七、八の若造に見える、長髪の男の目の中に、見かけとはちがう何かを嗅《か》ぎつけた。そして、鮫島の正体に気づいた。

「てめえ——」

男は息を吸いこんだ。

「う、嘘《うそ》だろ」

「人の縄張り踏みこんで、帳面ちらつかすんじゃねえよ」

鮫島は、男の手をゆっくりと首からはがした。手首を強く締《し》めつけてやる。男の顔には、しまったという表情が浮かんでいた。

鮫島がその目をまっすぐ見ると、男は視線を床に落とした。

口もとがわなないている。

「あ、あの野郎がさ、どうもおぶやってんじゃねえかと思ってさ、つい調べようって……」

「すっぱだかで入るサウナ風呂で板《いた》の間《ま》稼《かせ》ぎか？」

男は口をつぐんだ。瞬《まばた》きをして、あせったようにいった。

「ど、どこだよ、新宿《しんじゅく》か？」

「俺がいえば、あんたもいう。マズいのじゃないか？」

「そ、そうだな。マズいよな。こんなところでハダカのつきあいしちゃな……」

鮫島は男の手を離した。

「悪さすんなら、地元でやってくれ」

男は言葉につまった。

「あばよ」

鮫島はいった。男が口を開いた。

「あばよ」

鮫島はもう一度いった。

男は口を閉じた。くやしげな表情が暗い翳《かげ》となって、一瞬その顔をよぎる。が、何もいわずに、あとじさった。数歩離れたところでくるりと向きを変えると、ロッカー室にとびこんだ。

ロッカーを開け、鮫島を幾度もふりかえりながら、下着をつける。

男が羽織《はお》ったワイシャツにネクタイをひっかけるのを見届け、鮫島は歩きだした。

サウナ室をのぞき、温水と冷水のある風呂場をのぞく。捜《さが》している顔はなかった。

仮眠室の前まで戻った。

中に入って捜すのは、毎度のことながら、厄介《やっかい》だった。

もつれあっている男同士の仲間にひきずりこまれそうになったり、ノゾキとまちがわれて怒鳴《どな》られたことが幾度もある。

仮眠室にも、捜している男はいなかった。

休憩室には、長椅子《ながいす》が並び、テレビがつけっぱなしになっている。

裸足《はだし》に蝶《ちょう》ネクタイの制服をつけたボーイが、飲み物や軽い食事をだすカウンターによりかかってテレビを眺めていた。

かたわらに貼《は》り紙《がみ》がある。

『ボーイの仕事には、お客様へのサービスは含まれておりません』

長椅子に寝ころがっている幾つかの顔を見渡すと、鮫島は奥にある化粧台の並んだ部屋に入った。安物の化粧品の匂いがした。

鏡と洗面台が一列に並び、化粧品をおく棚が蛇口《じやぐち》の上に作られている。若い男は、一番奥にある化粧台の前にすわりこんでいた。

鼻血はもう止まったようだ。鏡の中の腫《は》れた顔を、なさけなさそうに見つめている。

鮫島が背後に立つと、はっとしたようにふりかえった。

「奴《やつ》は帰った」

「よかった」

鮫島が言葉少なにいうと、若い男は両手で顔をはさんでつぶやいた。

「よく来るのか、ここに？」

鮫島は訊ねた。

「ううん」

若い男は首をふった。

「月に一度か、二度。どうして？」

いい、どうしてが、舌足《したた》らずの甘えた口調《くちよう》になった。

「奴とは初めてか？」

「ウン」

こっくりと頷《うなず》いた。

「でも、前に見たことあった。細いのが好きみたい。あんなだとは思わなかった」

鮫島はあたりを見回した。化粧台を使っている者は、他にはいない。

「木津《きづ》という男を知らないか。痩《や》せてるが、よく日に焼けてて、左肩に刺青《いれずみ》がある」

「どんな刺青？」

「蠍《さそり》の刺青だ」

若い男は目をみひらいて、鏡の中の鮫島を見つめた。

「あなたの彼氏？」

「の友だちだ」

鮫島は目をそらしていった。

「そう……」

不意に膝《ひざ》の裏側を撫《な》でられ、鮫島は下を見た。若い男が右手の親指の爪《つめ》を立て、鮫島の膝の裏側をこすっている。

「知ってる。それに、あんた好き」

鮫島は顎《あご》の先をかいた。

「悪いな。今日は時間がない。今度会おう。どこで木津に会った？」

「いつ？」

「来週はどうだ？」

「来週はいつ？」

「今日と同じ金曜」

若い男はこっくりと頷いた。

「今日と同じ頃。待ってるからね」

「で、木津に会ったのは？」

「西新宿《にししんじゅく》の『アガメムノン』て店。刺青、見せてくれた」

「したのか？」

若い男は首を振った。

「恋人と一緒だった」

「君がか？」

「あっち」

「そうか」

鮫島は頷いて、若い男の薄い肩に手をおいた。若い男はその上に自分の掌《てのひら》を重ね、にっこりと笑った。

「今度ね」

「ああ……今度な」

若い男の股間《こかん》が力を得ているのに気づき、鮫島は再び目をそらした。体格に似あわず、その大きさは、さっきの男の倍近くある。

ロッカー室に戻った。男はいなくなっていた。

鮫島は自分の借りたロッカーを開き、ブリーチのジーンズと白いポロシャツを着けた。

腕時計は午後九時十分を指していた。それを見たとき、約束を思いだした。

「フーズ・ハニイ」のライブが九時に終わる。そのあと晶《しょう》を迎えにいく約束だった。

アンコールが三曲、十五分として、楽屋に戻り、楽器の始末などでバタつくのに十分。九時半にはライブハウスに辿《たど》りついていないと、晶は機嫌を悪くする。今夜のことは、三週間前からの約束だった。

守れない約束はするな、が晶の口癖《くちぐせ》だった。約束をしたあげく破れば、厳しい追及を受けることになる。しかも今夜のことは、珍しく鮫島のほうからいいだしたのだ。

鮫島は靴をはくとエレベーターに乗りこんだ。約束は、今朝の時点で完全に忘れていた。むろん、それを晶に告げるわけにはいかない。晶の癇癪《かんしやく》はバンド仲間でも有名だ。以前、酔ってライブハウスにまぎれこみ、晶の歌の前奏を邪魔したチンピラの頭を、酒壜《さかびん》で殴りつけたことがある。

ビルを出て、鮫島はつかのま迷った。晶のライブがあるＴＥＣホールの入ったＴＥＣ会館《かいかん》は歌舞伎町《かぶきちょう》二丁目だった。場所でいえば、新大久保駅と新宿駅の中間、やや新宿よりといったところだ。

タクシーではかえって間にあわない。歩くか、それとも山手線で新宿までひと駅乗るか。東口から歌舞伎町に抜ける歩道が混雑しているのは目に見えていた。

そのとき、高田馬場《たかだのばば》の方角からやってくる内回りの山手線の緑の車輌《しゃりょう》が目に入った。

鮫島は走りだした。車輌はホームに入りかけている。

切符を買う余裕はなかった。ジーンズのヒップポケットから警察手帳をひきぬき、改札の駅員に見せて、階段を駆けあがる。

電車はホームで停止し、扉を開いたところだった。飛び乗った直後に扉が閉まった。

汗が背中に噴きだした。サウナ風呂に行って、結局、洋服を脱いで着ただけだ。

だが、それなりの結果は得た。

鮫島は扉にもたれかかると、近づいてくる新宿の街並みを見おろした。

歌舞伎町は、あいかわらずの人間量だった。新宿通り周辺の人出はさほどでもないが、新宿三丁目のマクドナルドの横に達したあたりから、人の流れが急速に悪くなる。靖国通《やすくに》りを歌舞伎町方面に渡る横断歩道前には、信号待ちの人波が、群《むら》がるように立ち止まっていて、歩道から完全にはみだしている。

ただふだんの週末と大きくちがうのは各交差点周辺に立つ、制服警官の数だった。明日の土曜日に、新宿御苑《ぎょえん》でおこなわれる国賓《こくひん》園遊会のための警備だ。新宿通り、靖国通り、明治《めいじ》通りを中心として、主要幹線道路に配された警官の数は、どれぐらいにのぼるだろう、と鮫島は思った。新宿区内だけで千人は下らないにちがいない。

制服警官の配置は、御苑周辺にとどまらず、東京都区内、ほぼ全域に及んでいる。特に検問等で警戒が厳しいのが、新宿区と大使館が集中する港《みなと》区内だ。その規模は、大喪《たいそう》の礼《れい》に匹敵《ひってき》し、警視庁管内の警官だけでは足りず、近隣三県、千葉、埼玉、神奈川の各県警からも応援を要請《ようせい》したほどだ。

「お巡りだらけじゃねえの」

歩行者信号が青に変わるのを待つ間に、誰かがいうのが、鮫島に聞こえた。

「いいじゃねえか。安心して飲めるぜ。ヤッちゃんもおとなしくしてんじゃない」

「まあな。でもよ――」

あとの言葉は聞きとれなかった。信号が変わり、人波は巨大な力でうしろから押しやられたように靖国通りになだれこんだ。

鮫島は腕時計を見た。九時二十七分。晶が、そろそろ鮫島を捜しはじめる頃だ。

鮫島は、欠けた櫛《くし》の歯のように横断歩道でところどころ停止している車の列を縫《ぬ》って走りだした。靖国通りは、人だけでなく車も渋滞《じゅうたい》している。最大の原因は違法駐車だが、各大きな交差点手前に配された、検問用の機動隊バスも車線を塞《ふさ》いで、拍車《はくしゃ》をかけていた。

コマ劇場前に向かう道は、夜の新宿で最も人の多い通りだ。

パチンコ、ゲームセンター、居酒屋、喫茶店、ラーメン屋、のぞき部屋、レストラン、ファッションマッサージ、眼鏡屋《めがね》、中華料理屋、キャバレー、麻雀荘《マージャンそう》、クラブ、サラ金、暴力団事務所がひしめきあっている。

そのすべてが雑居《ざっきょ》ビルに吸収され、落ちついたバーの上階にファッションマッサージが、眼鏡屋の地下にディスコがあり、喫茶店の下の麻雀屋が形を変えた暴力団の事務所だったりする。

通りは進む人間と出る人間で溢《あふ》れかえり、そのゆっくりとしたスピードを上回る速度で歩くのは、ほとんど不可能に思えた。人の列からはみだせば、キャバレーの呼びこみや、ゲームセンターの回転看板につきあたる。

歌舞伎町をめざしている人波の歩みは、靖国通りをこえたとたんに、安心したようにぐっと遅くなる。歩くことそのものが、歌舞伎町をめざした目的だったかのようだ。

それでも鮫島は、アベックの間をすりぬけ、酔ったサラリーマンの肩をやりすごし、長い髪をはねあげる娘たちの、その髪先をかわして急いだ。アルコールと食物と空調のほこりの混《こ》じった匂《にお》いが、香水と体臭を吸収し、歌舞伎町の奥に向かうにつれて、新宿の匂いを濃くしていく。

めざすTEC会館が歌舞伎町広場の向こうに見えてきたとき、鮫島は立ち止まった。

ゲームセンターの前に小さな人だかりができていた。人だかりはすぐに顔ぶれがいれかわる。

喧嘩《けんか》だ、それもやくざがからんだ喧嘩だと鮫島は直感した。カタギ同士の喧嘩であれば、人だかりはあっというまにふくれあがる。

だが新宿では、やくざのからんだ喧嘩は、人だかりは常に小さい。かかわりあうことをおそれ、通行人は一瞬しか足を止めることをしない。立ち止まっていたアベックが動き、喧嘩の内容が鮫島にも見えた。

舌打ちしたくなった。それは喧嘩と呼べるものではなく、ただの袋叩《ふくろだた》きだった。うずくまった男を三人の男が囲んで蹴《け》っている。ひとりが襟首《えりくび》をおさえていた。うずくまっている男は顔を伏《ふ》せ、ほとんど無抵抗だった。

蹴っている男のひとりに見覚えがあった。花井組《はないぐみ》の盃《さかずき》をもらっているチンピラだ。あとのふたりも似たような手合《てあ》いだった。

鮫島は素早くあたりを見回した。制服警官の姿はない。

うずくまっている男が戦意を失っていることは明らかだった。チンピラたちも殺すまでする気はないようだ。

馬鹿なことをしたな、まず思ったのはそのことだった。園遊会に備え、新宿署は締めつけにかかっている。マル暴《ぼう》担当は、かなり強く、各組に圧力をかけている。従って、チンピラのほうから、それも複数で、ひとりのカタギに喧嘩を売るようなことはまずしない筈《はず》だ。

殴られている男に連れはいないようだ。逃げたのか、警官を呼びに行ったのか。

もしひとりだとすれば、酔った弾《はず》みか何かで、チンピラどもの逆鱗《げきりん》にふれる真似《まね》をしたにちがいない。目があったくらいでは、地元のチンピラはあそこまでやらない。

鮫島はやくざが嫌いだった。妙な話だが、カタギよりやくざと話があう警官は少なくない。鮫島のように、まったくのやくざ嫌いもいるし、かなり親しくつきあっている人間もいる。

やくざを嫌いなのは、その価値観が嫌いだからだ。やくざとつきあう警官もいる。カタギよりは、よほどわかりあえるというのだ。警察組織とやくざ組織は、一面的には、似た構造があるといえなくもない。

鮫島はため息をつき、やくざたちのほうに足を踏みだした。やくざは暴走族とちがい、痛めつけ方を知っている。

従ってほっておいても、殴られている男は、一～二週間のアザと鼻血くらいですむだろう。

だが、見てしまった以上、鮫島には知らぬふりはできなかった。

殴られている男を助けたおかげで、晶に俺が殴られる――皮肉《ひにく》な考えがちらりと心に浮かんだ。が、それを押しのけ、鮫島は歩みよっていった。

新たに立ち止まった二人連れを回りこんだ。チンピラによる制裁はあらかた終わってお
り、鮫島がかたわらに近づいたときは、花井組の男が最後のひと蹴りをくれようというよ
うに、大きく右足をうしろに引いたところだった。

鮫島は無造作《むぞうさ》に、花井組の男の左足をはらった。背後に注意を向けていなかったチンピ
ラは、軸足《じくあし》を蹴られ、見事に仰向《あおむ》けにひっくりかえった。

「何しやがる！」

「野郎！」

残りのふたりが血相《けっそう》を変えて、鮫島に向きなおった。

「や、やめろ……」

尻《しり》もちをついたチンピラが、鮫島をふりあおぎ、あわてて制止した。

「なんだよ、この野郎」

鮫島の襟首をつかんだひとりの手首を、立ちあがっておさえた。

「勘弁《かんべん》してください、旦那。こいつはまだ知らないんで」

鮫島はそれらにはいっさい注意をはらわずに倒れている男を見おろした。

「なんですか、兄貴、この野郎――」

「いいから、来るんだ、馬鹿っ」

倒れている男には、さほど重大な怪我《けが》を負っている様子はなかった。唇《くちびる》が切れ、鼻血とともに血を流してはいるが、他はそれほどでもない。むしろ、公衆の面前で、いいように小突《こづ》きまわされたという事実にショックを受けている。

珍しいことではなかった。相手がやくざで、しかも複数であっても、こうした盛り場《さかば》で暴行を受けた被害者には常に精神的な痛手《いたで》が残る。体の傷が治ったあとも、盛り場を嫌ったり、やくざや暴走族をひどく恐れるようになったりするのだ。

鮫島は倒れている男の前にかがみこんだ。

「おい、大丈夫か」

男はまだ若く、二十代の半ばくらいに見えた。上唇と顎《あご》の下に、血と涎《よだれ》がこびりついている。固く目を閉じて、低く呻《うめ》いた。

かすかにアルコールの匂いがした。大量の酒は飲んでいないようだが、酔っていることは確かだ。

ジーンズとTシャツの上に、薄手の黒い布でできたショートコートを着こんでいる。コートのポケットからヘッドフォンステレオの黒いイヤフォンコードがとびだしていた。

「おい」

鮫島はもう一度、男の肩をゆすった。男はなにごとかをつぶやいた。ばかやろう、といったようにも聞こえた。

「立てるか」

「うっせえ！」

突然、鮫島の腕を男ははらった。唾《つば》がとんだ。

「ほっとけ！　馬鹿野郎！」

目をみひらいて鮫島を見た。充血した目に涙がにじんでいた。左頬に青黒いアザができつつあった。

交番に連れていくか、そう思ったとき、男はよろよろと立ちあがった。右手を蹴られたわき腹にあて、くの字に体を曲げている。

立ちあがると、男は思ったより長身だった。色白だが、さほど華奢《きゃしゃ》な体つきではない。

「待てよ」

鮫島は男の肩に手をかけた。それを男は激しい力でつかみ、ふりほどいた。鮫島の手に爪の刺《さ》さる痛みが走ったほどだ。

長い前髪がかぶさった目で、男は鮫島を見つめた。翳のある目だった。

「くそが……」

コートのもう片方のポケットが丸めた紙でふくらんでいた。映画のパンフレットか何かのように見えた。

そのまま、男はよろよろと、駅の方角に歩きだした。酔っているせいか、身体に受けたダメージのせいかは、わからなかった。

暗い目が鮫島の印象に残った。

男の背が歌舞伎町の人混《ひとご》みに呑《の》みこまれると、鮫島は右手の甲を見た。

男の爪は、二条の鋭いみみず腫《ば》れを鮫島の手に残していた。

花井組のチンピラたちは、影もなく消えていた。

妙に腹立たしい気分だった。別に感謝の言葉を期待していたわけではない。そんな甘い気持ちは、とうに捨てていた。新宿はよその街とはちがうのだ。

外勤の警官は普通三〜四年の経験で、ようやく一人前といわれる。新宿署では、一年で一人前になる。それだけ事故も犯罪も多い街なのだ。

鮫島が外勤をつとめたのは、十一年も前のことで、それもわずか半年だけだった。しかしその半年で鮫島は新宿署外勤警官のハードさを、いやというほど思い知らされた。

この街には、ふたつの法がある。刑法と暴力だ。住人はたいてい、そのどちらにも精通《せいつう》している。

新宿に住んでいる人間は、例外なく、新宿で食いぶちを稼《かせ》いでいる。そして新宿でシノぐ限り、そのふたつの法には詳《くわ》しいものだ。

鮫島は手の甲に残った傷をなでると歩きだした。野次馬は散り、あとに残ったわずかな見物人が、物珍しげに鮫島を見ている。

ＴＥＣ会館は歌舞伎町交番の斜《なな》め向かいにあった。ＴＥＣホールはその地下二階だ。コマ劇場《げきじょう》、東宝会館《とうほうかいかん》を通りすぎ、交番の角を曲がる。

朝十時までを受けもつ、第二当番の巡査が交番の前に立っていた。鮫島の顔に気づき、敬礼をする。

まだ若い。二十四、五だろう。

歌舞伎町交番に、年配の巡査は配属されない。最年長でも三十五、六というところだ。

鮫島は立ち止まった。今の一件を告《つ》げておくかどうか迷った。

ごたがあった、とひとこと告げればいい。だが、殴られていた男も殴っていた連中も、既に現場にいない。それでなくとも、制服組は、連日の特別警戒で疲れている。誰もいなくなった現場に走らせることはない。

軽く敬礼を返して、ＴＥＣ会館の階段を駆けおりた。

ＴＥＣホールの扉を押すと、がらんとした客席が見えた。光があたっているのは横長のステージだけで、機材の片付けもあらかた終わっている。

晶がステージのへりに腰をおろし、むきだしの長い脚をぶらぶらさせていた。革の大胆《だいたん》なミニスカートに黒のタイツをはいている。

紫のメッシュをいれた前髪をかきあげ、手にしたグラスを口にあてがっていた。

鮫島の姿に気づき、グラスをおろした。

「遅いんだよ、ばか」

口を尖《とが》らせたが、それほど怒っている様子はなかった。ライブのできが悪くなかったようだ。

「悪かったな」

鮫島はステージまで数歩のところで立ち止まり、晶を見あげた。

晶は二十二になる。今の「フーズ・ハニイ」がふたつ目のバンドだ。前のバンドではベースとヴォーカルを兼ねていた。「フーズ・ハニイ」ではヴォーカルのみだ。目鼻だちのはっきりした顔には、気性《きしょう》の激しさがそっくり現われている。衣裳《いしょう》に必要以上のセクシーさを持ちこむことはないが、なみの格好で、じゅうぶんセクシーさを観客に感じさせるだけの体つきをしている。ときどき鮫島が冗談《じょうだん》で「ロケットおっぱい」と呼ぶ、八八センチのバストと六〇に満たないウエストがそれだ。しかもステージにあがるとき、晶はたいていノーブラだ。ブラジャーで締めつけていては、うまくシャウトできない、というのが理由らしい。

二人は一年前に知りあった。

「ミーティングは終わったのか」

鮫島は訊ねた。晶は頷き、グラスをあおった。残っていた氷を口の中に放りこみ、空のグラスをかたわらにおいた。そして足を勢いよくふると、反動をつけて、ステージのへりからとびおりた。

鮫島が受けとめるのを信じた動作だった。事実、鮫島は二歩踏みだして、晶の体を抱きとめた。かすかな汗とコロンの混じりあった匂いのする柔らかな体が、鮫島の胸にとびこんだ。

「おい、無茶《むちゃ》すんな――」

いいかけた鮫島の口を晶の唇が塞いだ。同時に舌が鮫島の歯を開き、角氷を押しこんだ。晶は唇を離し、鮫島の目をのぞきこむと、喉《のど》の奥でくっくと笑った。

「馬鹿」

鮫島は氷を噛《か》みくだいて飲みこみ、ようやくいった。

「おいしいだろう」

ステージの上には、ライブハウスの人間などが何人か残っていた。その目を、晶はまったく気にしていない。

晶はするりと床に立った。

「どこ行く?」

「腹は減ってないか」

「減った。メチャクチャ」

「焼肉でも食うか？」

「うう、いいよ」

「他のメンバーはどうなんだ？」

「奢《おご》ってくれるの」

鮫島は肩をすくめた。

「ライブはうまくいったんだろ」

「八十点」

「上等じゃないか。お祝いしてやろう」

鮫島はステージの奥をのぞきこむように、のびあがった。「フーズ・ハニイ」のメンバーは、晶を別に四人。ドラム、ギター、ベース、キーボードだ。シンプルなロックバンドだった。

「いないよ、皆《み》んな」

「どうした？　わがままな女王様のヴォーカルに愛想《あいそ》つかしたか」

晶はにやりと笑った。

「マッポと飯なんか食いたくねえって」

「このやろう」

鮫島は晶のえり首をつかんだ。

「痛えよう、暴力刑事だ。誰か百十番してくれ」

「ごたごたいうと、ワッパかけて、ハコに連れてくぞ」

「それで奥の部屋でもって、やらしいことするんだろう」

「そうさ。お巡りのアレのすごさを知らねえな。プロレスラー顔負けのタフさだぞ」

「おーおー」

晶は腰をおとして、ツイストを踊ってみせた。膝から上を揺《ゆ》すりながら見あげる。

「いってくれんじゃん」

鮫島は苦笑いして、首をふった。

「最近は、少年係の顔を見るとどきっとする。お前とのことについて説教《せっきょう》されるんじゃないかって」

「冗談。あたしは山の手のお嬢さんなんだかんね」

「行くぞ」

空手チョップを見舞う真似をして、鮫島はいった。

区役所《くやくしょ》通りの焼肉屋を出たのは、十一時を少し回った時間だった。晶とふたりでカルビを四人前、タン塩を二人前、ビールを四本平らげた。

ステージのあとの晶はよく食べる。全身を使って歌うからかもしれない。

　食事の間、晶はライブの話をした。百五十のキャパシティのTECホールは、五十ほど立ち見がでた。晶のバンドは、東京を中心に月に五回はライブをおこなっている。先月、事務所に所属することが決まり、半年以内にデビューアルバムをだす計画がある。三十曲ある「フーズ・ハニイ」のオリジナルは、ほとんど晶が作詞している。そして、そのうちのいくつかの曲の補詞《ほし》を、鮫島が手がけた。

　鮫島と晶は区役所通りを靖国通りめがけ、歩いていった。

＊

　一年前、晶と知りあったとき、鮫島はトルエンの卸《おろ》しグループを追っていた。グループといってもほとんどが十代の終わりから二十代の初めの少年ばかりだ。彼らは皆、中学の同窓生で、どこの組にも属さず、自分らの小遣い稼ぎだけのために、塗料屋からトルエンを盗みだしては、仲間の売人に卸していたのだ。その売人のひとり、十七歳の元暴走族の少年が、地回《じまわ》りに刺されるという事件が起きた。太腿《ふともも》を刺された少年は、失血性のショックで死亡し、刺したやくざは新宿署に自首した。

　卸しグループはそれが原因で解散した。そのリーダー格だった男が、晶の友だちの恋人だった。

　男は、自分ではトルエンをやらず、稼いだ金は、もっぱら自分のバンドの機材やスタジオ費にあてていた。晶の友だちの娘は、自分からそのバンドのマネージャーを買ってでて、クラブでホステスのバイトをしながら給料をバンドにつぎこんでいた。

姿を消した男の足どりをつかむため、鮫島は、晶のアパートに転げこんでいたその娘に会いにいった。

晶はその頃、代々木《よよぎ》の駅に近いワンルームのアパートに住んでいた。

インタフォンに応じてドアを開けたときの晶の顔を、鮫島は生涯忘れないだろう。目の周りには黒いアザが、切れた唇は倍近く、腫れあがっていた。その傷が、逃げているリーダーを追っていたやくざにつけられたものであることを、鮫島はあとになって知った。

「手帳見して」

警官だと名乗ると、晶は開口一番いった。鮫島は、警察手帳の身分証のページを開いた。チェーンロックの間ごしに見せた。

「ひとり？」

「ひとりだ」

「珍しいね。刑事はいつもふたりじゃないの」

晶は腫れた唇をゆがめた。笑ったのだとわかるのに、少し時間がかかった。

「俺はいつもひとりなんだ。誰にやられた？」

「やくざ」

晶はあっさりと答えた。

「どこの？」

「知らない。何の用？」

「秋月《あきづき》美加《みか》って友だちを捜してる」

晶は肩をすくめた。

「待ってて」

ドアが閉まった。次に開いたとき、晶ではなく、秋月美加が戸口に立っていた。

晶は部屋の奥で、ヘッドフォンをつけ、五線紙をにらみつけていた。そのときの晶はジーンズにタンクトップという姿で、秋月美加はミニスカートのワンピースを着けていた。

「入っていいか？」

鮫島が訊ねると、美加は晶をふりかえった。晶は、二人のやりとりにはまったく関心がないように、真剣に五線紙にペンを走らせていた。

「何をやってるんだ？」

「作詞。明日までに、詞をつけなけりゃいけない曲があるの」

美加がかたい表情で答えた。

鮫島と美加は、アパートのせまいキッチンで向かいあった。

「捜してんの、カッ君のこと？」

美加が先にいった。リーダーの名は克次《かつじ》だった。

「捜している」

「パクるの？」

鮫島は頷いた。美加は長い髪をうつむけた顔の前にたらした。両手で髪ごと顔をおおい、動かなくなった。

鮫島は待った。

やがて、おおった手の間から、美加がとぎれ、とぎれ、いった。

「カッ君のこと、あたし、めいっぱい、応援してた。カッ君の音楽、だいすきだし……カッ君、優しくしてくれたし……。追っかけいっぱい、いても、あたしが一番だって、カッ君、いってくれたし。あのことだって、カッ君、バンドのためにやったって……」

「追われているの、知ってるな」

美加は頷いた。

「晶が、きのう、つかまりそうになったあたしを助けてくれた。かわりに殴られて……」

鮫島は晶をふりかえった。晶は難しい顔をして、書きかけた文字を消していた。

「彼女、知ってるのか？」

「何も知らない。あの子、何も訊《き》かないで味方になってくれた。マブダチだからって」

美加は息を吐《は》き、はなをすった。

「でも、もう駄目。カッ君のこと、かばいきれない。カッ君やあたしのために、晶が殴られて……」

「わけも訊かずに、君をかばって、やくざに殴られたのか」

美加は顔をおおったまま頷いた。

「被害届け、出したか」

「出さない。あたし、出してっていった。でも、晶、出したら、あんたたちが困るからって……」

鮫島は、美加が救いを求めていたことを知った。初めは、男をパクられたくなかったのだろうが、今は、やくざにつけ狙《ねら》われている男の身を心配している。つかまったほうが安全だと思っているのだ。

「どこにいる？」

「助けてくれる？　カッ君のこと」

「やってみる。もし嫌なら、君から聞いたことはいわないでおく」

「本当に？」

鮫島は頷いた。

「約束する」

本気だった。

美加は克次の居場所を教えた。吉祥寺《きちじょうじ》にあるライブハウスだった。

「わかった。これから行く」

鮫島は立ちあがった。

「やっぱりあたしも行く！」

美加は弾《はじ》かれたように立った。その顔を見て鮫島は首を振った。

「やめたほうがいい。俺といっしょだと、奴に誤解される」

「嫌だ。連れてって」

鮫島がなおも説得しようとしたとき、

「あたしがいっしょに行くよ」

晶がいった。鮫島は晶をふりかえった。

「君を痛めつけた連中が張ってるかもしれん」

晶は無表情だった。

「殺されるわけじゃないよ。それにデカがいっしょなら平気だ」

「メンを覚えられるぞ、奴らに」

「関係ないね。あたしは、アンパンも売りもやってないからね」

美加ひとりを連れていくよりは、ましな気がした。

「わかった。行こう」

鮫島はいった。

*

鮫島と晶は区役所通りにある小さなゲイバーに入った。元炭鉱夫の〝ママ〟がやっている店で、名前は「ママフォース」という。

時間が早く、店はすいていた。八人かけるといっぱいになるカウンターでは、男がひとり、水割りを前に本を読んでいた。女装したママは、カウンターの内側でやはり足を組み、文庫に目を落としている。

「あら、久しぶりじゃない」

二人が入ると、文庫をたたんで立ちあがった。カウンターの男も、鮫島を知っていた。

「久しぶりだな、飛田《とびた》さん」

鮫島はいって、男のひとつおいた隣りに腰をおろした。

「やな客よ。飲み屋のカウンターでこれ見よがしに判例集なんか広げちゃってさ」

ママが吠《ほ》えるようにいった。鮫島は微笑した。飛田は、国選弁護人だった。西新宿に、友人とふたりで事務所を持つ、刑事専門の弁護士だ。

飛田はにやりと笑った。中背で眼鏡をかけ、髪をきちんと分けている。法廷以外では、決してバッジをつけない弁護士としても知られていた。

「ここもそろそろ地上げ屋が狙ってると聞いてな。用心棒代わりさ」

「冗談じゃないわよ。地上げ屋が来たら、うんと喜んで、札びらで顔はたいてもらうわ。かえって迷惑よ、弁護士なんかにうろつかれちゃ」

飛田の言葉にママはいい返した。晶が飛田に頭をさげた。

「久しぶりです」

「あ、あんたは……。元気そうだね」

克次の弁護をしたのが飛田だった。

「その節《せつ》はお世話になりました」

晶は丁寧《ていねい》な口調でいった。鮫島は晶をにらんだ。

「相手がデカじゃなければ、まともな口もきけるんだな」

「うるせえよ」

が、晶の返事だった。

ママが爆笑しながら、カウンターにジェイムスンのボトルとアイスボックスを並べ、グラスを出した。

つきだしは、ツブ貝の煮《に》つけだった。

「ママ、『アガメムノン』て店、知ってるか」

水割りを手にすると、鮫島はいった。

「知ってるよ」

文庫本に戻りかけたママは、鮫島を見た。

「どんな店だ」

「うちうちでやってる店。フリの客はあんまり入んないんじゃない。ノンケが行けば、すぐばれる」

鮫島はため息をついた。

「店の人間を誰か知ってるか」

「カウンターにいる坊やは、前、二丁目にいた頃から知ってるけど……?」

「手伝ってもらえるかな」

「さあね。ことによるんじゃない」

「ある客が来たら知らせてほしいんだ」

「そいつは難しいね」

「だが俺が行って、あれこれ訊き回るよりマシだろう」

「あんたが来たら、店は喜ばないさ。水商売は、やくざも嫌だけど、お巡りも嫌だからね」

「店に迷惑をかける気はない。こっちは、その客が店を出たところで押える」

「何をやった奴?」

「拳銃の密造」

知らぬふりをして聞いていた飛田がさっと顔をあげた。鮫島はかまわずつづけた。

「そいつの売った銃でひとり死に、ひとりが重傷を負った。三週間前に」

「おい――」

飛田がいった。鮫島はグラスを持ちあげ、水割りを口に含《ふく》んだ。

「奴か」

鮫島はカウンターの奥に目を向けていた。

「左肩にガマンしょった奴か」

鮫島はようやく、飛田を振り返った。

「そうだ。あんたが長六四《ながむし》を値切ったおかげで、去年の暮れ、出てきたんだ。やさがえして、またぞろ、もとの商売に励《はげ》んでる」

長六四とは長期刑のことだ。飛田は鼻白んだ。鮫島はいった。

「だが、あんたのせいじゃない。奴は根っからチャカ作りが好きなんだ。ム所《ショ》にいたって、道具さえあれば、鉄格子《てつごうし》と歯ブラシでチャカを作るだろう。奴は、自分が作っちまえば、あとのことは知っちゃいない。それで人が死のうが、一生、車椅子の体になろうがな」

「ム所に入れるかわりに、両手の指を全部、潰《つぶ》してやればいいんだ」

飛田がなにげなくいった。鮫島は驚いて、飛田を見た。飛田の顔は真面目《まじめ》だった。

「俺は弁護士だが、依頼人すべてが無実だと思ってるわけじゃない。中には、検事の求刑以上の刑を喰《く》らわしてやりたい奴もいる」

「奴がそうか」

「法に照らしてみる限り、奴の求刑四年は重すぎた。それは検事が握《にぎ》ってる奴の罪状に関してだ。法廷で問題になるのは、検事が握ってる罪に関してだけだ。問題は、奴が拳銃を密造したことであって、その拳銃が人を殺したことじゃない。法とは、そういうものだし、俺たちもそれを踏まえてやってる」

「人を殺さなくたって、死刑にしてやりたい奴もいるもんね」

ママがいった。飛田は頷いた。

「その通りだ。人を殺すことは、刑法じゃ最も重い罪だ。だがもっと軽い罪で、もっと非《ひ》道《どう》なことをする奴もいる。病気の我が子の将来をはかなんで殺した親と、年寄りをだまして全財産をまきあげた野郎とじゃ、法の上じゃ、子殺しのほうが罪が重い」

「あんたは、弁護士より判事にむいていたんじゃないか」

鮫島はいった。飛田は苦笑した。

「司法試験に、ケツから数えたほうが早い順番で受かってちゃ、判事にはなれないよ」

鮫島は首をふった。そしてママを見ていった。

「とにかく、『アガメムノン』の坊やと話をつないでくれるか」

＊

吉祥寺のライブハウスは、既に追っ手のやくざたちにも割れていた。鮫島が、美加と晶とともに駅から歩いていくと、あたりに止まった車に見覚えのあるメルセデスが混じっていた。

「待ってろ」

二人を残し、鮫島はメルセデスに歩みより、運転席のガラスをノックした。

張りこませたチンピラの指揮をとっている若頭《わかがしら》が顔をのぞかせた。

「新宿署の者だ」

相手に物をいわせる間を与えず、鮫島はいった。

「ここから車を出して、事務所に帰れ」

若頭は、鮫島の、顔は知っていたが、やくざに対するときの扱い方を知らなかった。

「何で命令すんだ。お前、交通課か？　新宿署なら管轄《かんかつ》、ちがうだろうが」

若い衆を隣りに乗せていたこともあって、強気に出た。

「おりろ」

鮫島は短くいった。若頭は無視して、おろした窓をあげようとした。その瞬間、鮫島は特殊警棒を引きぬいて、サイドウインドウを叩き割った。

特殊警棒は、私服刑事がふだんもち歩くことの多い道具で、太さ二センチ、長さ一五センチほどの金属製の警棒で、それがふりだされることによって、四〇センチにまでのびる。

愛車の窓を叩き割られたやくざは、血相を変えて、とびだした。

「てめえ！」

その頰をつかみ、鮫島は割れた窓に叩きつけた。砕けたガラス片に顔を押しつけられ、やくざは呻き声をあげた。

「ばん、かけてんだ、何か御不満か」

ばんかけとは職務質問のことだった。逆らえば、公務執行妨害を適用されることがわかり、やくざはおとなしくなった。

「お前もおりろ」

助手席にいたチンピラにもいって、鮫島は二人を、メルセデスの屋根に手をつかせ、身体検査した。

刃渡り二〇センチの登山ナイフが、チンピラのブルゾンにさしこまれていた。

「何だ、これは」

「知らねえよ」

「上等だな」

両脚を開かせたチンピラの股間を、鮫島はうしろから蹴りあげた。

「何しやがんだ、いくら何でもやりすぎじゃねえか」

悲鳴をあげてうずくまったままの子分を見て、若頭が吠えた。

「やるにことかいて、こんな往来のまん中でやることはねえだろう。マル暴だってこんなやり方しねえぜ」

「俺はマル暴みたいに、お前らのメンツなど認めちゃいないんだよ」

鮫島はいった。そのひとことで、若頭は息を吞んだ。

「てめえ、どこのデカだよ」

「防犯の鮫島だ。覚えたかったら、このツラ、覚えておいていいぞ」

鮫島の名を聞いたとたん、若頭の顔に後悔の色が浮かんだ。

警察官とやくざの価値観が似るのは、完全なタテ構造社会にいるからだ。上の命令は絶対であり、逆らうことは許されない。結果、命令系統の下部に属する現場の人間たちは似《に》通《かよ》った体質をもつようになる。

それは、「男のメンツ」にこだわることであり、「世話になる（してやる）」、「借りをつくる（貸しをつくる）」といった、任侠道《にんきょうどう》的な発想である。

警官とやくざの間ですら、互いのメンツを立てる、とか、貸し借りの関係が生じるのだ。

暴力団抗争において、犯人の多くが〝自首〟してくるのは、量刑を軽減させることだけが目的なのではなく、それによって担当マル暴刑事のメンツを立て、今後の共存関係をもうまくやっていこうという狙いがあるからに他ならない。

警察組織の上層部は、ことあるごとに「暴力団壊滅」をうたうが、ノンキャリアの現場組は、おいそれとは暴力団が消えてなくならぬことを知っている。なまじ組織が解体して構成員が野ばなしになるくらいならば、各員の所属が明らかなほうが対処しやすいと考えるのが、現場の空気である。

従って、マル暴ならば、かえって鮫島のようなやり方はしないものなのだ。おそらく、

「ここは俺のメンツをたてて、ひとまず引きあげてくれ」

という、いい方をする筈である。マル暴以外の刑事ならば、マル暴に話を通してから行動をおこすので、やくざたちは本部事務所から、その旨《むね》、連絡を受けることになる。

そうした「メンツ本位」のやり方をまったくとらない、新宿署唯一《ゆいいつ》の刑事が鮫島だった。

鮫島のやり方は署内でも波紋を呼んだが、暴力団にはもっと嫌がられた。

挨拶《あいさつ》が通じない、刑事なのだ。買収を拒《こば》む刑事は、決して少なくない。だが、挨拶も通じない、となれば、どんな微罪《びざい》でもすぐに〝もっていかれる〟という不安を感じさせる。

こうした〝挨拶〟の関係が生じやすいもうひとつの理由に、刑事が直面する厖大《ぼうだい》な書類仕事がある。

逮捕状の請求に始まって、応援の要請、逮捕、取調べ、供述書《きょうじゅつしょ》の作成。仮《かり》にそこまで

いったとしても、証拠の状況などでは、検察庁に送れないまま終わることはしばしばある。そうなれば、作業はまったくの徒労《とろう》となり、場合によっては担当検事に、にらまれることすらある。

従って、自白調書のとりやすい自首犯人をのぞけば、たとえ相手が暴力団員といえども、簡単には逮捕しない、という関係がなりたつのだ。

「くそったれが」

若頭は毒《どく》づいた。

鮫島は無言で若頭の右手に手錠《てじょう》をはめた。もう片方の輪をメルセデスのドアノブに通す。チンピラは啞然《あぜん》とことのなりゆきを見つめている。

「勘弁してくれよ、おい」

手錠でドアに釘付けにされた若頭は、通行人の視線にさらされていることに気づいた。

「このままにしてくんじゃねえだろうな」

鮫島は冷《ひ》ややかな視線をやくざに浴《あ》びせた。

「何が悪いんだ？　公務執行妨害と銃刀法《じゅうとうほう》のゲンタイだ」

「わかった、引きあげるよ」

「もう遅いな」

鮫島はくるりと背を向けて歩きだした。つながれたやくざが怒鳴ったがふりかえらなかった。

「行くぞ」

美加と晶が立っている場所に戻ると、鮫島はいった。

「あいつら張ってたの？」

晶が、叫んでいる若頭と、その横で途方に暮れているチンピラを見ていった。

「そうだ」

「カッ君、大丈夫かな」

美加が再び泣きだしそうになった。

「まだ大丈夫だ。ライブハウスに踏みこめば百十番されると思い、待ち伏せをかけていたんだろう。多分、他にも手下を連れてきて、店の周りにおいている筈だ」

「あんたひとりで連れだせるの？」

晶がいった。落ちついた口調だった。

「やってみるさ」

「変わってるね」

「そうか」

鮫島はライブハウスの入口に立った。その店は細長い雑居ビルの地下にあり、下までつづく階段の壁はさまざまな落書きで埋まっていた。

につけ、あたりを見回した。それらしいクラウンとシーマが一台ずつ目についた。通りをはさんだ向かいの喫茶店にも、携帯《けいたい》電話をもったチンピラの一団が、ガラス窓ごしにこちらをうかがっている。

鮫島は、メルセデスに自動車電話が付いていたことを思いだした。若頭は、現場には立ちあわず、離れた場所から指令を出すつもりだったようだ。

見張りの数は、総勢で八、九人はいそうだ。

ライブハウスの入口の扉は閉まっていた。

「準備中」の札がかかっている。

やくざどもは、克次が出てきたら一斉にとり囲《かこ》んで、どこかにさらうつもりでいるにちがいない。

鮫島は煙草を踏み消し、晶にいった。

「克次を知ってるな」

「もちろん」

晶は鮫島の目を見て答えた。

「どんな奴だ」

「いい喉してる。ブルースで泣かすんだ、女を。ろくでなしだけど、歌は抜群だ」

鮫島は視線をそらした。携帯電話を耳にあてたやくざが、じっと二階の窓から見おろしていた。

「よし。下に行って克次を連れてきてくれ。俺はここにいる。奴がこの階段を自分であがってくれば自首だ。俺がおりていけば、そうはならない——そう奴に伝えろ」

晶は深く息を吸いこんだ。

「美加は？」

「俺とここにいる。奴が何かいったら、やくざから助けようとしてここに来たんだといえ。さもなけりゃ、絶対、居場所を教えようとしなかったろうって」

「わかった。見張られてることは？」

「いっていい。俺たちが帰れば、いずれ連中はここに踏みこむ。そのときは片手片足じゃすまないともいうんだ」

鮫島のかたわらで人の動く気配がした。ふりかえると、晶はすでに地下につづく階段を半分ほど駆けおりたところだった。

＊

「ねえ」

ステンドグラスのランプが作る、赤と緑の影の中で晶がいった。

「何だ？」

「あたし、あんたのアパート、一度も、行ってないよ」

「そうだな」

鮫島は裸の胸の上にのせた灰皿に煙草の灰を落としていった。

「ママフォース」を出たあと、下北沢《しもきたざわ》にある晶の部屋に二人で来た。晶は、レンタルビデオショップとアイスクリーム屋が一階に入ったマンションの一DKに住んでいた。代々木のアパートから移ってきて半年近くになる。

「まだ駄目なの」

「らしくないことをいうじゃないか。女房でもいると思ってるのか」

「馬鹿」

晶がセミダブルのベッドの上で向き直ったので豊かな乳房が鮫島の左肩に押しつけられた。

「あんたまだあたしに話してないことある」

「そりゃあるさ。生まれてからのことを全部話そうと思ったら、三十六年かかる」

「とぼけんじゃねえよ。あんたがあたしをアパートに寄せつけないのは、誰かにあたしのこと知られたくないからだろ。誰かってのは、女じゃなくて、あんたのこと嫌ってる連中」

「そんなことにいちいち気をつかってたら、歌舞伎町を、お前と歩けなくなる」

「じゃあ何でだよ」

鮫島は答えなかった。煙草を口に持っていくと、輝いた火口《ほくち》の灯で、手の甲のみみず腫《ば》れが浮きあがった。

「どうしたんだよ、それ」

晶が目にとめた。

「喧嘩を見かけた。止めに入ってやられた」

「あんたらしくない。ドジだよ」

「そうか。俺はそこら中、ドジ傷だらけだ」

「首のも?」

鮫島は笑った。初めて寝たときに、髪をのばしているわけを、晶が訊ねた。鮫島は無言で、襟あしにかかる長い毛をかきあげて見せた。

うなじの少し上、生《は》え際《ぎわ》のあたりを斜めに横断する一五センチほどの傷跡があった。

そのときは晶はそれ以上、何も訊こうとしなかった。

「首の傷、何でやられたの?」

晶が鮫島の目をのぞきこんでいった。大きな黒い瞳《ひとみ》に自分自身の顔がうつっているのを鮫島は眺めた。石鹸《せっけん》の香りが鼻にさしこんだ。晶の目は真剣だった。

「日本刀だ」

「本物の？」

「いや、刃のない模造刀《もぞうとう》だった。本物だったら、こんなに太い跡はつかない。さもなきゃ首がとんでる」

「そいつは模造刀だとわかっててやったの？」

「どうかな。頭に血が昇ってて、忘れたのかもしれん。殺す気なら、刺せばよかったんだ」

「でもよく首の骨折れなかったね」

「一度肩に当たって、すべってからここに来たんだ。まっすぐ打ちこまれたら、危なかったな」

「やっぱり殺す気だったんだ」

鮫島は答えずに煙草を灰皿に押しつけた。陶器の皿の底を通して、熱がちくりと胸に伝わった。

「そいつ、やくざ？」

「ちがう」

「堅気《かたぎ》が日本刀もって、あんたを殺そうとしたの？」

鮫島は灰皿を取って、上半身を起こした。

「警官だ」

*

克次が階段をあがってくるまで、鮫島はそこを動かずにいた。

晶がドアを叩き、中にいた店員に入れてもらい、再び出てくるまで十分近くあった。

美加がいったので、鮫島は階段をふりかえった。長身の、短い髪を立たせた男が、晶のあとを昇ってくるところだった。

「カッ君」

頬がこけているが、目が大きく、すねてばかりいる男の子のような顔つきをしている。目の周囲に甘さとふてぶてしさが混じった、独特の雰囲気《ふんいき》があった。

克次は無表情で鮫島を見あげた。逃げ回ることに疲れ始めていたようだ。

一瞬、克次と視線をからませたあと、鮫島は周囲に目を戻した。ガラス窓からやくざの姿が消え、クラウンとシーマのドアが開いていた。

喫茶店の入っているビルの入口からやくざたちが現われた。呼応《こおう》するように、二台の車からもやくざたちがおりたった。

車に乗っていたやくざたちは、車のかたわらに立ち、こちらを見つめている。

喫茶店を出たやくざたちが、鮫島と克次、晶と美加の周囲に立った。五人いた。

右手に携帯電話をもった男が進み出た。まだ若かった。二十五、六だろう。色白で、がっちりとした体つきをし、目に油断のない光を浮かべている。縦《たて》ストライプのダブルのスーツをノーネクタイで着ていた。

「キイを」

若い男は、かすれた声でいった。年には似あわない、ひどい声だった。

「キイをいただいてこいと、若頭がいってるんです」

言葉は丁寧だが、喋《しゃべ》り方はぞんざいだった。左手をさしだす。

「用はそれだけか」

鮫島はまっすぐ若い男の目を見ていった。

「それだけっす」

若い男は瞬きもせず、いった。

「若頭、ワッパつながれたままじゃ、いい恥さらしっすから」

鮫島は視線をそらさず、手錠のキイをスラックスからとりだした。二十五、六の若さで若い者を束《たば》ねているということは、そのときが来ればまっ先に刑務所に入る覚悟を決めていると誇示《こじ》しているようなものだ。

「名前、何てんだ」

鮫島はキイをまだ手にしたまま訊ねた。

「真壁《まかべ》っす」

若い男は答えた。視線をそらさない。

「次に行くのは、お前ということになってんだな」

真壁は無言で頭を下げた。

「俺は新宿署の鮫島だ」

「知ってます。『新宿鮫』」

顔を上げた真壁は正面から鮫島を見すえ、いった。

「誰から聞いた？」

「目と耳、シマうちで開けんのは、やくざのツトメっすから」

「お前のところの兄貴は俺の顔を知らなかった」

「すみません」

低い、押し殺した声で真壁はいった。目はあいかわらず鮫島を見ている。

鮫島は、キィを真壁の手の上に落とした。

「ワッパは、お前のところに来たマル暴に渡しといてくれ」

「いえ。あたくしがお返しにうかがいます」

真壁はいった。

「なぜだ」

「恥をさらすわけにいかないんで」

「恥だと思ってるのか」

「たったひとりに道のまん中でいいように小突き回されたら、他にいいようがないんす」

鮫島はゆっくりと息を吸いこんだ。腹の底にじわじわと緊張が広がるのを感じた。真壁は普通のやくざではない。やくざならば、相手が警官なら、たいていはあきらめる。

「そうか」

鮫島は頷いた。真壁は頷き返した。

別にことさらに凄《すご》んでみせたわけではない。が、力量からいって、真壁はすでに、若頭を越えていた。

「そいじゃ」

真壁は、強い光を放つ目で一礼した。ゆっくりと向きを変え、歩いていく。克次には一《いっ》顧《こ》だにしなかった。

真壁がシーマの後部席に乗りこむのを、鮫島は見つめた。真壁のためにドアを開けたのは、あきらかに真壁より年上の男だった。

真壁とは、近い将来必ず対決する――鮫島の心に予感があった。そのときは、簡単にはすまないだろう。

真壁の顔を、鮫島は脳裏に刻《きざ》みこんだ。

通りがかったタクシーを止め、鮫島は克次を奥に乗りこんだ。美加がつづいて乗ろうとすると、晶がいった。

「あたし、こっから帰る」

「乗っていけ。まだうろうろしている連中がいる」

「関係ないよ」

「いいすてて晶は歩きだした。タクシーはドアを閉め、発車した。しばらくの間、誰も口をきかなかった。克次は目を閉じ、シートに頭を預けている。美加は逆に大きく目をみひらいて、前のシートを見つめていた。

　やがて克次が目を閉じたままいった。

「刑務所で俺、殺されるな」

　美加が克次を見、ついで鮫島を見つめた。

「だろ」

　克次は投げやりに、鮫島にあいづちを求めた。

「なぜそう思うんだ？」

「あいつら、俺を忘れねえ。きっと潰しにかかる」

　鮫島は笑った。むっとしたように、克次は頭を起こした。

「なんで笑うんだよ」

「奴らはそんなに暇じゃない。それに――」

「それに何だよ」

「お前はそれほど大物じゃない」

克次は無言で鮫島をにらんでいた。が、しばらくすると、荒々しく息を吐いた。そこに安堵《あんど》の響《ひび》きがあった。

「カッくん……」

克次は美加に答えなかった。

「カッくん――」

涙声になっていた。

克次は窓の外にうつろな目を向けていた。

「怒ってるの、カッくん」

鮫島はゆっくりと克次の横顔を見た。そこに、あきらめとも自嘲《じちょう》ともつかぬ笑みがあった。

「――出てきたら、またバンドやるわ。見に来てくれよ」

克次がいい、美加は泣きだした。鮫島はフロントグラスに目を向けた。

その翌日、鮫島は晶のアパートを再び訪ねた。朝の九時過ぎだった。アパートの下まで来ると、晶がジーンズにトレーナーといういでたちで階段をおりてきた。

ている。

鮫島に気づくと階段の途中で立ち止まった。手に紙袋とヘッドフォンステレオをかかえ

「出かけるのか」

「朝御飯、食べにいこうと思って」

目がアパートの向かいに建つ、ファミリーレストランをさした。

「つきあっていいか」

「何か用？」

鮫島は答えず、いった。

「歌詞、できたのか」

「まだ。徹夜したけど駄目だった」

いいながら晶は階段の残りをおりた。そのまま、ファミリーレストランの方角に歩きだした。

ファミリーレストランは空《す》いていた。奥の角のブースに、晶と向かいあうようにして、

鮫島は腰かけた。

料理を注文すると、晶はイヤフォンを耳にさしこみ、紙袋から五線紙をとりだした。

「聞こえるから、話」

そういって、ステレオのスイッチをいれた。鮫島は、運ばれてきた薄いコーヒーをすす

りながら、無言で見つめた。

晶は左手の指先で拍子をとりながら、ペンで一枚のメモに言葉を殴りがきしていた。いくつもの言葉が並んだ。

「さいてい」と書き、それを消し、「どんぞこ」に直す。「こうてつの涙」「コンクリートのうつろな笑い」から、「こうてつの涙」に丸をする。

そして、「幸せじゃなきゃいけないなんて」と書いて、顔をしかめ、見つめた。テープを巻き戻し、同じ部分をいくどもくり返す。

どうしてもそのフレーズが気にいらず、代わりの言葉が浮かばないようだ。

晶のイヤフォンを通して、キイボード演奏のその部分のメロディが鮫島にも聞こえた。晶自身も鼻でハミングしている。

鮫島は、五線紙のそこまでの歌詞を読んだ。

「Get Away　皆は　いう　早く立ち去ったほうがいい　ここは　街のどんぞこだ　泣き叫ぶ声　夜ごと　夜ごと
Get Away　皆は　いう　早く立ち去ったほうがいい　ここは　街のどんぞこだ　嘆き悲しむ　今日も　明日も
But Stay Here　百ℓ《リットル》の涙　飲みほすさ　幸せじゃなきゃいけない　なんて　誰にも決めて　ほしくない

あんたにゃわからぬお楽しみ　真夜中過ぎたら　ここにある
Get Away　皆は　いう　早く出てったほうがいい　ここは　闇《やみ》のどんぞこだ　泣き叫ぶ声　夜ごと　夜ごと
Get Away　皆は　いう　早く出てったほうがいい　ここは　闇のどんぞこだ　嘆き悲しむ　今日も　明日も
But Stay Here　鋼鉄の涙　飲みほすさ　幸せじゃなきゃ――」

どうやら、Ｂｕｔで始まる二番のフレーズを考えつけなくて苦しんでいるようだった。

鮫島は、口を尖らせて真剣に五線紙に見入っている晶を眺めた。

テーブルについて十分近く、その状態がつづいていた。晶は鮫島が口を開くまでは、作詞に専念することに決めたようだ。

「レコードになるのか」

鮫島は初めていった。晶は顔を上げ、無言で首を振った。それ以上、鮫島が何もいわないと、再び手もとに視線を落とす。

「二番は、闇のどんぞこじゃなくて、どまんなかのほうがいいんじゃないか」

鮫島はいった。晶はしばらく何もいわなかった。やがて、ペンが動いた。「どんぞこ」を「どまんなか」と直した。

「――何も出ないよ」

「わかってる」

晶は顔を上げ、鮫島をにらんだ。怒ったような表情が浮かんでいた。

「気にいらないなら、好きなようにするさ。口を出して悪かった」

鮫島はいった。晶の口もとがふっとゆるんだ。

「ロックだよ。演歌じゃないぜ」

「お前さんが振《ふ》り袖《そで》を着て、コブシを回しているようには見えん」

晶は天井を見上げ、息を吐いた。

「オーケー。何の用？」

「きのうは何もなかったか」

「きのう？　ああ、帰り道。別に」

晶はそっけなく首を振った。

「それだけ？」

「その顔の傷、被害届けを出す気はないか」

「ない」

「仕返しが恐《こわ》いのか」

晶はあきれたように鮫島を見た。

「あんた、よっぽどやくざが嫌いなんだね」

「どうしてそう思う？」

「何ていうか、潰すチャンスは逃さないって感じだよ。道にツバ吐いたって、パクりそうじゃん」

鮫島は窓の外に目を向けた。無言でいた。

「――出す気ないよ。仕返しなんか恐かないけど。メンドくさいし」

「そうか」

鮫島はいって、伝票に手をのばした。

「ねえ」

「何だ」

「どうしてそんなにやくざが嫌いなんだよ」

鮫島は晶を見た。

「俺が嫌いなのはやくざだけじゃない。法に触《ふ》れるような悪事をして、それでばれなければ、まっとうな人間だと思っているような奴は全部嫌いだ」

「そんなこといったら、日本中、そんな奴だらけだ」

「そうだ。だが特に、この国はやくざに甘い。うわべじゃ厳しくするといってるが、実際には、人を殺しても大手を振っているようなやくざはごまんといる」

晶は無言で聞いていた。

の商売道具は恐怖だ。やくざはこわい、そう思わせることで、奴らは銭《ぜに》を吸いあげる。

の人間は、やくざとかかわって痛い目にあうくらいなら、とやくざのいうことを聞く。

って怪我をさせられたら、やった奴が刑務所に入ってもとりかえしはつかない、とな」

「そんなこと、あたり前の話じゃん」

「あたり前になっていることが、俺は嫌いなんだ。あたり前になるとそれを利用する奴が現われる。まともな事業家のくせに、借金のとりたてや土地の引き渡し要求にやくざを使うような奴らだ。そういう奴らは、やくざより腹が立つ」

「でもお偉いさんは、そう思ってないよ」

「そうだな」

「警察がパクるのは、いつもちゃっちい罪を犯したような連中ばかりじゃん。本当に悪いことをやってるような政治家とか大企業には知らないふりをするんだ。ちがう？　皆んなそう思ってる。でも、それを口にすると、子供じみてるっていうんだ。世の中はそんなものだ。だから、賢《かしこ》く生きたほうがいいって」

「賢い生き方なんてものはない。そう思ってる奴は、いずれハネ返りをくう」

「くわなかったら？」

晶はいった。目に挑《いど》むような光があった。

「俺がくらわしてやる」

「それはあんたがマッポだから？　警察手帳もって、ピストルを撃てるから？」

「ちがう」

「じゃあ、何でさ。あんただって、怪我させられたり、殺されたりするの嫌だろ、恐いだろ」

「恐いな」

「きのう、あんたやくざの車、壊したじゃん。偉そうにしてる奴、小突き回してさ。あんたがマッポじゃなかったら、奴ら、あんたをきっと殺したよ」

「そうかもしれんな」

「じゃあ何で、そんなこと、偉そうにいえるんだよ。あんたは、マッポが世の中で一番偉いと思ってるのかよ」

「そんな風には思ってない。だが、仕事だからやる、という考え方は好きじゃない」

「出しゃばり、なんだよ、結局」

鮫島はにやりと笑った。

「出しゃばりでもいいさ。でかい面《つら》をしなけりゃな」

晶は驚いたように鮫島を見た。

「普通の人間は、スピード違反の切符をきるお巡りは嫌いだ。だが酔っ払いにからまれているのを助けてくれるお巡りは好きだ。だろ？」

「あんたはでかい面はしない？」

「俺がでかい面をしていると感じるのは、もっとでかい面をしている奴らさ。そういう連中は、自分たち以外にでかい面をしている奴がのさばるのが許しておけないんだ」

晶は鮫島の顔をじっと見つめていたが、いった。

「なんで新宿鮫って呼ばれてるの」

「名前だ。鮫島からとった」

「それだけ？」

「それだけだ」

「奴らにとっちゃ、鮫みたいな存在だからじゃないの？　すーっと近よってって、パクッと食いつくって」

鮫島は黙っていた。晶はウェイトレスに合図《あいず》をして、食べ終えた皿を下げさせた。

煙草に火をつけ、鮫島をまっすぐ見た。

「俺をそう呼ぶ奴が新宿からいなくなるのが、俺の望みだ」

「つまり、悪い奴が？」

「ああ」

晶は煙を吐きだし、鮫島の目をとらえた。

「でもそうなったら、新宿ってつまらない街になる。誰も遊びに来ない」

「かもしれないな。少なくとも、その歌のようにはならん」

晶は頷いた。そしてにっこりと笑った。笑顔になると、目の奥に刃物を潜《ひそ》めたようなきつい表情が一変し、少年のようにあどけない明るさが漂う。

「ロック、好き？」

「好きだ」

「ジミヘン以外はロックじゃない、なんていわない？」

「ディープパープルまでだな。——嘘だが」

「今度、ライブに来てよ」

「行こう」

鮫島はいった。

鮫島は、事実そうした。そして二週間後のそのライブで、「ステイ・ヒア」というナンバーの歌詞が「闇のどまん中」に変わっているのを知った。

ライブが終わり、観客のほとんどが帰りかけたとき、タオルを首にかけた晶が楽屋口から首をのぞかせ、鮫島を呼んだ。

「どうだった？」

晶は汗びっしょりだった。

「悪くない。まあまあ、ともいえる」

「でかい面しないって、いったろ」

晶は鮫島をにらんだ。「ステイ・ヒア」の歌詞は、結局、鮫島が見たときと変わってなく、「幸せじゃなきゃいけないなんて」以降は、一番とそっくり同じだった。

鮫島は、ジャケットのポケットから折り畳んだ紙を出した。

「参考にしてくれ」

「何だよ」

受けとった晶が紙を開いた。一読して驚いたように、目をみひらいた。

「いい歌だ。だが決めが弱い」

「あんたが作ったの?」

「そうだ。人が作ったのが嫌なら捨ててくれ」

晶は紙を畳むと、衣裳の大きく開いた襟ぐりにさしこんだ。「ステイ・ヒア」の二番の、まったく新たな歌詞がそこには書かれていた。

「飲み、つきあってよ。ただし、あんたがマッポ風、吹かしたら帰ってもらうけど。リーダーにこの歌詞、見せたいから」

「下で待ってる」

それが鮫島の返事だった。

*

晶が眠るのを待って、鮫島はベッドをぬけ出た。脱ぎすててあった服を着け、音をたてぬよう、アパートの玄関に歩みよった。

ロックを外し、ドアノブを回したところで、晶が目をさました。

「帰んの?」

「ああ」

「来月の頭、もう一回、ライブやる。そん時、プロデビューの発表する。来てよ」

眠そうな声で晶はいった。

「今度は最初っから来てよ」

「ああ」

鮫島はくり返していった。ドサッと枕に倒れこむ音がした。

「嘘つき野郎」

「お休み」

鮫島はドアを開いた。

「来なかったら、百十番してやっからな」

晶が寝言のように聞こえる声でいった。

2

定員六百名の新宿署には、二百八十五名の制服警官がいる。うち七十二名の制服警官は、新宿署三交番と呼ばれる、歌舞伎町、東口、西口、の三つの交番に配属されている。一交番二十四名は、六人ずつ四つの班に分かれ、それぞれ、日勤、第一当番、第二当番、非番、をローテーションに従って消化していく。

また、新宿署は、警視正の署長以下、副署長の警視、それぞれ警部が課長をつとめる、警務課、会計課、警備課、防犯課、刑事課、交通課、警ら課、の七つの課がある。

鮫島が籍をおくのは防犯課で、少年補導、風俗を中心に、麻薬、覚醒剤、シンナー、トルエン等の密売も扱っている。

鮫島は、中野《なかの》区野方《のがた》の一ＤＫで暮らしていた。新宿署に配属されたのが三年前で、以来、そこにずっといる。

それ以前は警視庁の官舎にいた。

鮫島にとり、新宿署に勤務するのは、二度目だった。だが境遇《きょうぐう》は初めてのときとは、まるでちがった。

初めてのとき、鮫島は二十四で、いきなり警部補の身分で実習勤務を命じられたのだ。大学を卒業し、国家公務員上級試験に合格した直後だった。

これが普通の高卒、大卒の警察官の場合、警察学校卒業後、高卒で四年、大卒で一年の巡査勤務を経験してのち、初めて巡査部長試験の受験資格が得られる。警部補試験を受けられるのは、巡査部長になってからさらに高卒で三年、大卒で一年の勤務経験が必要になる。その後警部試験には、両者とも四年の経験を加えなければならない。

鮫島の新宿署における実習勤務は、警察大学校での受講にはさまれた九カ月だった。警察大学校を卒業した二十五の時点で、鮫島の階級は警部になっていた。

高卒ならば、最短で三十歳、普通の大卒でも二十八歳にならねば到達しない地位に、大学卒業後、わずか一年半足らずで達するのである。

警察機構における、キャリア（有資格）とノンキャリアのおそろしいほどの待遇のちがいであった。

初めての新宿署勤務のとき、鮫島は、「預かりもの」だった。大切なお荷物であり、うっかり怪我をさせたりすることがないよう、周辺の警察官は、腫れものに触れるような接し方をした。

それもその筈で、鮫島のようなキャリア組の警察官は、警部昇任後、本庁二年の見習いを経て、地方と中央の行き来をくりかえすうちに、早ければ二十代の終わりに警視まで昇任する。警視といえば、巨大な新宿署であっても、副署長クラスである。面倒を見る、ベテラン巡査部長などが神経をすり減らすのも無理はなかった。いずれは親会社の役員になることが決まっている新入社員を迎えた、子会社の現場主任、といった心境だろう。

そして、このキャリア制度こそが、日本の警察機構が抱《かか》えている大きな問題であることを、鮫島は、その後の八年間で思いしらされた。

鮫島の階級は警部だった。本来ならば、在籍する防犯課の課長と等しい階級である。しかし、鮫島は、防犯課の一捜査員に過ぎない。しかも、鮫島とチームを組もうという刑事はひとりもいない。

なぜか。

それは鮫島がキャリア制度の落ちこぼれであるからだけでなく、日本の警察機構そのものに反逆した警察官であることを、皆がうすうす勘づいているからだった。

二十七のとき、鮫島は、ある県の警察本部に配属された。キャリア組の歩く道としては、順当な、警備局の公安三課が配属先だった。キャリア組の警察官は、そのほとんどが、地方警察の公安セクションの要職を転任しながら、出世の階段を登っていく。

公安三課の任務は、反政府主義団体、それも左翼系団体の監視にある。同じような性格を持った官庁として、公安調査庁が存在する。所属する公安調査官は、調査権はもつものの警察官のような逮捕権、捜査権をもたないが、巧妙に左翼活動家に近づき、その活動内容を監視する。その手段の多くは、内部通報者、すなわち、スパイを仕立てあげることにある。

スパイを仕立てあげる方法はさまざまである。現金を使った買収、あるいは、共通の趣味をもつと装《よそお》い、接触し、親しくなったところで身分を明かし、他の活動家に公安調査官との交際を知られたくなければ、と半ば恫喝《どうかつ》に近い形で、協力を迫ることもある。協力を得られれば報酬を支払うこともあるわけで、いわばアメとムチを使いわけて情報を手に入れる、古典的な手段だった。

だが、同じような目的をもった官庁がふたつ存在するという事実は、麻薬取締官と警察官との関係にもいえることだが、協力よりもむしろ苛烈《かれつ》な競争意識を双方にうえつける結果になる。

競争の犠牲《ぎせい》になるのは、この場合、むろん公務員ではない。警察官や公安調査官には、強烈な反共意識がある。従って、左翼系活動家を犠牲にすることに対し、まったく罪悪感をもたないケースも起こりうるのだ。

鮫島が主任警部をつとめた公安三課では、ある過激派系の左翼団体にスパイを欲《ほっ》していた。地方都市ではあったが、県庁の所在地でもあり、人口も多く、またかつては鉱山労働者を多数擁《よう》するなど、左翼活動には活発な土地柄だった。

鮫島の下に、亀貝《かめがい》という警部補がいた。高卒だが、熱心な勤務態度と群をぬく検挙件数で、三十代半ばで警部補まで出世した男だった。ただ、ありがちなことだが、性格が右翼的で、警察官としての権力意識が異常に強いタイプだった。熱烈な反共主義者で、右翼活動家に、ともすればシンパシーを抱《いだ》くところがあり、県警上層部ではそれを警戒して、同じ公安でも左翼担当に亀貝を配属したのだった。

当初、着任したばかりで、土地柄やそうした部下警察官の性向をのみこめずにいた鮫島も、亀貝の危険性をじょじょに感じ始めた。

本来、キャリア組の警察官が、実際の捜査活動の指揮をとるのはまれで、いわばこうした各県警転任も、警視になるまでの「見学」に近いものがある。在任中、部下が不祥事《ふしょうじ》を起こしたとしても、よほどの関連性がない限り、災難として、周囲は同情するし、その後の出世にさほどの影響を及ぼすことはない。

亀貝は、鮫島に対し、それなりの敬意を払ってはいた。だが、土地の警察官として、転任をくりかえすキャリア新米《しんまい》警部に、いちいち自分の捜査活動の許可を得る気がないことは明らかだった。

――ここは飯も酒もうまいところです。警部どのは、一年間かそこら、難しい試験勉強

の頭休みでもなさっていって下さい

着任後、亀貝が初めて鮫島に告げた言葉がそれだった。

地方へ転任したキャリア警察官の新米は、多かれ少なかれ、そういう態度で迎えいれられる。

地元のノンキャリア組にとり、新人キャリアとの接触は短期間に過ぎず、将来にほとんど何の影響も及ぼさぬものである。

この場合、キャリア組は、大きく分けてふたつのタイプの態度をとる。

ひとつは、よそ者である自分を意識し、その存在が地元警察官の負担にならぬよう留意するもの。

もうひとつは、そういったこととは関係なく、在任中、その職責をまっとうしようと熱心に部下を把握《はあく》しようとする者。

鮫島は後者だった。

「ありがとう。だが、自分は骨休めを命じられたわけじゃない。早速《さっそく》、今日から自分の責務に励むつもりだ。君らにもいろいろ教えてもらうことがあると思うから、協力をお願いする」

その態度が、亀貝の反感をかったのは明らかだった。鮫島は、ただちに捜査中の件の全資料の提出と補足説明を、手の空いた課員に求めた。

のちに、亀貝が、鮫島を、「尻の青いくせに生意気な点とり虫」と呼んでいると知らされても、鮫島は驚かなかった。

亀貝は、過激派系の左翼団体にスパイを作ろうと躍起《やっき》になっていた。

――あいつら、いつか潰してやる
それが亀貝の口癖だった。

確かにその団体は、数年前に内ゲバ事件から死傷者を出したこともあり、県警公安部でも、厳重注意団体と目していた。

そして、その構成メンバーのひとりに、地元公安調査局の公安調査官が接触を試みていることを、亀貝が知ったのだ。

メンバーの名は渕井《ふちい》といい、二十三歳の塾教師だった。活動歴は浅く、同僚の教師がメンバーであったことから、団体の会合に出席するようになっていた。

渕井に目をつけたのは、兼倉《かねくら》という、ベテランの公安調査官だった。兼倉は、渕井が磯《いそ》釣《づ》りクラブに属していることを知り、クラブに入会することで渕井に近づいた。兼倉と渕井は、たびたび一緒に釣行《ちょうこう》し、その姿を見かけた知りあいの海上保安官から亀貝は、兼倉のスパイ工作を知った。

渕井はまだ、所属団体の活動計画を詳しく知るほどメンバーの信頼を得ていたわけではなかった。それゆえに、兼倉も接触がたやすかったともいえる。

過激派団体の重要細胞ならば、安易に見知らぬ者の接触を許すことはありえず、住所や本名などを活動家仲間以外に知らせることはまずない。

兼倉は、じっくりと時間をかけ、渕井と親しくなり、しかもその間に渕井が団体メンバーとして浸透していくのを待っていたようだ。むろん、その間、自分が公安調査官であることは秘密にしてだ。

悪いことに、亀貝は兼倉を嫌っていた。

――兼倉ってのは、ヒルみてえな野郎だ。やり方が陰険《いんけん》だ

兼倉接触の情報を得てから数週後、亀貝は同僚の刑事とともに、道路交通法違反の容疑で渕井を連行した。連行場所は県警本部ではなく、亀貝の親戚が経営する料理旅館だった。亀貝は、自分が公安警察官であることを、旅館の奥座敷に入ってから告げた。そして、兼倉が公安調査官であると、渕井に教え、渕井がショックで青ざめるのをじっと見つめていた。

亀貝は、渕井に二組の写真を見せた。ひとつは、兼倉と釣りに興じる渕井の姿を望遠レンズで撮影したもの。もうひとつは、数年前の内ゲバ事件の死体写真だった。

見ているうちに渕井は震えだした。

「兼倉の話をお前んところの仲間にひと言チクれば、お前もこうだ」

亀貝はいった。

渕井は無言で震えていた。亀貝は渕井の肩を抱き、ひきよせた。

「俺も仕事だよ。だが、兼倉みたいに陰険な真似はせん。集会出たら、情報流してくれ。何かあっても、お前の身は必ず守る。どうだ、ん？」

「か、考えさせて下さい」

「いいよ、いくら考えても。だが忘れるなよ、俺たちはお前をパクったわけじゃない。だからお前がよその土地に逃げても、追っかけることはしない。だが、お前の仲間はちがうぞ。どこに逃げても、追っかけてきて居場所をつきとめ、頭を叩き潰しにくるぞ。知ってるか？　七〜八人で来て、まず足を折る。動けなくなってから、順番に、ひとりずつ鉄パイプで頭を割るんだ。まるでスイカ割りみてえにな。やるほうも必死だよ。やらなきゃ、自分が裏切者にされちまうからな。年期《ねんき》の入ってねえ奴なんか、吐きながらやるそうだぜ。しかもそういう奴に先にやらせるから、楽には死なねえんだ。頭割られて、血みどろになって、のたうち回りながら死んでいくんだ……」

渕井は〝転ん〟だ。亀貝のスパイになることを了承《りようしよう》したのだ。

そのいきさつを、鮫島はあとになって、その場にいた亀貝の同僚に聞かされた。

鮫島が、亀貝の脅迫《きようはく》を知ったのは、兼倉から接触工作の妨害《ぼうがい》を報告された地元公安調査局長が、公安三課に非公式な抗議を申しいれてきたからだった。

亀貝のやり方を聞き、鮫島は激しい怒りを覚えた。

亀貝のとった手段は、非合法であったし、危険が高すぎた。脅迫が所属団体に知られれば、渕井の生命が実際におびやかされる。

鮫島は亀貝を強く叱責《しっせき》した。その上で、渕井との接触を禁止した。

亀貝は反発した。ようやく、狙っていた過激派組織を潰せる糸口をつかんだのに、若造の上司にそれをとりあげられたのだ。

「一年でこの街を出ていく警部にとやかくいわれる筋合《すじあ》いはありませんな」

顔色を変え、詰めよった。鮫島は冷静にいった。

「今後、もし君が渕井に接触したことがわかった場合、仮に電話連絡であっても、本部長にいって、君を公安三課から外す。わかったな」

亀貝の顔が赤から蒼白になった。無表情になり、目に業火《ごうか》のような憎《にく》しみが浮かんだ。

亀貝はくるりと背を向けた。部屋を退出するとき、小さく吐き捨てるのが聞こえた。

――そんなに、てめえの首がかわいいのかよ
亀貝は、鮫島が本気で渕井の生命を心配していると、理解していなかった。

数日後、渕井が自宅で武装集団に襲われた。死亡はしなかったが、脳挫傷《のうざしょう》で植物人間になった。しかもその場に渕井の、大学生の弟がいあわせており、脊椎《せきつい》損傷で、こちらは一生、車椅子での生活を余儀《よぎ》なくされることになった。

現場には、渕井と兼倉が会っている写真がばらまかれていた。

県警捜査一課と公安三課が合同捜査本部を設置、武装集団の半数、四名を検挙した。その中には、渕井を団体に誘った、同僚の塾教師も含まれていた。

残る四名は、こうした武力活動の専門家で、いわば暴行の〝プロ〟として、他県から応援にきた者たちだった。指名手配されたが、二名はその後も逮捕されなかった。

捜査本部が解散された日、鮫島は県警本部の地下駐車場にいた。

夜八時過ぎ、亀貝が駐車場におりてきた。本部での祝い酒をかなり飲んだらしく、足もとがややおぼつかなかった。

ようやくキィを自分の車のドアにさしこみ、乗りこんだ亀貝が、発進させたとたん、鮫島は車の前に立った。

ヘッドライトの光芒《こうぼう》に人影をとらえた亀貝は急ブレーキを踏んで、停止した。

「何のつもりだ!?」

窓から怒鳴った亀貝に、鮫島はいった。

「飲酒運転の現行犯で逮捕する」

「何だと!」

亀貝はようやく鮫島に気づき、息を呑んだ。

「おりろ」

鮫島は短くいった。二人は、渕井が襲われ、捜査本部が設けられ、そして解散された今日まで、公務以外ではいっさい口をきいていなかった。

「何の真似だよ、こりゃあ」

鮫島がとりだしたものを見て、亀貝は濁声《だみごえ》でいった。手錠だった。

「いった通りだ。貴様を逮捕する」

亀貝は車をおりたった。

「上等ですな、警部どの」

「写真を送ったのは貴様だな」

亀貝は無言だった。口もとに薄ら笑いが浮かんでいた。

「貴様が密告し、渕井はリンチにあった」

亀貝はそっぽを向いた。

「知りませんな」

酒で赤らんだ首が汗で濡れていた。梅雨《つゆ》明け直前のむしあつい気候で、人けのない地下駐車場には、湿気を含んだ重い空気が淀《よど》んでいた。

「さぞ、気分がいいだろう。狙い通り、奴らを潰せたのだからな」

「いいですな」

亀貝は鮫島を見すえ、いった。目が光っていた。

「アカのクソがどうなろうと知ったことじゃない。クソ同士の殺しあいで公安三課はお手柄だ。主任警部どのは文句がありますか？」

「貴様のおかげで、公安三課もクソまみれだ。貴様のやったことはクソ以下だからな」

亀貝の口もとがふっとゆるんだ。次の瞬間、左の拳が鮫島の胃につき刺さった。

呻いて前かがみになった鮫島の髪を亀貝はつかんでねじった。

「きれいごとぬかすんじゃねえ、若造が。埋めてやろうか、おお。地元の右翼でなあ、土建屋やってる奴にいや、てめえなんざ、土砂《どしゃ》の下だぜ」

鮫島の額を車のボンネットに叩きつけた。鮫島は目の前が暗くなり、駐車場に仰向けに倒れた。その胸に亀貝は片足をかけた。

「荒い土地柄なんだよ。新米警官がよ、道に迷って、古い鉱山で行き倒れても、誰も驚きゃしないぜ」

見上げた鮫島の顔に、ぷっと唾を吐いた。

「右翼とは、仲がいいんだな」

鮫島は喘《あえ》ぎ喘ぎ、いった。割れた額から流れる血が目に流れこんでいた。

「アカのクソに肩入れする新米よりはな」

亀貝はいって、素早く駐車場を見回した。本気で鮫島を始末するつもりになっているようだった。

鮫島の右手が動いた。握っていた手錠を亀貝の向こう脛《ずね》に叩きつけた。

亀貝が罵《のの》り声をあげて、とびのいた。鮫島は車に手をかけ、身を起こした。

「ここに来てから、いろいろと土地柄は調べた。四年前、鉱山会社の労組委員長がひき逃げにあって殺されたヤマがあったよな。ひいたのは、土建屋のトラックで、運転していたのは、十九になりたての見習いだった。そいつはあとで自首したが、現場は、土建屋とも、その運転手のアパートとも関係のない、廃鉱のそばだった。被害者の家族は、被害者が夜中に電話で呼びだされたといった。その少し前、亀貝って刑事が、現場近くを警ら中のパトカーに目撃されたんだよな。もちろん、そのことは口止めされ、被害者がいったい誰に呼びだされたかはわからずじまい。ただの事故で処理されたってことだ」

亀貝は無表情で鮫島を見つめていた。そして不意に車に乗りこもうとした。

鮫島はその肩をつかんだ。ふりはらった亀貝の側頭部に肘《ひじ》うちをくらわせた。衝撃で反対側の側頭部を車の屋根にうちつけ、亀貝は床にへたりこんだ。

鮫島は亀貝の襟をつかみ、立たせた。

「いいか、クズに警官はつとまらないんだ」

亀貝は唸《うな》り声をあげ、鮫島をつきとばした。別の車に背をあてた鮫島にとびかかり、両腕で首を絞《し》めあげた。

鮫島は亀貝の股間を膝で蹴った。三度目でようやく亀貝の手が離れ、下にさがった。苦悶《くもん》の表情で鮫島をにらみつけた亀貝の顔に、ストレートを叩きこんだ。拳に鼻骨《びこつ》がひしゃげる衝撃が伝わり、亀貝は自分の車に倒れこんだ。

それきり、亀貝には起きあがる気配がなかった。鮫島は荒い息を吐き、落とした手錠をひろうため、背を向けた。

「死ねやっ」

怒号《どごう》が背後であがった。ふりかえる暇《いとま》もなく、肩口から首すじに衝撃がきて、鮫島はつんのめった。

床に手をつきふり仰ぐと、亀貝が日本刀をふりかざしていた。車内においてあったのを抜いたのだった。左手に鞘《さや》を握りしめている。亀貝の顔は、潰れた鼻と血で、人相の見分けがつかなくなっていた。

鮫島は危《あや》ういところで身をひねった。日本刀の切っ先が床を叩き、火花を散らした。首が熱く、出血が床にとび散るのを鮫島は見た。

亀貝は、日本刀が刃のない模造刀だというのを思いだしたようだった。両手を柄《つか》にかけ、腰の位置でかまえた。

「ぶっ通したる」

刃先を鮫島に向け、つっこんできた。鮫島は倒れながら足ばらいをかけた。痛みがひどく、立ちあがって戦うことはおぼつかなかった。

亀貝はつまずいて、たたらを踏んだ。だが勢いは止まらず、日本刀を止めてあったパトカーのサイドウインドウに突き通した。ガラスの砕《くだ》け散る音が駐車場全体に響き渡った。

亀貝は腕の半ばまで、ウインドウに突きこんでいた。ひきぬこうと身をもがき、そのことで腕を傷つけ、血だるまになった。

鮫島は這って、手錠のところまでいった。下を向いていると、血がだらだらと首すじを流れ、顎の先を伝わって床に落ちた。

視野が狭まり、体が異常に重かった。それでも手錠をひろうと、亀貝が腕をひきぬく前に、亀貝の足首とパトカーのバンパーとを手錠でつないだ。

それからパトカーのドアにもたれかかり、人が駆けつけるのを待つうちに、失神した。

七カ月後、鮫島は警視庁本庁警備部警衛《けいえい》課への転任を命じられた。皇族の警備を受けもつセクションだった。

亀貝は懲戒《ちょうかい》免職になったが、刑事訴追《そつい》を受けることはなかった。

当初、警視庁上層部は、鮫島を人事、厚生などの内務管理に回そうと考えたようだった。だが適性を不向きと判断されたのか、二年、警衛課に在籍したのち、公安部外事二課に動かされた。

階級は警部のままだった。

三年後、鮫島が三十三のとき、新たな事件が起きた。対外的には、それは警視庁公安部公安二課勤務の警視の自殺として処理された事件だった。

自殺の理由は、過労によるノイローゼ、とされた。その警視は、鮫島の同期生であり、警察機構の昇り階段を猛スピードで駆けあがっていた男だった。

死の数日前、鮫島は、彼からある手紙を託《たく》されていた。託された理由は明らかだった。

鮫島がもはや同じ階段を決してのぼってこないことを知っていたからに他ならない。

鮫島は自殺の真相を知った。そして鮫島が知ったという事実を、公安上層部も知った。

鮫島が警察官でありつづけるなら、生命も危うい状況となった。

公安部内部の暗闘に、鮫島は巻きこまれたのだった。

暗闘はまだ終結しておらず、死んだ警視が遺《のこ》した言葉は、戦う双方にとり何としても手に入れたいものだった。

さまざまな圧力、脅迫や懇願《こんがん》、買収といった手段が鮫島に試された。手紙は、どちらにとっても爆弾となる存在だった。

鮫島はそれらをすべて無視した。警視庁上層部に、鮫島の味方はいなかった。

ただひとり、中立の立場をとっていたのが、退官を間近にひかえた外事二課長だった。

外事二課長は、鮫島に警察官をやめる意志がないことを知ると、所轄《しょかつ》署への転任を勧めた。

——警官をやめたとしても、身の安全が保証されるわけではない。むしろ倍加するかも

しれない。だとしたら、本庁《ここ》にいるよりはましだ

むろん、例のない人事だった。左遷《させん》であり、降格である。

鮫島を厄介ばらいすることについては、双方ともスムーズに受けいれた。人事は異例の早さで執行され、新宿署転任の辞令が下った。

新宿署が選ばれた理由は明らかだった。日本最大の盛り場を抱え、署員は二十四時間、職務に忙殺《ぼうさつ》される。上層部は、目の届かぬ場所に鮫島を追いやることを恐れた。かといって、管区内の閑職で鮫島が真実暴露《ばくろ》の謀反《むほん》をくわだてることも警戒したのだ。

鮫島は、新宿署長預かりの形で、防犯課に配属された。課員にとっては、落ちてきた偶像だった。しかも、その偶像は、いつか警察機構を根底から揺るがす爆弾を抱いていたのだ。

鮫島は爆弾を不発のまま処理するつもりはなかった。口にこそ出さなかったが、鮫島が警官として〝死んで〟いないことが、それを周囲に気づかせた。

――奴は危ない

――いつか殺《や》られるかもな

ロッカールームでの囁《ささや》きが、鮫島をますます孤立《こりつ》させた。

そのことが、鮫島をして、新宿署唯一の、単独遊軍捜査官にしたてた。表面上は同僚であり、刑事部屋で机も並べる。だが、鮫島はひとりだった。

危険を伴う、捜査、逮捕活動の大半を、鮫島は単独でこなした。

鮫島の行動は、同僚警察官にとっても謎《なぞ》だった。隠していたわけではない。訊かれれば、たいていのことは鮫島は話した。訊くものがいなかったにすぎない。

三年間の独歩行《どっぽこう》が、新宿署防犯課での記録的な重要犯罪犯検挙率を生んだ。

そして、アゲられる側からは、音もなく近づき、不意に襲《おそ》いかかってくる新宿署一匹《いっぴき》狼《おおかみ》刑事への恐怖をこめて、「新宿鮫」の渾名《あだな》が鮫島につけられたのだった。

3

新宿に出るのは、今週だけでも三回目だった。今月に入ってから、アルバイト先を二度もクビになっていた。

二度目のバイト先では、古参の社員にさんざん罵られ、クビをいい渡されたのだった。

——お前みたいな、仕事もテキトーな奴が、俺は一番嫌いなんだ。人生をテキトーに生きてぃきゃあいい、テキトーにやりゃあいい、そういう、生きてるか死んでるかわかんねえような奴、大嫌いなんだよ。鏡で見てみろ、お前の目は腐《くさ》ってるよ。腐ったような奴にここにいてほしか、ねえんだ

そいつのことを、彼は、心ひそかに〝ネッケツ〟と呼んでいた。なんでもかんでも、一生懸命《しょうけんめい》をふり回し、社長からなにかいわれれば、

——ハイッ　がんばります！

としかいえない阿呆《あほう》だ。

他のバイト仲間は、そいつをゴマすり野郎と陰で呼んでいた。だが、実際は、そんなにかしこい人間ではなかったのだ。仕事のあと、連れられて居酒屋に行き、そいつが生ビールとチュウハイで酔っぱらって説教をし始めたときに、彼は気づいた。

——いいか、世の中はな、甘くないんだ。一生懸命やらなけりゃ、必ず、足もとをすくわれる。見えないところで手を抜こうたって、誰かがきっと見てる。早い話、今日だって仕入れの伝票を……

バイト仲間は、さも感じいるようなふりをして、聞きいっている。本当は、〝ネッケツ〟が勘定の半分をもってくれるのを期待しているからだ。全額、おごってくれるわけではないところがセコいが、あのクソケチな会社では、正社員とはいえ、〝ネッケツ〟がたいした給料をもらっているわけではないことを、皆、知っているのだ。

いわば、お情けで、半分おごられてやっているにすぎない。

〝ネッケツ〟はもちろん、それを知らない。単純で、いばりやなのだ。いばりやだから、酔えば酔うほど喋るし、口調も、尊敬する社長そっくりになる。

しかもいばるだけいばったあと、一転して、しみじみとした口調になって、

——でも、お前らもきっといい奴なんだよな、一生懸命やってんだよな

などというから、笑えてくるほど馬鹿に見えるのだ。

——おい、何、しらっとしてんだよ。だいたい、お前、ぜんぜん飲んでないじゃないか。

飲めないなんてことはないんだよ。飲んでりゃ、そのうち飲めるようになるって
彼は体質があわないのだ、と説明した。
——ぶつぶついうなって、聞こえねえよ、もっと大きな声じゃねえと。体質？　そんなのはなあ、いいわけだよ、いいわけ。いいわけすんなって、いつもいってんだろ
そして、首をふり、
——わかんねえよ、こいつの考えてることは
憐《あわ》れむような笑みを見せるのだ。
——いや、ちがうんすよ。こいつは一生懸命なんすよ、これでも。ただちょっと暗いだけで
バイト仲間のひとりが、こびるようにいう。初め彼は、そいつだけは仲間かと思った。ひょっとしたら、けっこう近い趣味があるかもしれない。
だが、ちがった。そいつは、彼の部屋に来て、モデルガンや手錠、ポスターを見ても、何の興味も示さなかった。映画やビデオの話をしても、まるでのってこない。
わりに親切で、いやな顔をしないのだが、どこか何かすぽっとぬけているような奴だと思っていたら、一度アパートに泊まりに行ってわかった。
六畳の部屋のどまん中に、洋服ダンスほどの大きさのある仏壇《ぶつだん》がどんとおかれていた。
——いくらしたの、これ

——百二十万

彼は言葉もなく、そいつを見つめた。

——ローンで払ってるけど、けっこうきついな。でも、これが来てから、俺変わったんだ。人の話とか、真剣に聞けるようになったし、喧嘩とかしなくなったし、何つうか、心の根っこみたいのができたんだ

その仏壇を、どこからどういう経緯《けいい》で買ったのか、彼は訊いてみたいような気もしたが、結局やめた。訊けば必ず、真剣になって、何かをすすめられるのがわかっていたからだ。ああいう連中は、仲間を作りたがるのだ。いっしょに勉強会とか交流会とか、集会に出て、仲間を増《ふ》やすことに生きがいを感じる、キモチわるい連中なのだ。お前に暗いなんていわれる筋合いはねえよ、そのとき彼はそう思ったが、何もいいかえさなかった。

結局皆んな馬鹿どうしだし、自分の馬鹿さがわかってないくらいの馬鹿に、どう説明したってしかたがないのだ。

——お前、まさか、おたくじゃねえよな

〝ネッケツ〟がそういったとき、彼は一瞬、どきっとした。自分がおたくじゃないことを、彼は一番よくわかってはいた。だが、人から見ると、自分はおたくに見えるかもしれない。奴が〝ネッケツ〟に何ていうか、そのときだけは、真剣に、奴を見た。

奴は何もいわなかった。ただちょっと悲しそうな顔をしただけだ。もし奴が「そうなんすよ、こいつおたくで」なんていったら、きっちり仏壇のことをばらしてやろうと、彼は覚悟を決めていた。

奴にもそれはわかったらしい。「仏壇のことがばれたら、バイトをクビになるかもしれない、だから今は黙ってて」アパートからの帰りぎわ、駅まで送ってくれながら、奴はいったのだ。

「いいよ、関係ないから」彼はそういって、私鉄に乗った。そして、その日は、自分の部屋にまっすぐ帰らず、新宿のポリスショップ「マークス・マン」に行ったのだった。

「マークス・マン」の店長・井川《いがわ》さんが、一番、彼のことをわかっていてくれる。

井川さんは彼のことを、エド、と呼んでくれる。エドは、彼が集めたビデオの中でも、一番数がそろっている、「鬼警部アイアンサイド」に出てくる刑事の名だ。「鬼警部アイアンサイド」の初期シリーズには、アイアンサイドとエドの他に、イブという女刑事が出てくる。イブ・ホイットフィールド。

アイアンサイドは、車椅子に乗ったサンフランシスコ市警の警部だ。エドは、その助手という役割だが、いかにも刑事ぽくて、彼が好きなキャラクターだった。他にも「モッズ特捜隊」や「ハワイ5—0」、「F・B・I」「特捜刑事サム」「ブローブ捜査指令」「刑事スタスキー・アンド・ハッチ」などが、彼のビデオコレクションにはそろっている。

国産で、彼がそろえたのは、「太陽にほえろ!」のマカロニ刑事とジーパン刑事篇、「特別機動捜査隊」の一部、「はぐれ刑事」に「非情のライセンス」の初期シリーズ。同じ天《あま》知茂《ちしげる》主演の「一匹狼《ローン・ウルフ》」を捜しているのだが、なかなか見つからない。

「マークス・マン」は、ポリスファッションとモデルガンの店だった。ポリスファッションというと、たいていは制服警官の備品を中心に扱っていて、制服マニアが客の大半で、警棒の種類だとかホルスターのタイプに口うるさいのばかりなのだが、井川さんは、彼の趣味もわかってくれているので、私服刑事用の掘りだしものがあると、すぐに知らせてくれる。

今まで、「マークス・マン」で手に入れた、彼の最高のコレクションは、私服刑事用のカバーつきホルスターと、警察手帳だった。

警察手帳の表紙には「福島県警」と入っている。本当は「警視庁」のロゴが入ったものがほしいのだが、これはなかなか手に入らない。L・A・P・D（ロサンゼルス・ポリス・デパートメント）のバッジももっている。

ホルスターは平べったい三角形で、ニューナンブの短銃身を入れるには、厚みが薄すぎる。井川さんの話では、たぶん昭和二十年代のもので、その頃の日本の警官は、今のように拳銃がニューナンブで統一されていなかったから、オートマチックを携帯した刑事もいただろう、というのだ。

オートマチックの当時の主流は、米軍から入ってきた、コルトのM一九一一と、戦前から日本にたくさんあった、ブローニングの一九一〇モデルで、ホルスターの大きさからすると、ブローニングがちょうどいいようだ。

彼が刑事にあこがれだしたのは、中学二年生くらいからだった。テレビで「刑事ドラマ」を一生懸命見ていた頃だ。

刑事の、あのさっと警察手帳をだす瞬間がたまらなく好きだった。

制服警官は、そういう意味ではつまらない、と思う。制服を着ている限り、誰が見ても警官とわかってしまう。とてもそうは見えない格好をしているのに、手帳やバッジを示したとたん、警官とわかって、悪い奴の顔色が変わる――そんなところが快感なのだ。

そしてもちろん拳銃がある。ぱっと上着をはねあげて、腰やわきの下から拳銃をひきぬく。

いったいどれほど、鏡の前で練習したろう。得意なのは、左手をぐっとつきだしながら、右手で腰のうしろから銃をぬく、「F・B・Iクイックドロウ」だ。この場合、銃は、大型のオートマチックよりも、マグナムの二・五インチリヴォルバーがいい。

「警察だ!」

手帳を見せる。驚いた悪人があわてて銃をかまえる。次の瞬間、上着の下から拳銃をひきぬいて、相手を撃ち倒す。

そして、同僚にいうのだ。

「救急車を呼べ」

だがもちろん、彼の放った銃弾は、胸を貫《つらぬ》いている。悪人は病院に到着する前に死亡するのだ。

手錠は、日本の刑事のように革ケースに入れてベルトに吊《つ》るすのはダサい。やはりむきだしで、片っ方をスラックスの下にはさんでおくほうがいい。拳銃と手錠のコンビが、さりげなく、ジャケットやスイングトップの下からのぞく、これが私服刑事だ。

新宿の雑踏《ざっとう》を歩きながらも、何の関心も示さずかたわらを通りすぎていく人々が、何かの拍子《ひょうし》に、彼の正体が私服刑事であることを知ったら——想像するだけで、胸がどきどきしてくる。

かわいい女の子が、拳銃に気づき、目を丸くして、おそろしそうに後退《あとずさ》る。

「大丈夫、僕は警官なんだ」

そういって微笑《ほほえ》みかけてみたい。

映画「ダイ・ハード」では、飛行機で同じようなシーンがあって、笑ってしまった。皆んな、考えることは同じなのだ。

今日、新宿に出てきたのも、「マークス・マン」に行くためだった。

何となく井川さんに電話をして、

「何か面白いものある？」

と訊いたら、

「うーん、エドには興味あるかな。Ｐ・Ｃの内部写真と無線の録音テープが入ってるよ」

「テープって？」

「Ｐ・ＣとＰ・Ｓの署活《しょかつ》系無線通話。ウォッチャーのお客さんが来たんだけど、けっこう、これがきてるんだよね」

警察や消防、救急などの無線の傍受《ぼうじゅ》は、ローカルに限って市販の無線器、それもハンデイサイズを少し改造するだけでできることは、彼も知っていた。自動車電話もこれで傍受できる。

「どんな風に？」

「交通事故とね、ひったくりかな。あと、監察官移動につき、警戒願います、なんて笑っちゃうのも入ってるよ」

「聞かせてくれる？」

「いいよ。おいでよ」

彼の部屋から新宿までは、西武《せいぶ》新宿《しんじゅく》線で一本だった。乗りかえなしの三十分で到着する。

新宿駅東口を出たのは、午後二時過ぎだった。起きたのが昼近くで、近所の食堂から

「マークス・マン」に電話をしたのだ。

「マークス・マン」までは、西武新宿駅から職安通りに沿って鬼王《きおう》神社の方に歩いていく。鬼王神社に近い、雑居ビルの二階に「マークス・マン」はあった。一階はインディーズのレコードを専門に扱う、レコード、CDショップ、地下にはコミックスの専門書店があって、歌舞伎町のホテル街もすぐそばなのだが、そのビルの周辺だけは、少し場ちがいの感じがする若者が多い。

新宿は、この「マークス・マン」と映画館、それに本屋くらいしか行ったことがない。ゲームセンターには興味がないし、居酒屋やディスコになるとなおさらだった。

ただ、もし自分が刑事だったら、ディスコで犯人と追っかけっこをやってみたいと思う。女の子たちが悲鳴をあげて逃げまどう中、犯人と激しい銃撃戦を演ずるのだ。そして、犯人の火線《かせん》にさらされた女の子をかばい、左腕を撃たれる。

もちろん、犯人は射殺するのだが。

自分のために怪我をおった刑事に、女の子が駆けよってくる。

「大丈夫、かすり傷さ」

ちらっと微笑んでやるのだ。

その後、女の子とどうかなるなんてことは考えない。彼は、職務として彼女を救ったのだ。片想いをよせられたとしても、彼には次の危険な任務が待っていて、とても相手をしている時間などないからだ。

「マークス・マン」への道を辿りながら、彼はいろいろと想像した。部屋で想像するより、こうして街を歩きながら想像するほうが、はるかに楽しい。

「マークス・マン」にやってくる常連の中には、本当にスーツの下にモデルガンを吊るしたり、S・W・A・Tのコスチュームを着けてくる奴もいる。

だが、スーツがぜんぜん似合ってなかったり、S・W・A・Tにしては体つきが貧弱なので、かえってみっともない。紺《こん》のスーツに、S&WのM59を吊るして、白い靴下、黒の革靴なんて、どうしたって笑ってしまう。

自分が刑事になるのだったら、絶対にスーツに白い靴下は、はかないだろう。それにダークスーツを着るのは、刑事ではなくて、F・B・Iのほうがいい。刑事なら、むしろジーンズやコットンパンツにジャケットのほうが、ラフでそれっぽいものだ。

アメリカの刑事はいつも拳銃を携帯しているから、上着が必要になる。日本の刑事が拳銃をもつのは特別なときだけなのだ。テレビドラマでは、日本の刑事も始終、拳銃をもっているが、それが嘘であると彼は知っていた。

もっといえば、日本では、刑事と犯人の撃ちあいなんて、めったにない。もし撃ちあいが頻繁《ひんぱん》におきれば、日本の刑事もいつも銃をもつようになるだろう。

鬼王神社の少し手前まで来たとき、回転する赤色灯が目に入った。ひとつだけではなく、いくつも回っている。しかも、止まっているのは白黒のパトカーだけではなくて、グレイや黒の覆面《ふくめん》パトカーや、鑑識《かんしき》のワゴンまであった。

彼の胸が急に高鳴り始めた。

そこは、歌舞伎町二丁目のホテル街だった。何か事件が起こったのだ。それも止まっている警察車の数からすると、人が死ぬほどの事件が。

彼は、警官による発砲事件があると、必ず新聞記事をスクラップしている。大半は威嚇《いかく》射撃で、それもほとんどが制服警官によるものだ。私服刑事が銃を使うのは、たいてい人質をとったたてこもり事件で強行突破をした場合だった。そんな大事件は、年に一度あるかないかだ。

まず頭に浮かんだのは、ラブホテルで死体が見つかった、というケースだった。歌舞伎町のラブホテルで女が殺される、というのはよくある話だ。

ホテルの従業員が、いつまでも帰ろうとしない客に不審《ふしん》を感じて部屋をのぞく、すると死体を発見する、というパターンだ。

彼は吸いよせられるように、回転する赤色灯とむらがる野次馬《やじうま》に近づいていった。

そこでは現場検証がおこなわれていた。

ロープが張られ、道路上に人型がチョークで記《しる》されている。黒ずんだ血の染《し》みが周囲には広がっていた。

道路上。事件は、ラブホテルとラブホテルの間の細い路地で起こったのだ。

人型はふたつあった。そして、「A」「B」「C」などと文字の入った三角形のプラスチック板がその周囲に点々とおかれ、腕章を巻いた鑑識課員がさまざまな角度から写真をとっている。

交通事故だろうか、次に彼が考えたのがそれだった。

そのとき、人型のチョーク線のかたわらに倒された二台の自転車に気づいた。

自転車は白塗りで、ひと目で警官のものと知れた。

現場に隣接したラブホテルから、ふたりの男が現われた。間に六十歳くらいの女性をはさんでいる。

男たちが刑事であることはすぐにわかった。片方は手帳を広げ、ふたりとも携帯受令器《じゆれいき》のイヤフォンを耳にさしこんでいた。

訊きこみをしているのだ。いったい何が起きたのだろう。

カメラのストロボが光り、匂いをかぐように、道路に鼻先を近づけた刑事が動き回っている。彼はいつか野次馬の最前列に立った。

「はい、さがって、さがって下さい」

ロープぎわに立っていた「防犯」の腕章を巻いた制服警官が両手を広げた。両手には白い手袋。

「あの、何があったんですか」

彼は勇《ゆう》を鼓《こ》して訊ねた。だが、その警官は答えず、無表情にラブホテルの看板を見つめている。

「お巡りさんが殺されたんだよ」

すぐうしろにいた、角刈《かくが》りの一見、やくざのように見える男がいった。見かけは恐そうだったが、喋り方はそうでもない。

「お巡りさんが？」

彼はおうむがえしにいって、男を見た。

「鉄砲で撃たれたんだってよ。二人も」

彼は路上に転がっている自転車に目を戻した。すると、この自転車は殺された警官のものなのだ。

ロープのすぐ内側には、制服警官の他に、紺の作業着を着た男が立っていた。だらりと下げた左手に無線器があり、それが音をたてた。

無線器が雑音のあと、何か事務的な口調で語りかけた。内容までは聞きとれなかったが、呼びだされたのがその紺の服の男だというのは、次の行動ですぐわかった。

「はい、こちら現場、葉村《はむら》です」

「えー、これより、本庁、公安三、機捜合流して参ります」

「はい、了解」

男は返事を無線器に送りこみ、再び手をおろした。目は少し離れた地点から現場を見つめている。

銃を使った警官殺し、彼は大きく深呼吸した。息が詰まりそうだった。

暴力団か。いや、過激派かもしれない。

現場の空気はぴんと張りつめている。これはただの殺しではない。仲間が殺されたのだ。

これが映画やテレビなら、現場に駆けつけた主人公の刑事が、「くそっ」とつぶやくだろう。

そのとき彼は、本当に舌打ちを聞いた。舌打ちは、作業衣を着た男、葉村という刑事がしたのだった。

いらだたしげに現場を見つめ、チッと舌を打ったのだ。

怒っているのだ。犯人をきっとアゲてやる、と。

ぞくぞくするほどの興奮と緊張が、彼をその場に金縛《かなしば》りにした。そして頭の中だけが、異様な熱っぽさをもって、高速回転する。

あのロープの中に入りたい。捜査陣の一員として、刑事のひとりとして、犯人を追いつめたい。

相手は拳銃をもった警官殺しだ。この刑事も、あの刑事も、明日から、きっと銃をもつにちがいない。そして、集めた情報をつきあわせるために捜査会議を開く。その場にいたい。仲間《メンバー》入りをしたい。

これは想像の世界ではなく、本物の殺しの現場なのだ。

たったのロープ一本が、これほどまでに内側と外側をへだてるとは。

今、自分が警察手帳をもち（それも警視庁発給の）、ロープのかたわらに立つ制服警官に見せて中に入ることができれば。

きっと制服警官は敬礼をして、ロープをもちあげるにちがいない。

サイレンが聞こえた。ファンファンではなく、ウーウーというせっぱつまったほうのサイレンだ。

彼は背後をふりかえり、野次馬の数が倍以上にふくれあがっていることを知った。

「はい、どいて！」

不意に制服警官が手袋の腕をのばした。野次馬の人垣がさっとふたつに割れる。まるでそこに花道が用意されていたかのように。

そこを六人の男たちが通りぬけた。六人とも、紺やグレイのスーツを着こんで、ちょっと体格のいいサラリーマン、といった印象だ。

先頭の男に葉村が歩みより、さっと敬礼した。

「御苦労さまです」

「現場の責任者は?」

眼鏡をかけた四十五くらいのその男はいった。

「刑事課、外山《そとやま》係長です。あちらに」

「はい、御苦労さん」

男はいって、ロープをまたぎこえた。六人組が現われたことにより、現場には再び強くはりつめた空気が漂った。

何者だろう。きっと階級も上で、こういう重大事件の捜査の指揮をとるのにふさわしい刑事にちがいない。

そこにいる私服刑事たちは、皆、目的をもって動き回っているように見えた。緊張しながらも、その男が来てからは、なおさら、きびきびと動いている。

自分があの男の立場だったら。

いや、あんな役はつまらない。きっと自ら拳銃を手に犯人を追いつめるなんてことはしないだろう。自分はやっぱり、現場で動き回り、犯人を追跡していく、捜査官がいい。

ロープの奥、人型のかたわらに立った眼鏡の男は、ずっとそこにいた五十歳くらいの刑事から説明を受けていた。

自分もそこにいたかった。いかにも現場、いかにも仕事として、ロープの内側に立ち、見えない犯人像について、あれこれ話をしてみたかった。

今この瞬間、彼は想像の世界ではなく、現実の捜査現場にいた。そして現実の世界は、あまりにはっきりと、自分が部外者であることを、一本のロープが示していた。

あのロープの中に入ることができる者、それは限られたメンバーだ。

彼は警官ではなかった。あこがれぬいている刑事でもなかった。たとえ拳銃をもてなくとも、サラリーマンのような格好をしていても、ロープの内側に入れるなら、刑事でありたかった。

それができないなら、カメラマンでも新聞記者でもいい。目撃者のひとりであってもいい。

彼は、自分が何ひとつ、捜査員に情報を提供できないのがくやしかった。もし、自分が何かを見ていたら、聞いていたら、あるいは自分の手で犯人を捕えていたら。

今、ロープの内側に立つことができたろう。

彼は、生まれて初めて、犯罪の、それも殺人の現場に立っているのだった。そして、その事実が、彼を悲しくさせた。

自分が部外者で、ただの野次馬にすぎないことが、彼をやりきれなくさせた。

やがてテレビの中継車がいく台も現われた。現場の空気が、別の意味であわただしくなる。

テレビカメラとマイクをもったリポーターたちが、ずらりとロープの周囲をとりまく。

まるで殺人現場に似つかわしくない、小ぎれいなスーツを着た男のアナウンサーや、どこか華《はな》やかな女のリポーターたちが、テレビカメラに向けて喋りはじめると、野次馬の大半の注意はそちらに向けられた。

特に、女のリポーターが髪型や化粧に気を配る姿を、ものめずらしげに見つめている。

そしてわかった。

こいつらは内側の人間《メンバー》ではないのだ。さも、恐ろしいとか、白昼堂々《はくちゅうどうどう》と警察官が射殺される事件が起こりました、とか喋っていても、決してロープの内側には入ろうとしないし、入ることもできない。

入れるのは、警官と被害者、そして犯人しか、いないのだ。

彼はずっとその場を動かずにいた。夜が来ても、ロープは解かれなかった。

ロープが解かれるまで。ロープが解かれるまで。

彼は呪文《じゅもん》のように心の中でくりかえしていた。腹は減っていたし、トイレにも行きたかった。が、一生に、ひょっとしたら二度と見ることがない、犯罪捜査の現場を、目に焼きつけておきたかった。

4

青山《あおやま》一丁目に建つビルの一階カフェテラスを指定したのは、「ママフォース」のママだった。

鮫島が晶と「ママフォース」を訪れてから三日後だった。その朝七時に、鮫島の自宅に「ママフォース」のママから連絡が入った。

「ずいぶん早いな」

相手がわかると鮫島はいった。

「早かないわよ。今さっき、うちに帰ってきたところなんだから」

ママはいった。

「夜のつづきか」

「これからがあたしの夜。この間の件なんだけど、『アガメムノン』の坊や」

「つなげそうかい」

「今日、会えるわ。昼間。そっちの昼間よ、あたしには夜のほうの」

「何時?」

鮫島はジョギングから戻ってきたばかりだった。Tシャツとスウェットパンツが汗で濡《ぬ》れ、風邪《かぜ》をひきそうだった。毎朝、一時間ほど走るのが、鮫島の日課だ。

「四時頃がいいって。店に出る前なら、新宿で」

「新宿は駄目だ。俺の顔を知っている奴に会えば、そっちに迷惑がかかる」

「わかった。青山一丁目は? あたしんちの近くで」

「いいところに住んでるんだな」

「二丁目は、世を忍ぶ仮の姿よ」

「いいだろう。どこだ?」

「青山ツインタワーの一階にカフェテラスがあるわ。二軒あるけど、中庭に面したほう。紅茶がおいしいの」

「わかった。四時か」

「三時ね。そこなら」

二時少し前、署にいた鮫島は通達を聞いた。内容は、
歌舞伎町二丁目×の×番、「ホテル・モンタナ」前で、十三時〇五分頃、銃声がしたとの百十番通報があり、その後、通報者の「ホテル・モンタナ」従業員が、巡回警ら中だっ

た警察官二名が同ホテル前路上に倒れているのを発見、百十九番通報をおこなった。二名は、歌舞伎町交番勤務の尾上房男《おのうえふさお》巡査と坂敏道《さかとしみち》巡査で、救急車到着時、尾上巡査は死亡、坂巡査も病院到着前に死亡した。当署捜査課及び警視庁捜査一課にて、現在、検証中。全署員は、今後の通達に留意し、管内不審者に注意せよ。

というものだった。

尾上と坂は、ふたりとも二十代で、歌舞伎町交番で顔をあわせている。

鮫島はそろそろ出ようと、防犯課の席から立ちあがったところだった。鮫島の机は、他の課員とは離れた、課長デスクの横にある。

「鮫島くん」

課長の桃井《ももい》が呼んだ。

防犯課の刑事部屋はがらんとしていた。遅い昼食や捜査のため、大半が出払っている。

鮫島は無言で桃井を見つめた。桃井は、油けのないごま塩の髪をのばし、暗い顔つきをした五十二歳の男で、階級は鮫島と同じ警部だった。新宿署で、十八年の勤務歴がある。

かつて桃井は、ノンキャリアでありながら、将来を属望《しょくぼう》された警官だった。だが十四年前におきた交通事故が、桃井の未来と希望を奪ったのだといわれていた。

高速道路の料金所で停止した桃井の自家用車に、居眠り運転のトラックが突っこんだのだ。トラックの運転手は死亡、桃井と同乗していた六歳になる息子も死亡し、妻は重傷を負った。その後、桃井は妻と離婚した。

以来、桃井はマンジュウ《死人》になった、といわれている。

桃井に笑顔は無縁だった。表情を変えることもなく、会合にはほとんどつきあわない。普通、所轄署の防犯課長あたりだと、自ら青少年補導などで指揮をとり、街に出て刑事活動をおこなうのだが、桃井はそうしない。

くる日もくる日も、課長席にすわり、老眼鏡をかけた目で書類に目を通している。

鮫島が防犯課に配属されたのは、桃井が「押しつけ」られたのだ、という評判だった。事実、他の部署の責任者が、チームワークの乱れを理由に鮫島を拒否したのに、桃井だけはしなかった。

桃井の役目をかわりに果たしているのが、新城《しんじょう》という課長補佐の警部補だった。新城は、鮫島を、配属以来無視しつづけていた。防犯で点を稼ぎ、いずれは公安への栄転を望んでいるようだ。

――うちの課にも困ったもんだ。課長がマンジュウで、いらねえオマケまで落っこってきやがる
新城が聞こえよがしにいうのを、鮫島は聞いたことがあった。その場には桃井もいた。

だが桃井の顔には何の変化もなかった。

「坂巡査だが――」

その桃井が低い声でいった。

「知っています」

鮫島は頷いた。坂は、キャリア組ではないが、大卒で警官になった若者だった。父親は、新宿区の区会議員で、次期区長と目されている。

「木津を追ってるんだったな」

「はい」

「メドはつきそうか」

「奴《やつ》は出たばかりなのに、派手に商売を再開しています。よほど自信があるのか、荒稼ぎして、国を売る気なのかもしれません」

桃井は無言だった。

「や、やさづけできたら、フダをとらせて下さい」

「好きにしたまえ」

鮫島は頷いて、防犯課の部屋を出た。署内は緊張した空気が漂っていた。非常線の配備と捜査本部の設営に備えているのだ。

署内には、今、捜査本部はひとつも立っていない。これは新宿署としては、むしろまれともいえた。新宿署管内は、やはり重大犯が、他管内に比べて、格段に多い。

御苑園遊会が無事に終わったばかりだというのに、署長は頭が痛いだろう、と鮫島は思った。警官殺しとなれば、園遊会との関連も含めて、本庁公安が動くことはまずまちがいない。

高圧的な態度をとりなれている公安のエリートが捜査に加われば、必ず摩擦《まさつ》がおきる。

〝公安は真空掃除機よ〟、よくいわれる言葉だった。情報を、吸いあげるばかりで何ひとつ吐きださないというのだ。

〝真空掃除機〟が捜査陣に入っていては、捜査はやりにくいだろう。足でこまめに情報を稼ぐ仕事はすべて現場の兵隊がおこない、頭を使う仕事は公安に任せておけ、というわけだ。

同じ本庁どうしでも、捜一と公安とでは、ほとんど交流がない。捜一の資料要請に公安が応えるかどうかすら怪しいものだ。

鮫島は署を出ると、駅の方角に向かった。

新宿署は西新宿にある。ちょっと考えると、歌舞伎町のある東新宿《ひがししんじゅく》にあったほうが便利なようだが、東新宿は交通事情が悪すぎて、仮にあったとしても、パトカーはほとんど役に立たないだろう。

新宿通り、靖国通りの交通渋滞は慢性化《まんせいか》している。百十番通報を受けて、パトカーがとびだそうにも、ぎっしりつまった車に、出庫すらできない、という可能性があった。そのために歌舞伎町にはマンモス交番があるし、深夜の事件多発時間帯には、車よりも自転車のほうがはるかに迅速《じんそく》に移動できる。

鮫島は青山一丁目で地下鉄をおりると、指定されたカフェテラスに足を踏みいれた。

ガラスのショウケースにケーキが陳列され、深いソファと間合いをとって並べられたテーブルが、いかにも土地柄を感じさせる。テーブルについている客たちも、商談のビジネスマンのみではなく、買い物帰りの主婦などがいる。主婦といっても、エプロンなどしたこともなさそうな、きらびやかな御婦人たちだ。

会話の内容も、別荘やらゴルフ会員権といったところだろう。

ママは、そんなカフェテラスの奥の席でひとりすわっていた。電話の言葉通り、紅茶のポットがクロスをかけたテーブルの上にある。大きめのサングラスをかけ、まぶかにつばのある帽子をかぶり、ゆったりしたブラウスに幅のあるパンタロンをはいていた。

化粧はしていない。

鮫島が向かいに腰をおろすと、読んでいたハードカバーから目をあげた。

「紅茶にしなさい。砂糖をたっぷりいれた、ミルクティ」

かたわらにタキシードを着けたウエイターが立ったところだった。鮫島が頷くと、無言で歩みさった。

「手間をかけた」

「いいのよ。それより、街のほうはたいへんそうね」

ママは本を閉じた。

「いろんな奴がいる」

鮫島は答えた。ママは頷き、鮫島の服装を見つめた。

鮫島は淡《あわ》いグリーンのスーツに麻《あさ》のシャツをノータイで着こんでいた。

「いい色ね、それ。あの娘《こ》の見立て？」

「自分で選んだ」

「鮫島さんて、案外、お洒落《しゃれ》ね。お洒落な人、好きよ」

「こわがらせないでくれ」

ママはにっと笑ってみせた。

「大丈夫。あの娘のこと気にいってるから」

そして、左手を軽く掲《かか》げた。鮫島がふりかえると、髪の短い、痩せた少年がカフェテラスの入口をくぐったところだった。

「あの子。フユキくんていうの。そっちこそこわがらせないでよ」

少年は白いシャツにぴったりとしたジーンズをはいていた。どこにでもいそうなタイプだが、怯えた小鳥のように大きな目と、赤い唇をしている。

「こんにちは」

少年はテーブルの横に立つと、どちらにともなくいった。細い声だった。

「すわんなさい。大丈夫、この人は、あたしの古いお友だちだから、あなたをいじめるようなことはしないわ」

鮫島は頷いてみせた。

「昔、ママにふられてね。以来、頭があがらない」

フユキという少年の唇がほころんだ。

「お巡りさんて、多いんですよね」

「馬鹿ね、冗談よ」

「でも多いのは本当だな」

鮫島はいった。フユキは鮫島とママを見比べた。鮫島は名刺を出した。自宅と、防犯課の電話番号が入っただけの名刺だ。警察という文字や肩書はどこにもない。

フユキは受けとり、頭をさげた。

「フユキです。『アガメムノン』の」

「聞いたよ、ママから。早速だけど、木津という男を知らないか。左肩に蠍の刺青がある」

「知ってます。わりに、よく来るお客さんです」

フユキは細い声で答えた。

「最近、いつ来た？」

「きのう。十一時頃」

「日曜日だろ」

「日曜でも開けてることあるの」

「ひとりだったのか」

「きのうは、そう、ひとり」

「来ると長いのか？」

「まちまち。一時間くらいで帰ることもあるけど、終わりまでいることも」

「終わりって？」

「いちおう、三時です」

「うちだってそうよ」

ママがいった。

「三時までってなってるけど、気にいったお客さんならずっと開けてるわ」

「週に何回くらい来る？」

「一回か、二回。でもその前は十日くらい来なかった」

「恋人がいるそうだな」

フユキはこっくりと首を動かした。

「どんな恋人だ」

「昔、うちにいた子で、カズオって名前で出てた。もと暴走族かなんかで、こわい感じ」

「いくつくらいだ？」

「カズオ？　二十《はたち》か二十一」

「最近つきあい始めたのか」

「みたい。なんか、カズオがすごい尊敬してるって感じ」

「木津を？」

「そう」

「木津はカズオにひっぱられて君の店に来たのか」

「そんな感じ」

少年は会話の語尾に〝感じ〟を多用した。

「ふたりは熱いのか」

フユキは頷いた。

「この間も、店のソファで、カズオがしゃぶってた。木津さんのを」

「そういうこと、よくあるのか」

「あんまりないよ。ママ、いやがるから。でも、カズオってもともとこわかったのが、木津さんがいっしょだと、よけい、なんか、強くて、ママもいえないみたい」

「カズオはなんで店やめたんだ？」

「お客さんから苦情きて」

「苦情？」

フユキはママの顔を見た。

「平気よ、何話しても」

「あの、前、カズオがお客さんといっしょに帰ったことあって。ホテル行ったらしいんだけど、朝起きたら、カズオいなくて財布からお金なくなってたんだって」

「警察には届けたのか」

フユキは首を振った。

「そのお客さん、普通のサラリーマンで、奥さんも子供もいたから、届けらんなかったみたい」

「今、いっしょに住んでいるのか、木津とカズオは」

「わかんない。そうかもしれない」

とすれば、カズオは木津の仕事を知り、手伝っている可能性もある。

「ふたりはどこで知りあったのかな」

「スナックだって。うちやめたあと、カズオが手伝ってたスナック」

「どこだ？」

「名前は知らない。門仲《もんなか》のほうだっていってた」

「門仲？」

「門前仲町《もんぜんなかちょう》。木場《きば》のほう」

「今はもうやめたのか」

「うん」

「どこに住んでる？」

「聞いたことない。訊いたけど、教えてくれなかったのかもしれない」

「今日、これから店か？」

フユキは頷いた。

「もし、また木津が来たら知らせてくれるかい。カズオひとりでもいい。渡した名刺に電話をして、友だちに話す感じで、いってくれ」

「何て？」

フユキは不安そうにいった。

「店は小さいのか」

「小さい。二十人くらいでいっぱい。だから変な話できないよ」

「じゃあ、貸したビデオ返してくれっていえばいい」

「ビデオ返してって？」

「そうだ。それと、木津がもしそばにいたら、鮫島っていう俺の名前、出さないほうがいい」

「知ってるの」

「知ってる」

前にもぶちこんだ張本人だとは、鮫島はいわなかった。

フユキは無言で鮫島を見つめた。やがて、いった。

「お礼、くれる？」

「何が欲しい」

「お金」

ママが鮫島を見た。

「いくらだ？」

フユキは片手を広げた。

「五万か」

「五十万」

鮫島はため息をついた。

「そんなには出せん。いいか、木津は、悪い奴だ。奴の仕事は拳銃の密造だ。奴の作って売った銃で、人が死んでいる。また死ぬかもしれない。それをやめさせたいんだ」

「もしぼくがさしたってわかったら……」

「大丈夫だ。君の店ではつかまえない。店を出てきたところをやる。絶対に居場所が君からわかったことは教えない。それに、今度つかまったら、奴は五年は出てこられない」

「でも、どっかでわかってしかえししようとするかもしれない。木津さんて、やくざなんでしょう」

「奴はやくざじゃない。どこの組にも属してない。やくざを商売の相手にはするが、どこからも盃はもらってない。だから、奴のかわりにしかえしをする奴もいない」

フユキは考え、いった。

「お礼は？」

「十万、出そう」

しばらく考えてからいった。

「今、くれる？」

「半分なら渡せる。残りは、奴をつかまえてから」

公安なら、こうした捜査協力費は即座に支払われるだろう。だが、防犯では、はたして半分も出るかどうか、鮫島は思った。領収証を必要としない金を動かすのは、公安の十八番《おはこ》だ。

「ちょうだい」

鮫島は財布を出した。中味は数枚の千円札を残すのみとなった。

「じゃあ」

金を受けとると、フユキは席を立った。そのときになって、鮫島はフユキが何も注文していなかったことを知った。

「待った。君の住所と名前を聞かせてくれ」

フユキは立ったまま、喋った。考えずに、ひと息で喋ったことで、鮫島は真実と判断した。高円寺《こうえんじ》だった。

「電話番号も頼む」

局番は杉並《すぎなみ》の三番台で始まっており、これも信用できそうだった。

「わかった。ありがとう。誰にもいわないで、連絡してくれることを待ってる」

フユキがカフェテラスを出ていくと、鮫島は素早く手帳をだして、メモをとった。

「しっかりしてるわよねえ」

あきれたように、ママがいった。

「五十万だって。とんでもないガキ。これで今日っきり、店に出なかったりして」

「そういうこともあるな」

鮫島は手帳をしまいながらいった。あとで「アガメムノン」に電話をして、フユキがちゃんと出勤しているかどうかを確認するつもりだった。もし出ていなければ、木津を追って、店の近くに張りこむことになる。

最悪なのは、フユキが木津に知らせた場合だ。木津は追われていることを知り、もぐるだろう。そうなると、しばらくは跡を辿るのが難しくなる。新大久保のサウナに通ったのも、木津の臭跡《しゆうせき》を追うためだった。

「でもなんで、新宿で遊ぶのかしらね。かわいい男の子捜すなら、六本木《ろっぽんぎ》でも赤坂《あかさか》でもいいのに」

ママがいった。

「ワルほど世間が狭いのさ。堅気《かたぎ》でも、得意な遊び場とそうでないところがあるように、ワルにもそれがある。ワルは、堅気以上に、知らない街をいやがる。だから結局、新宿に戻ってくる」

「それでパクられるの？　馬鹿みたい」

「馬鹿じゃなけりゃ、パクられるような罪はおかさない」

それが鮫島の返事だった。

5

鮫島が署に戻ったときは、すでに非常線が配備されていた。新宿一帯の主要幹線道路には、検問所が設置され、交通渋滞は前の週以上に悪化している。検問の対象が、過激派を警戒したバンやワゴンのみならず一般乗用車にまで及んでいるからだった。

こうした検問で警官殺しの犯人が検挙されるとは、当事者である警察官も思ってはいない。ただ、今日の警官殺しが、警察官を狙った連続犯行の最初であった場合、続発を防ぐ効果はあるわけだ。

むろん、犯人がずっと新宿内にとどまっていればその効果はない。が、そうなれば訊きこみが功《こう》を奏《そう》する。刑事課の刑事たちは、総力をあげて、子飼いの情報屋たちからネタを絞《しぼ》りとっているだろう。

署内には、特別捜査本部が設置されていた。記者会見に備えて、新宿署は報道関係者でふくれあがっていた。

第一回の記者会見は、午後六時に始まった。署内の多くの警官が会見室に集まった。犯行についての情報が不足しているせいだった。

鮫島はそのときには書類仕事を終え、帰宅準備を始めていた。記者会見が始まると、課内には誰もいなくなった。

「久しぶりだな」

声に、鮫島は机から顔をあげた。紺のスリーピースを着けた男が、防犯課の入口に立っていた。長身で、がっしりとした体格をしている。髪をきれいに七・三に分けた色白の顔に、鋭い切れ長の目がはまっている。

鮫島は無言で頷いてみせた。男の名は香田《こうだ》、鮫島のかつての同期だった。

「飯場《はんば》のメシはどうだ？」

「何の用だ」

「おいおい、警部が警視にそんな口をきいていいのか」

香田は笑った。頭が切れ、警察官僚として、秀れた資質をもっている。上に弱く、下に強いという体質も含めて。

「俺は帰らせてもらうところだ」

「仲間が殺されたんだ。もう少し残業する気にはならんか。同じ兵隊どうしだろう」

公安二課の同期が自殺したとき、香田は片方の派閥の若手リーダーだった。手紙を渡せと鮫島にいくども迫った。

鮫島は静かに香田を見つめた。

「そういう口のききかたを兵隊が聞いたら、さぞ尊敬を受けるだろう。さすが本庁公安の警視さまはお偉い、とな」

「よせよ。お前の仲間殺しをアゲるために、わざわざ来たんだぜ」

香田は歩みよってきた。

「記者会見があるんだろう。そっちへいったらどうだ」

「会見は捜一に任せてある。俺たちは地味に目立たず動くのが仕事なんだ」

鮫島は煙草をとりだした。

「しばらくこっちに詰めるんだよ。挨拶を通しておこうと思ってな」

「廊下で会ったら、敬礼しろ、か」

「規律を尊《たっと》ぶのは悪いことじゃない。もしお前が望むなら、捜査本部にひっぱってやるぜ。うまくすりゃ本庁一課には戻れる」

鮫島は考えるふりをして、煙草に火をつけた。煙をゆっくりと香田に吹きかけた。香田はたじろいだように一歩さがった。

「まだお前、煙草なんか吸ってるのか」

「出ていけ」

「なんだと」

香田は気色《けしき》ばんだ。

「俺には今手いっぱいの仕事がある。出ていけ」

香田の目がすっと冷たくなった。怒ってみせるのも、演技のひとつだった。

「二十年たってようやく警視《シ》でいいのか。へたするとずっと、警部《オブケ》のままだぞ」

「お前には関係がない」

香田はぐっと顔を近づけた。

「お前じゃない、警視どの、だ。上官には敬語を使え。いいか、お前は昔から気にいらない奴だった。俺にそんな口のきき方をしていると、一生、このデカ部屋から出られなくしてやるからな。トルエンの売人やシャブ中どもとつきあって、人生を楽しむがいい」

鮫島に何かいう暇《いとま》を与えず、くるりと背を向けた。防犯課の部屋を出ぎわ、吐きすてた。

「自覚のない馬鹿は、ただの馬鹿より始末が悪い」

鮫島は無言で、香田の去ったあとの防犯課のドアを見つめた。顔は、香田が部屋に入ってきたときから、ずっと無表情だった。

やがて鮫島は息を吐き、煙草を灰皿に押しつけた。

再び、防犯課のドアが開いた。鮫島はさっと顔をあげた。

よれよれのスラックスに、結びめの小さすぎるネクタイ、大きすぎるジャケットを着た、顔の大きな頭の禿《は》げた男が立っていた。両手は無造作にジャケットのポケットにつっこんでいる。ジャケットの柄《がら》とスラックスの色がまるで合っていない。

男はぶらぶらと防犯課の中に入ってくると、無言で鮫島の机から煙草をひろいあげた。勝手に一本ぬき、火をつける。

「警視どのに、防犯課の場所を訊かれたんでな。教えたが迷惑だったたか」

「別に」

「木津はどうだ、その後」

「一軒、使えそうな店を見つけた」

「そうか」

男はくわえ煙草のまま、鉄格子がはまった窓に近づいた。鮫島はいった。

「下はどうだ」

「大騒ぎだ」

「銃が使われたらしいな」

「ああ」

男は長くなった煙草の先の灰が落ちるのもかまわず、新宿署の入口を見おろしていた。

藪《やぶ》という、鑑識係員だった。弾道検査の腕には定評があって、本庁の鑑識課からの招《しょう》聘《へい》をいくども受け、そのつど、断わっている。

本当は医者になりたかったのだが、名前のせいであきらめた、というのが口癖だった。

四週間前におきた殺人を、木津の作った銃とわりだしたのも、藪だった。

藪が鮫島の顔を見た。ぼんやりとした、とらえどころのない目つきをしている。

「地取りじゃ『ホテル・モンタナ』の婆さんは、銃声を一発しか聞いてない。どでかい音だったそうだ。附近の訊きこみでも、やはり、銃声は一発だ」

鮫島は無言で藪を見返した。

「坂巡査と――いや、警部補になったのか、二特進で――、尾上は、斜めに並んで自転車で警ら走行をしていた。坂が前、尾上が左斜めうしろだ。見つかった弾丸は、坂の体の中から一発だけ」

「一発か」

鮫島はいった。

「一発だ。弾丸は、尾上警部補の左斜め後方から飛来した。左肩甲骨《けんこうこつ》の下から入り、ほぼ胸の中央に貫通し、今度は坂の背骨に命中、右肺を破裂させ、肋骨《ろっこつ》で止まった。尾上は即死、坂は出血多量でほぼ十分後に死亡した」

「銃は何だ？」

「坂の胸から弾丸が出た。潰れてぺしゃんこになっているが、拳銃弾ではない」

「猟銃《りょうじゅう》か」

藪は頷いた。

「多分、ライフルだろう。今、口径の確認をしているところだ」

「ライフル」

「ライフル弾の装薬量は、拳銃弾に比べりゃ、けた外れに多い。とうぜん貫通力も比べものにならん。スピードが速いからな。口径にもよるが、拳銃の場合、リヴォルバーの四四マグナムで初速三六〇メートル・パー・セコンド、オートマチックの九ミリルガーで、三四〇メートル・パー・セコンド。お前さんたちが使う、ニューナンブの三八スペシャルは、たった二七八メートル・パー・セコンドだ。こいつは時速に直せば一〇〇〇キロだが、ライフルだと、日本で鹿やイノシシ狩りによく使われる、三〇—三〇で、初速七二八メートル・パー・セコンド、もう少しでか目の三〇—〇六だと八九〇メートル・パー・セコンド、時速でいや、三二〇〇キロだ。拳銃弾は、ほぼ音速か、それより遅いスピードでとびだすが、ライフルは倍か、三倍だ。たぶん、尾上は銃声すら聞いちゃいないだろう」

藪はひと息に喋った。

「どれくらい離れたところから撃ったんだ?」

「それが問題だ。こいつをわりだすのは、えらく難しい。目撃者がいりゃ、簡単だが、それがいない、ときてる。考えてみると、あの辺は、夜より昼間のほうが人通りが少ないからな。ただ、銃弾てのは、面白い性質があって、銃口からとびだしたときに、一番貫通力があるとは限らんのだ。特にライフルの場合、弾丸は、初めのうち、ケツを振っているからな」

藪は短くなった煙草を口から離し、説明し始めた。

「弾丸をまっすぐとばすために、銃身に、旋条《せんじょう》、ライフルリングが切られていることは、あんたも知ってるだろう。弾丸は、ナットの中を進むボルトのように回転を与えられて、銃口をとびだす。ライフルの弾丸、この俺がいっている弾丸てのは、弾頭の部分のことだぜ、は、拳銃弾に比べると細長い。カートリッジの部分も細長いが、ブレットの部分も長い。だから、どうしても回転しながらケツを振る。だがこのケツ振り運動も、ある距離を飛ぶことによって安定してくる。だいたい、一〇〇メートルから一五〇メートルくらいだ。そこからは、まっすぐに回転して飛ぶ。やがて、何にもぶつからなければ、前進エネルギーは、重力と空気抵抗によって失われ始め、ちょうど倒れる前のコマのように、再びケツを振りながら落下するわけだ」

「すると、少し離れて撃った場合のほうが、ライフルは破壊力があるということか」

「破壊力と貫通力はちがう。針で刺されるのと、ハンマーで殴られるのと、どっちがコタえるか考えてみろ。破壊力とスピードは必ずしも一致せんのだ。遅い弾丸は、体の中をひっかき回して、中で止まる。つきぬけた弾丸は、場所によっちゃ、そうひどいことにならん場合もある。そこで今度の殺しだ。尾上の体を貫通した弾丸は、坂の体で止まった。こいつは、かなりの貫通力のようだが、ライフル弾、それもけっこうでかい口径で撃ったとすると、意外にたいしたことがない、ともいえる」

「至近距離《しきんきょり》からライフルで撃ったと……？」

「その可能性が一番高い。もっとも、こんな理屈をつけなくても、現場の路地は細くて見通しが悪いから、上から撃ってきたのでない限り、そう遠くから撃てる筈がないことはわかるわけだ」

この弾道検査の専門家は、酒を飲まない。体を動かすことも得意ではなかった。ひどい汗かきなのだ。

が、捜査官として一流だった。訊きこみをし、犯人を追い、捕える技術が秀れているだけが、一流の捜査官の証《あか》しではない。

藪は、いつも想像をめぐらしていた。現場の刑事たちに想像をめぐらす余裕《よゆう》はない。

藪の想像は、常に、状況と証拠の上に立っており、根も葉もないものではなかった。

鮫島は、藪の想像に耳を傾けた。新宿署のほかの刑事たちは、結果のみを知りたがり、想像にまでつきあう者はいない。

鮫島が耳を傾けるのは、藪を一流の捜査官と気づいているからだった。

鮫島は無言で藪の手の煙草を見つめた。

「ライフルで至近距離で撃った、ここまではいい。次に出てくる問題がひとつある。ライフルって奴は、拳銃に比べりゃえらくかさばる。上着のポケットにかくしたり、手さげ鞄《かばん》の中に入れてもち運ぶというわけにはいかん。せいぜいゴルフバッグや釣りザオのケースだ。犯人が車で移動してなきゃ、まずもち運べないと思ってまちがいない」

「計画犯だな」

「だろうな。用もないのに、車のトランクにライフルをつっこんで走っていて、たまたまふたり連れのお巡りを見たんで、射的屋《しゃてきや》の標的代わりに撃ってみた、なんて奴がいるとは思えん」

「ライフル、というのは発表したのか」

「いや、一発しか撃たれていないことすら発表していない。使用された銃については、現在、捜査中、ということになっている」

「犯人はすると、車の中でライフルをもって、警官を待ちかまえていたことになる」

藪はいった鮫島を見つめた。

「そうなるな。だが、警官は、路上に止まって人が乗っている車がありゃ、必ず中をのぞく。警官を殺す気の奴が、そんな馬鹿な真似をするかな」

「警官が通りすぎるのを待って、トランクからライフルをとりだしたとしたら？」

「距離の問題はどうなる？　大急ぎで車をおりて、トランクを開け、ひっぱりだしても、一〇〇メートルは離れるぞ」

「車の中におき、何らかのカモフラージュをしていたんだな」

「今のところ、そうなる」

藪はいった。が、いいたいことは、別にあるような顔つきをしていた。

藪が防犯課を出ていくと、鮫島は電話に手をのばした。「アガメムノン」の番号を押した。

「はい、『アガメムノン』でございます」

電話に出た、その声で、フユキとわかった。

「鮫島だ」

「あ、さっきはどうもー」

カフェテラスで会ったときより、さらに高い、しかし元気のある声でフユキはいった。

「今から署を出て、自宅に戻る。もし、奴が来たら、自宅のほうに電話をくれ。いなくても留守番電話に時間を吹き込んでおいてほしい」

「はーい。わっかりました」

声の向こうでは、男どうしのカラオケ・デュエットが流れていた。曲は「新宿そだち」だった。

受話器をおろし、鮫島は立ちあがった。

捜査本部に詰めた連中は、今夜は徹夜だろう。警官殺しの解決が長びくことは、勢い、警察の威信《いしん》を汚《けが》すことになる、と上層部からはっぱをかけられているにちがいない。たぶん、香田も居残りにちがいない。

これまでの状況で、警官殺しに、過激派がかかわっている可能性は高かった。拳銃ならば、暴力団関連、猟銃ならば過激派、という分類のしかたがある。やくざがライフルを使うことはないではない。が、過激派が拳銃を使ったケースはまれだった。

ライフルが犯行に使われたことで、本部は極左暴力犯の可能性を高く見ている。

鮫島は、「歌舞伎町警察官殺人事件特別捜査本部」と記《しる》された紙の貼《は》られた部屋の横を通って、署を出た。

野方の駅の近くで夕食をとった鮫島は、八時半にアパートに帰った。

ドアを開けると、留守番電話の録音ランプが点滅しているのが、闇の中で見えた。

大急ぎで部屋にあがり、再生ボタンを押した。

「晶だよ。今度の休み、いつだよ。連絡くれよ」

メッセージはそれで切れていた。他に録音はない。

鮫島は苦笑した。晶には、いつもメッセージを入れたときには、時間をいっしょに吹きこめといってある。だが守ったためしがない。

鮫島の自宅の番号を知っている人間が、新宿には何人かいる。その連中は、鮫島に頼まれている情報を提供するために、自宅にまで電話をしてくることもある。場合によっては、それは助けを求める電話であったりする。

その電話がいつかかってきたのか、録音されたメッセージの場合、つきとめるのは難しい。

もしその電話の前やあとに、晶が吹きこんで、そこに時刻も告げておいてくれれば、ひとつの目安になる。

鮫島は洋服を脱ぐと、バスルームに入った。バスルームは、ユニットタイプで、体を洗うにはやや窮屈《きゅうくつ》だった。だが、新宿から三十分以内の距離で、風呂つきとなると、これ以上の広さを求めるのは、鮫島の俸給《ほうきゅう》では難しい。

シャワーを浴びた鮫島は、六畳のリビングの、ベッドのかたわらにおいたソファにあぐらをかいた。

ミニサイズの冷蔵庫とテレビが、手の届く位置にある。テレビのラックには、ミニコンポもあった。最近は、晶のデモテープを聞くとき以外には、スイッチを入れたことがない。はっきりといったことはないが、鮫島は晶の歌が好きだった。声質もいいし、すぐれた感性ももっている。プロデビューすれば、ルックスとあわせて、かなりのところまでいくだろう、と思っていた。

ただ晶自身が、そのときどう変わるか。

スターである自分に納得《なっとく》できれば問題はない。逆に、いやけがさしてくる可能性があった。

──面倒くせえよ
そのひと言で、おりてしまうかもしれない。歌が好きだが、そのために生き方を変えられるタイプの人間ではないのだ。

鮫島は、手をのばし冷蔵庫から缶ビールをとりだした。

テレビのスイッチを入れ、九時のニュースにチャンネルをあわせる。

今夜、木津が「アガメムノン」に現われる可能性は低い、と鮫島は見ていた。

ひとつには、前に来てからさほど日数がたっていないことがある。もうひとつ、大きな理由が、今日、起きた警官殺しだった。

木津はすでに、二回、懲役《ちようえき》をくっている。

そういった意味では警官に対する警戒心は強い。

木津は、プロの犯罪者なのだ。木津の仕事は、拳銃の密造である。おそらく、この十年以上、木津はそれ以外の仕事をしたことがない筈だった。

拳銃の密造者というのは、麻薬の密売や、詐欺師《さぎし》、あるいは盗品の故買《こばい》と同じで、職業として違法行為をおこなう。競馬のノミ屋もそうだ。従って、常に逮捕される危険がつきまとっている。これは、犯行が警察に知られ、逃亡している犯罪者とは少しちがう。逃亡している人間は、その間の生活費を、まっとうな手段で稼ぐ者が多い。工事現場で働いたり、素姓《すじよう》をいつわって就職したりする。

プロの場合、逃げ回ってはいない。自分の仕事場があり、そこを離れては商売にならないからだ。だから、密告に敏感になる。あるいは、何かあれば、商売を一時中止し、静かに目立たぬよう努力する。逃げ回れない分、慎重《しんちよう》になる。

新宿で警官殺しがおきた以上、新宿に警官があふれていることを、木津は知っている。フユキが、きのう木津が来たが、その前十日以上は来なかったといったのは、そのためだ。

園遊会の警備で、警官が数多く出ていたとき、木津はおとなしくしていた。園遊会が終わったので、再び「アガメムノン」に現われたのだ。

今日の事件で、しばらく動かないだろう。

鮫島はそう読んでいた。

ニュースが始まった。

警官殺しはトップで扱われていた。扱いは大きいものの、警察発表の情報が少ないため、内容は乏《とぼ》しくなっている。

発表をおさえこんだのが、香田ら、公安のさし金《がね》であることは、すぐにわかった。

現場から中継をおこなったリポーターは、目撃者が、今のところ見つかっていないこと、銃声が一発しか聞かれていないことを告げた。

銃声を聞いた、ホテルの従業員も画面に登場した。

やくざの撃ちあいだと、瞬間に思ったという。だが銃声が一発なので、表を見たところ、警官がふたり倒れていた——。

あたりのホテル街は、夜は人出がかなりある。ポン引きや、その場で客を引く街娼《がいしょう》、男娼《だんしょう》も多い。特に最近は、アジア系外国人の娼婦が増えていて、夜間なら、必ず、犯行の目撃者がいただろう、とリポーターは結んだ。

娼婦が目撃者になっている可能性はある、と鮫島も思った。だが、警察に出頭して、自分が見たことを話す筈がない。まして、リポーターの言葉通り、アジア系外国人の街娼が激増している今、ホテルの客から目撃者を捜すことは困難だった。

公安三課では、犯行声明をだす極左暴力集団の出現を待ちうけているにちがいない。

鮫島は、ここにきて漠然《ばくぜん》とだが、極左暴力集団の犯行ではないのではないかと思い始めていた。

極左暴力集団が警官を殺害するなら、新宿署の警ら巡査よりももっと標的にふさわしい、機動隊員や皇宮《こうぐう》警察官を狙う筈である。

殺人にまで闘争を発展させる極左団体は、おおむね、国家を相手に戦闘をおこなっているのだ、という認識の上に行動している。

自分たちを兵士と考え、警官は、〝敵兵〟である。兵士が兵士を殺すのは、戦闘行為であって、これは「殺人」ではない。不意をうつのは、圧倒的に戦力の大きな敵に対して挑む場合、戦術、戦略的に当然の作戦であると考える。

この観点に立てば、今日の犯行を都市ゲリラ戦における、戦闘と規定することができる。

ただし、こちらからしかけた戦闘である以上、それには何らかの意味がなければならない。

末端の警官を狙うのは、それとして理由がある。過激派グループも、警察のキャリア構造は熟知《じゆくち》しており、末端を標的にすることで、現場の兵隊に「厭戦《えんせん》」気分を蔓延《まんえん》させる効果があるからだ。

ただし、そうだとしても、戦闘の意義を考えれば、第一の標的として別の種類の警察官を狙った筈だ。しかも、警ら巡査を襲うのは、作戦として成功度が低い。

職務遂行中の警ら巡査には、警戒心があるし、まして新宿署員となれば、緊張感も高い。狙撃《そげき》に失敗し、反撃を受ける確率は低くないのだ。

一発しか発砲していない、という点も「戦闘」としては、おかしかった。

カメラは、現場からスタジオに戻されていた。

襲われた警察官が、拳銃も含め、携帯品を何も奪われていなかったことを、スタジオのアナウンサーが告げた。

当面、警察は、ふたりの警察官に対する怨恨《えんこん》の線も含めて、犯人をしぼっていくことになるだろう――。

怨恨は可能性がある、鮫島は思った。

他の署員に比べて、倍以上ものトラブルを扱う、新宿の警官は、被疑者《ひぎしゃ》に対する態度も荒っぽくなりがちである。そういった点で、尾上や坂が、恨《うら》みをかっていなかったとはいいきれない。

二人とも、鮫島は知っていた。坂は、どちらかといえばおとなしいタイプだが、坂よりひとつ上の尾上は、言葉づかいも含めて、やや乱暴な面があった。

俗に〝ばんかけ〟というが、職務質問をする際も、坂は、

「お急ぎのところ、ちょっとおそれいります」で、入った。

尾上はそうではなかった。挙動不審の者を見かけると、即座に威圧的《いあつてき》な態度をとる。

「ちょっと、ちょっとちょっと――」

で職質を始めたシーンを、鮫島も見ている。あるいは、尾上のほうが、坂よりも、新宿での経験が長いぶん、慣れていた、といういい方もできるだろう。

警察官には身内意識が強い。従って、坂や尾上が、勤務上のこと、あるいは私生活で、

誰かに恨みをかうような態度をとっていたとしても、同僚の口からそれを訊きだすのは難しいだろう、と鮫島は思った。

二人の死に痛みを感じていないわけではない。が、鮫島は、警官の身内意識とは無縁だった。

警官が身内意識をもつのは、社会からの疎外感《そがいかん》ゆえである。職業の特殊さが、どうしても、警察の外での、警察官を孤立化させる。おそらくそれは、いつの時代になっても、どこの国でも、かわらないだろうと、鮫島は思っていた。

警官が身内意識をもちつづける限り、警官の犯罪は、他のどの犯罪よりも発覚しにくい。そのことは、民衆の警察不信を招き、悪循環《あくじゅんかん》として疎外感を生む。

内部告発者に対する、警察機構の無視、陰での妨害も、あまりに露骨《ろこつ》であり、警察社会の中ですら疎外された者は、よほどのことがない限り、警察官をつづけていくことができない。

かわらないことを知りながらも、鮫島は、変化を願っていた。変化は、外圧では決しておきえない。警察がかわるためには、ひとりでも、自分のような警官が警察にいつづけることが必要なのだ。

多くの警察官は、純粋に正義を信じ、法を遵守《じゅんしゅ》し、させることに、生きがいを感じている。たいせつなのは、その彼らに、失望も疎外感も感じさせないような警察機構をつくりあげることだ。

今の日本の警察は、その意味では、あまりにひどすぎた。鮫島はふたつの戦いを背負《せお》っていた。

犯罪との戦いと、ゆがんだ警察機構との戦いだ。

電話が鳴った。

「いやがんの」

受話器をとった鮫島に、晶の声がいった。

「なんで電話してこないんだよ」

「今、帰ったところだ」

「嘘だね。電話にでた早さじゃ、もうシャワーを浴びて、ビール飲んで、テレビ見てたんだろ」

「警官になるか」

「アホか。殺されんの、まっぴらだよ」

「どうしたんだ」

「別に。殺された二人、知ってた？」

「ああ」

「なんでやられたんだい？」

「そいつは捜査本部が調べるだろう」

「ふーん。今度、いつ休み？」

「金曜だ」

「四日あとか……、行っていい？」

鮫島は苦笑した。

「なんでそんなにここに来たがる」

「なんで行っちゃいけないんだよ」

「わかった。そのかわり、夜は出かけられないぞ。電話があるかもしれん」

「いいよ。晩飯、作るよ。いやじゃなきゃ」

「誰が？」

「作るのは、あたし。いやがるのは、あんただよ」

「かまわんさ」

「何時頃、行きゃいい」

「夕方、遅くならんうちに」

「五時にバイト終わるから、六時」

「よし。野方の駅に迎えにいく」

「ねえ」

「何だ」

「何を本当はいやがってたんだい？　あたしがそこに行くことで」

「何もいやがっちゃいない」

「嘘つき」

晶は電話を切った。だが、その声に怒りはなく、むしろ喜びで弾んでいた。

鮫島は切れた受話器をもとに戻し、テレビの画面を見た。

ニュースは別のものにかわっていた。

自分がまきこまれた、公安の暗闘が終結していないことを鮫島は知っていた。そして、あの手紙をもつ限り、公安は、自分を監視しつづけるだろう。

晶が好きだった。今、もっともかけがえのない人間だった。晶と手紙をひきかえにするようなことだけは、おきてほしくなかった。

晶の存在を、公安の上層部が知ったら。

そんな事態には決してならない、とは、鮫島は、自分に断言できずにいた。

その夜、電話はかかってこなかった。

6

「マークス・マン」には結局、行かなかった。いや、行けなかったといったほうが正しいだろう。

彼が部屋に帰ったのは、午後十時をすぎていた。駅の近くでハンバーガーを買い、その袋を手に、アパートの階段をのぼった。

人のたくさんいるところで、ひとりぼっちで食事をするのが、彼は嫌いだった。ハンバーガーは駅から十五分歩く間に冷えてしまった。だがかまわない。

アパートの部屋に入り、彼がまずしたのはドアの鍵をかけることだった。

部屋の中はきちんと片づいている。四畳半の台所と六畳の和室。和室には浪人時代から使っている机があって、今は食卓兼用になっている。

鍵をかけた彼は、まっすぐに机に歩みよった。一番上のひきだしを開けた。

ホルスターに入った、モデルガンが三挺《ちょう》あった。ホルスターのタイプもすべてちがう。

ショルダー・ホルスターに入った、S&WのオートマチックM三九、パンケーキ・ホルスターに入った、コルト・ローマンのマークⅢ三五七マグナム、そして「マークス・マン」で買ったウエスト・ホルスターのブローニングの一九一〇モデル。

かたわらに警察手帳と手錠、それに特殊警棒がある。

彼は着ていたジャンパーを脱いだ。ショルダーホルスターをシャツの上に吊るした。つづいて、手錠をジーンズの背骨のあたりにつっこんだ。

警察手帳をヒップポケットにさしこむ。ジャンパーを再び着た。

ひきだしを閉め、玄関に戻った。

玄関に近い、トイレの横に、小さな下駄箱があった。そこには、工具類なども入れてある。

荷造りにつかう、麻ヒモもひと巻きあった。

以前やったバイト先からもち帰ったものだ。麻ヒモをハサミで切った。

六畳間にはピンクのカーペットがしいてある。そのカーペットの上に、まず、ヒモで人型を作った。

それから、六畳間と台所の仕切りに、二重にしたヒモをはり渡した。高さは腰の位置だ。

そしてヒモの外側に立つと、なるべく部屋の調度には目を向けないようにして、内側の人型を見つめた。

気持ちがだんだんとふくらんでくる。自分が、世界に入っていくのがわかる。

そこでは現場検証がおこなわれている。カメラのストロボが光り、そこここに鑑識課員がしゃがみこみ、指紋や足跡を採取している。

ロープの周囲には野次馬がむらがり、押しあい、へしあいをしながら、中をのぞこうと首をのばしているのだ。

ロープ際に、手袋をつけた制服警官が立って——そうだ、手袋を忘れた。

彼は麻ヒモをまたぎこえ、机の別のひきだしから、白い布の手袋をとりだした。薄地で、手首のところでスナップをとめるようになっている。

手袋を無造作にジャンパーのポケットにおしこみ、ヒモの外に戻った。二、三歩、退《しりぞ》く。

再び野次馬が見えた。

『はい、押さないで。退《さが》って、退ってください』

制服警官の声が聞こえた。

彼が一歩近づくと、警官が彼に気づき、さっと敬礼する。

「御苦労さん」

彼は声に出していって、いちおう警察手帳をヒップポケットからひきぬいて見せる。

まるで刑事に見えない彼の姿に、野次馬が目をみはっている。

すっとロープをまたぎこえる。鑑識課員がふりかえり、彼は頷いてやる。

ジャンパーのポケットから手袋をだし、両手にはめながら、人型の前でしゃがみこむ。

「凶器は？」

『拳銃です。たぶん、マグナム』

彼は顔をしかめた。

「ひどいな。死亡推定時刻は？」

『ほんの三十分くらい前です』

彼はすっと立ちあがり、あたりを見回した。

「じゃあ、まだ近くにいるじゃないか、ホシは」

『今、あたりを捜索させています』

「気をつけるようにいうんだ。ホシはマグナムを――」

彼はふっと言葉を切り、腰から、目に見えない携帯無線器をとりあげた。

「はい、こちら現場。特捜だ、どうした？」

『応援を――』

ガーンという銃声、言葉が途中から雑音にかわる。

「いくぞ！」

彼の手がぱっと、オートマチックをひきぬく。遊底《ゆうてい》をひき、第一弾を薬室に送りこんで走りだす。ロープを一気にとびこえて――。

銃口は、空に向けておくのを忘れない。

このひとり芝居を、何度かくり返した。バリエーションをつけ、最後には撃ちあいも演じた。最後の言葉は、やはり、

「救急車を呼べ」だ。

十一時近くなっていた。腹がぺこぺこにすいている。

ハンバーガーの袋は、机の上におきっぱなしだった。それを手に、麻ヒモの内側に入った。

刑事は事件現場で飯を食うのだ。

片膝をつき、麻ヒモの人型を見つめながら、ハンバーガーを頬ばった。

今度の犯行は、これで四件目だ。普通の捜査方法では犯人を検挙できないと考えた捜査本部は、特捜の彼を派遣したのだ。

ハンバーガーを食べながら、彼はそこにある死体をじっくりとながめた。自然にしかめ面になるが、口の動きは止《や》まない。

『プロですか?』

新任の刑事がおそるおそる、訊ねる。

「たぶんな。それも腕がたつ」

いってから、彼は立ちあがった。物語を一時中断し、冷蔵庫からミルクのパックをとりだした。一ℓ入りのパックに直接口をつけ、ハンバーガーを流しこむ。

ふっと、犯人を思った。ここの殺しではない。新宿での殺しのだ。

警官殺しをやるなんて、どんな奴だろう。

制服警官を殺すのは、プロの殺し屋の仕事ではない。どうせ殺すなら、刑事のほうが、もっとよかったのに。刑事殺しは、追いつめられた犯罪シンジケートの常《じょう》とう手段だ。

自分はいつ、また殺人現場に出くわせるだろう。

毎日、新宿を歩いたって、永久に会えないかもしれない。いくら新宿でも毎日、殺しがおきるとは限らないのだ。

一番いいのは、新宿署の近くにいて、パトカーがとびだしたら追っかけることだが、彼は車をもってないし、パトカーの行き先が殺人現場かどうかはわからない。

ロープの内側に立ちたい。

メンバーになりたい。

ひょっとしたら、今までだって、殺人現場に立ち会うチャンスはあったのだ。ただ、パトカーがたくさん止まっていても、たいてい犯罪は、家の中で起きる。だから、中をのぞくことなどできないのだ。

もしまた自分が、殺人の捜査現場につきあたったら、どうするだろう。

そういえば、今日、自分は、見ていたようで、ひとりひとりの刑事の動きを見ていなかった。写真を撮っていた奴はいた。指紋は？　足跡は？　それに今日の刑事たちは拳銃をもっていただろうか。

上着のあたりをじっと見ていれば、わかったかもしれないのに。

そう考えると、彼はいてもたってもいられなくなってきた。もう一度、あの現場に戻ろうか、とすら思った。

だが、今はもう刑事はいない。

現場百ぺん、という言葉はあるが、本当に刑事がお百度《ひゃくど》を踏むとは限らない。第一、犯人は異常者かなにかで、もうつかまっているかもしれないのだ。

連続殺人、連続殺人――彼の頭にふと、浮かんだ。あの警官殺しが、連続殺人ならいいのに。

連続殺人なら、きっと同じ刑事が担当する。彼がその場にいれば、より物語をリアルにできる、さまざまなシーンを目撃するだろう。

警察無線の傍受を趣味にしているアクションバンダーという連中がいることは知っている。だが、傍受できるのは署活系という、各署のパトロールと署の間で交わされる無線で、警視庁が動くような大事件は、デジタル化された無線通信が使われるから、傍受できない、と井川さんがいっていた。

殺人は当然、本庁捜査一課が出てくる。一課の覆面パトカーの無線を傍受できれば、殺人現場だけではなく、犯人逮捕の現場にすらいあわせることができるだろう。

だが、それは難しいのだ。井川さんの話では、警視庁無線も、以前はデジタルではなかったのだが、バンダーが増えて、デジタルに切り換えたらしい。

きっとそれだけじゃない。犯人が無線を傍受して逃げだすようなことがあったのだ。

見たい。何としても、また見たい。

もし彼がいつも、大事件の現場に立ちあっていたら、刑事はどう思うだろうか。

自分に超能力があって、大事件の発生を予知できたらいいのに。彼は思った。

7

晶はグレイのタンクトップにジーンズを短く切ったショートパンツをはき、白いビニールブルゾンをはおった姿で、改札口から現われた。

手に大きな紙袋をさげている。

「はい、これ」

受けとった鮫島は顔をしかめた。

「何だ、こりゃ。重いな」

「包丁《ほうちょう》、まな板、塩、こしょう、醬油《しょうゆ》、皿、フライパン、鍋」

晶は歩きながらいった。

「何だと？」

立ち止まって、鮫島をふりかえった。

「だって、あんたんとこ、何があるかぜんぜんわかんないだろ。自分んちからこれ全部もって、バイト行ったんだぜ」

「訊きゃあいいんだ。包丁くらい、ある」

「面倒くせえよ。それに使いなれてるもんのほうがいいし」

「いうことが一人前だな」

晶は再び立ち止まり、すぐうしろを紙袋を抱えて歩いていた鮫島はつきあたりそうになった。

「てことは、あたしの作った料理がまずいってことかよ」

「そんなことはない。ないが――」

「だったら、口出すなよ」

商店街での買い物にも鮫島はつきあわされた。晶の買い物は、細心に吟味《ぎんみ》し、大胆に買いこむ。支払いはすべて、晶がした。

「払うよ」

「うるせえよ。あたしが作るんだから、あたしが払う」

鮫島は両手に紙袋をさげて、アパートに戻った。

晶が来るので、キッチンはいちおう、掃除《そうじ》してあった。晶がきれい好きなことは、晶自身のアパートを見て、知っている。

鮫島が荷物をキッチンの床におろすと、晶は、

「よし」

とつぶやいて、ブルゾンを脱いだ。鮫島はよこ目で、タンクトップのふくらみを見つめた。むきだしの肩の下、木綿の生地《きじ》が大きくつき出ている。

「けっこう、そろってんじゃん」

キッチンの物入れをのぞきこみ、晶はいった。

「とりあえず、一杯やろう」

鮫島はいって、冷蔵庫から缶ビールを二本とりだした。

「勝手にやれよ。しこみがあんだよ」

晶はいって、紙袋から次々に材料をとりだした。

「つきあえって」

鮫島は、冷えた缶を晶の太腿の裏側におしつけた。晶はとびあがった。

「ばかやろう」

「ほら」

目の前に缶ビールをかかげた。

「もう」

晶は唇を尖らせて、ビールを受けとった。プルトップをひき、鮫島の手の缶と軽くあわせる。

晶がひと口飲んだところで、鮫島はその腕をつかんでひきよせた。

「あっ、ばかっ」

晶の唇をむさぼった。晶はビールをこぼすまいと、缶を高くかかげた。

初めのうち、あらがった晶は、少しすると自分から舌をからませてきた。だが鮫島がタンクトップの下に手をさしいれると、口を離し、いった。

「なに考えてんだよ、こいつ」

「台所にいる女ってのは、ベッドの上より、男にやりたくさせるんだよ」

鮫島は、ブラジャーのフロントホックを器用に外した。

「やめろよな」

鮫島の指が胸の先端にさしかかると、大きく息を吸いこみながら、晶はいった。声が低くなり、瞼《まぶた》が赤らんでいる。

鮫島はもう一度、口を押しつけた。左手にもちかえていたビールの缶を流し台におき、空《あ》いた手をショートパンツにかけた。

「やめろって……」

口を離し、晶は鮫島の目を見つめた。その間に、鮫島の手がスキャンティに入った。

晶の膝が崩れた。鮫島は抱きとめ、ショートパンツを下までおろした。

「運動すりゃ、もっとお前の飯がうまくなる」

晶の体を抱きあげた。晶の腕が鮫島の首にかかった。そしていった。

「ばかあ」

「早く脱げよ。このスケベコップ」

食事は、サーモンソテーのクリームソースと、角切りのヒレステーキがメインだった。

晶は、二本のワインを持参し、そのうち一本をふたりは空けた。残りの一本は、冷蔵庫におさめられた。

晶があと片づけを始めると、鮫島はテレビをつけ、ニュースにチャンネルをあわせた。高視聴率の民放ニュース番組だった。

三つのニュースのあと、コマーシャルが入り、スタジオのキャスターに画面が戻った。

「新宿でおきた警官殺人の続報です。その後の調べで、犯行にライフル銃が使われたらしいことが明らかになりました。これは、当番組のスタッフが独自の調査の上、入手した情報ですが、おそらく、まちがいないだろう、ということです。銃器と弾道学の専門家にお話をうかがってありますので、それをごらん下さい」

画面がきりかわり、鮫島の知らぬ男が、せまい事務所のような部屋で喋るVTRが映った。

「銃声が一発であること、亡くなられた、ふたりの警官の位置等から、類推《るいすい》しますとね、犯行に使用された銃弾は、非常に貫通力の強いものであったと考えられるわけです」

銃器評論家、という男の肩書がテロップで表われた。およそ銃とは無縁そうな、白髪《しらが》まじりのおだやかな顔をしている。

「そうしますとね、通常の拳銃弾とは、考えにくい。もちろん、拳銃弾にも、KTWといって、貫通力を高めるために特殊加工をしたものもありますが、日本国内で入手することはたいへん困難で、米国においても、あまり一般的ではない。ライフル弾の場合でしたら、猟銃用として、認可をうけて売られているわけですから、当然、猟銃所有者は入手可能なわけです」

画面がスタジオに戻った。

「警察は、まだ犯行に使われた銃については何も発表していませんね」

「そうですね。二人の被害者が一発で撃たれたことすら、発表していませんからね」

「どうやら、このあとの警察発表を注目することになりそうです」

鮫島は煙草をくわえた。テレビの画面が不意に暗くなった。

ふりかえると、リモコンを手にした晶が立っていた。

「テレビなんか見ることねえだろ」

持参したエプロンの下はタンクトップにスキャンティという姿だった。

「悪かった」

鮫島は煙草に火をつけ、素直にあやまった。晶はにっこり笑った。

「新しい曲のテープ、持ってきたんだけど、詞といっしょに見てくれる?」

「ああ」

「ようし」

晶はカセットテープと五線紙をとりだした。初めてのとき以来、新曲の補詞を必ず晶は鮫島に頼む。

「そういや、最初のシングル、『ステイ・ヒア』に決まったよ。印税、分けるからね」

「いらんよ」

鮫島は五線紙から顔をあげ、いった。歌詞は、一番のみが薄く鉛筆で書きこまれていて、すぐに消せるようになっている。

「なんでだよ」

「金のために書いてるわけじゃない」

「キザだね。もしヒットしたら、二人で作詞家になろうか」

晶は鮫島のすわるソファのかたわらにアグラをかいた。

「お巡り、やめてか」

「やめたくなけりゃ、やめなくていいよ。ペンネームこさえて」

「名前なんかいらん」

「いいじゃん。『新宿鮫』は？」

「よせよ」

「じゃ、『スケベコップ』」

「『フーズ・ハニイ』のリードヴォーカルがお巡りとできてるって、週刊誌に書かれたいのか」

「いいねえ。グラサンかけて、こそこそ歌舞伎町のホテルかなんかで写真撮られようぜ」

「願いさげだ」

晶は唇を尖らせた。

「お巡りがロッカーの彼女作っちゃ、まずいわけ」

「いや」

「じゃ、いいじゃん」

鮫島は読んでいた五線紙をおろした。晶を見た。

「俺はお前に、好きな歌をうたっていてもらいたい。お前は俺の女だ。だが、ロッカーとしてのお前は、お前の歌を好きな、すべての奴の女だ。ちがうか」

晶は顔をくしゃくしゃにして喜んだ。

「そうだよ」

「だったら、ロッカーとしてのお前に、俺がちらちらうろつく必要はない」

「あたしがお巡りの歌、作ったらいやがる?」

「歌は歌だ」

「タイトルに『シャーク』ってつけたら?」

鮫島は無言で、晶の顔を見つめた。そのとき、電話が鳴った。

「はい、鮫島」

受話器をとり、鮫島はいった。

「フユキでーす。今、店に電話があって、カズオが来てないか訊かれたんだけど、その声があの人みたいだったんで――」

カラオケの大音量に負けまいと、叫ぶ高い声が受話器から流れだした。

「木津か?」

「ええ。たぶん。ボクが出たんですけど」

「何と訊かれた」

「だから、カズオは来てないかって。お見えになっていませんて答えたら、最近、来たかって」

「で」

「最近もお見えになってません。もし見えたら、何か伝えましょうかって訊いたら、切られちゃって……」

「わかった。もし、カズオが来たり、また電話がかかってきたら、知らせてくれ」

鮫島は電話を切った。晶が無言でさしだしたカセットテープを、ミニコンポにセットする。

貸しスタジオで録音した曲が流れだした。チョッパーベースのイントロのあと、晶の素《す》のヴォーカルが入り、直後、一気にサウンドが爆発している。

「頭のキメが一発、ヨワいんだよね」

晶が膝でビートを刻みながらいった。

「スローダウン、スローダウン、このままじゃ俺たち、切れちまう、じゃなくて、カムヒア、カムヒアじゃ駄目かな」

木津はなぜ、カズオを捜していたのだろうか。もしふたりが喧嘩でもして、カズオがとびだしたのなら、カズオをおさえれば、木津についていろいろと訊きだすことができる。「アガメムノン」に電話をしてきたということは、木津がカズオの居場所をつかめないでいることを意味している。あるいは、木津は仕事でカズオを必要としているのかもしれない。

「おいっ」

晶が怒ったようにいった。

「聞いてんのかよ」

「悪かった。どうやら出かけなきゃならんようだ」

晶は一瞬、癇癪《かんしゃく》を爆発させそうな顔つきになった。が、それをおさえこみ、大きく息を吐きだした。

「連れてけよ」

鮫島は晶を見た。

「邪魔じゃなけりゃ、連れてけよ」

晶の目に、泣きだしそうな色があった。

鮫島が考えていたのは、やさづけという、尾行で木津の住居を割りだすことだった。木津が「アガメムノン」に現われたら、尾行して、住居をつきとめる。そして、捜査令状と逮捕令状をとって踏みこむ。

やさづけは、木津に気づかれさえしなければ危険はない。逮捕には、銃を携行《けいこう》するつもりでいた。木津は、鮫島に逮捕されることを知れば、二度目ということで抵抗をするかもしれない。木津の手もとには、まず、まちがいなく改造銃がある。

ただ「アガメムノン」を訪ねるのに、それをもち歩くとは考えにくい。

「仕度《したく》しろ」

鮫島はいった。

「アガメムノン」は、甲州《こうしゅう》街道を一本入った一方通行路に面したビルの四階にあった。向かいのビルの二階に、終夜営業の喫茶店があり、鮫島は晶を連れて入った。「アガメムノン」のビルの入口を見おろす窓ぎわに席をとる。

そこからピンク電話でフユキにかけた。喫茶店の番号を教え、呼びだしには晶の名を使うよう指示した。木津が「アガメムノン」に入るところを見落とした場合に備えたのだった。

木津が現われれば、すぐに晶は帰すつもりだった。

フユキは、あれ以後は電話もなく、木津も姿を見せていない、と告げた。

「まだ、あいつ追っかけてんの。弁護士の飛田さんと話してた——」

喫茶店はすいていた。周囲に客はいない。

「そうだ」

晶は頷き、運ばれてきたプリン・アラモードにスプーンをつきたてた。

「どんな奴」

「聞きたいか」

「別に。でもヒマじゃん」

鮫島は店内を見渡した。ふたりのいる席は、従業員のいるカウンターからはもっとも遠く、他の客は若者の四人連れで、テレビゲームに熱中している。話し声が彼らに聞かれる気づかいはなかった。

「銃にとりつかれた男だ。年は、三十五で、俺のひとつ下、ということになる。出身は東京、亀戸《かめいど》のあたりだ」

「なんで銃にとりつかれたの？」

「きっかけは、中学生の頃、買ったモデルガンだったらしい。男の子は皆、一度は夢中になる時期がある。奴は、マニアが高じて、弟子入りをしたんだ」

「弟子入り？」

「上野《うえの》に、改造銃作りの名人がいた。そいつは表の稼業《かぎょう》が刺青師で、裏で銃を作っていた。奴は、その名人から銃作りと、男の味を教わった」

「ホモなの？」

「女も抱くことはあるらしい。だが基本的には、若くて悪っぽい小僧が好きだ。暴走族とかストリート・キッズとか呼ばれているような連中だ」

「名人はどうしたの？」

「死んだ。そいつの作った銃で殺されたやくざの情婦が、刺したんだ。殺されたやくざも、その情婦も、名人の知りあいだった。銃を買った奴に名人を紹介したのが、殺されたやくざだった」

「じゃあ、自分の紹介で銃を買った奴に、そのやくざは殺されたわけ？」

晶はプリンに生クリームを塗《ぬ》り、口に運びながら訊ねた。鮫島は頷いた。目はずっと、向かいのビルに注いでいる。

「ひでえ話」

「ワルの世界てのはせまいんだ。すぐに知りあいにつきあたるし、恨《うら》みも買う。たとえ逆《さか》恨みでもな」

「師匠が殺されて、どうしたの？」

「警察が来る前に、仕事場から師匠の道具も作りかけの商品も、すべてもちだしたのが奴だった。刺した女がつかまって、本部に連行されかけたとき、奴は待ちかまえていて、女を撃った」

「死んだの？」

「いや。弾丸《たま》は、横にいた刑事の腕にあたった。奴はその場でつかまって、二年の刑を受けた。それが二十二のときだった。だがその取調べの間中、持ちだした道具をどこに隠したか吐かなかった」

出所した木津は、早速、商売のあとを継いだ。工業高校中退で、もともと器用なたちだった木津は、あっというまに師匠の技術を追いこした。

当時、拳銃の密輸は、今ほど多くなく、あっても摘発されるケースが多かった。だが、折りからの関西でおきたやくざ戦争で、拳銃の需要は一気にはねあがった。木津は関西にしばらくその姿をくらましていた。

やがて、大量の密輸拳銃が出回り、改造銃の数は減った。

その頃、木津は東京に戻り、単なる改造銃ではなく、刀でいえば、仕込《しこ》み杖《づえ》にあたるような、変造銃を作り始めた。

「どういうこと」

「傘《かさ》ににせた銃や、アタッシェケースや本に銃をしこむんだ。もっていてもバレにくいし、銃で狙われることが多くなったやくざの親分衆がとびついて、買い、ボディガードなんかにもたせるようになった」

やがて、そうした銃の一挺が、対立組織に親分を狙われていたボディガードの手で使われた。撃たれたのは、ボディガードと親分が乗った車と接触事故をおこした車の運転者だった。運転者は死亡した。取調べでボディガードは、運転者を対立組織のヒットマンだと思ったのだと供述した。

運転者は不動産業者で、乗っていた車は外車だった。そのことが、死の誤解を招いたのだ。

ボディガードの自供で、銃の入手先を木津と知った鮫島は、四係からの要請で、木津の居所をつきとめ、逮捕した。が、二年後の昨年暮れ、出所し、商売を再開した。

「木津は、住居とは別に仕事場をもっている。だが、それがどこか、今まで一度も吐いたことがない。そこは、奴にとっての〝工房〟の筈だ。そこをおさえなければ、常習犯ということにはならんし、奴は何度つかまっても、すぐにもとの商売に戻れるわけだ」

四週間前、アジア系外国人の売春グループのリーダーふたりが撃たれ、ひとりが死亡、ひとりが重傷を負った。アジア系外国人の、新宿における不法労働者は日増しにふえ、しかも中には組織化されたものもでき始めている。

今回撃たれたふたりは、いずれも、アジア系外国人娼婦を管理する、いわばポン引き兼用心棒だった。

その商売のやり方は、かなり露骨で、当然の結果として、地元新宿の暴力団と対立した。一度こぜりあいがあり、そのときは暴力団側のチンピラが軽い怪我を負った。リーダー格のふたりの下には、十数名の売春婦と四名の用心棒がいて、すべて正式な就業許可をもたない外国人だった。

「対立した暴力団は、お前の友だちを追っかけまわしていた連中だ」

「あいつら」

晶はつぶやいた。

歌舞伎町に縄張りをもつ暴力団は、二十団体近く、かまえられた事務所はすべてあわせれば、二百カ所近くなる。中には、縄張り外だが、「出張所」として事務所をおく関西系の暴力団もある。

克次を追っていた暴力団は、関東共栄会《かんとうきょうえいかい》系藤野組《ふじのぐみ》だった。アガリの中心が、売春とトルエン密売である。

「じゃあ、あのとき吉祥寺にいた連中のうちの誰かがやったんだ」

「ああ。やった奴は、自首してきた。拳銃の出所は吐かなかったが、鑑識が、木津の作品だと調べだした」

「どいつがやったの？」

「真壁という男だ」

晶は頷いた。

「電話もってた奴だね」

「そうだ。真壁はひとりで、アジア人グループのアジトに乗りこみ、リーダーを撃った。つかまったときは、自分も刺されて重傷を負っていた」

真壁は自分で車を運転して、新宿署に出頭してきたのだった。わき腹や背中を刺され、シートは血の海だった。

血まみれのまま、新宿署の入口をくぐると、受付の警官に、

「『新宿鮫』を呼んでくれ」

とだけいって、失神した。

出血多量で死にかけ、意識をとり戻したとき、鮫島は、病院のベッドの横に立っていた。

真壁は、自分の犯行をすすんで喋った。ひとつだけ、どうしても認めなかったのが、銃を木津から入手したことだった。

真壁が使ったのは、一見、ライターのような銃だった。二二口径の弾丸を、握りこんだ手の中から二発、発射できるようになっている。

真壁は、一発でひとりの眉間《みけん》を撃ちぬき、もう一発で別のひとりの喉を撃ったのだった。アジトに入る際、身体検査をされると見こしての、道具だったのだ。

「あれ」

晶がいった。

一方通行をタクシーが入ってきて止まった。格子《こうし》のジャケットを着け、薄いサングラスをかけた痩せ型の男が降りたった。

向かいのビルを見上げ、エレベーターホールに入っていった。

「奴だ」

鮫島はいった。

8

木津が「アガメムノン」の入ったビルに消えて十分後、喫茶店の電話が鳴った。鮫島は立ちあがった。

フユキからだった。

「あの、ビデオの件で、電話したんですけど……」

フユキの声は緊張していた。

「わかっている。ありがとう。もう何も気にすることはないぞ」

鮫島はいって受話器をおろした。

「じゃ、あたし帰るよ」

ふりかえると、晶が立っていた。

「荷物、次の休みんとき、とりに行っていい?」

鮫島は頷いた。晶は頷きかえし、にこっと笑った。

「飯、うまかったぞ」

「うん」

嬉《うれ》しそうにいって、晶は喫茶店を出ていった。鮫島は手帳をとりだし、木津が乗りつけたタクシーの会社を書きつけた。万一、今夜、見失うことがあっても、どこで木津を拾ったかを確かめれば手がかりになる。

席に戻り、再びビルの入口を見おろした。

木津がこんなに早く動くことは予想外だった。警官二人が殺されてから、まだ四日しかたっていない。

木津は運転免許をもっているし、しゃばにいるときは常に車を乗りまわしている。今夜タクシーを使ったのは、検問を警戒して、だろう。

木津にとっては、かなりの危険をおかしていることになる。やはり、カズオとの間に何かがあったのだ。「アガメムノン」の従業員が、本当はそこにいるカズオをかばっているのではないかと、疑ってやってきた可能性もある。

今度木津を逮捕するときは、その〝工房〟も必ずおさえてやると、鮫島は心に決めていた。

鮫島は腕時計を見た。午前零時に数分余していた。今日は金曜日でこれからしばらく、タクシーは拾いづらい時間帯になる。木津は「アガメムノン」で呼んでもらうか、流しが拾える時間帯まで飲みつづけるかだろう、と鮫島は判断した。

鮫島はぬるくなったコーヒーをすすった。酔いは完全に醒《さ》めていた。今から署に向かい、覆面パトカーをとってくる時間はあるだろうか。

手のあいた人間にもってきてもらうほうが確実かもしれない。ただし、特別捜査本部が設けられ、しかも、十二時近く、というかきいれの時間帯に、覆面パトがあまり、手があいている者がいれば、だ。

鮫島は立ちあがり、署に電話をいれた。案の定、覆面パトはすべて出はらっていた。鮫島は、自分の車をもってこなかったことを後悔した。鮫島の車は、通常装備の中古ＢＭＷで、アパートの近くの駐車場においてある。無理をしてＢＭＷにしたのは、こうした尾行の際に、見破られづらくするためだった。

が、どのみちアパートを出る時点では、酒気は残っていた。運転して新宿まで来るのは、失職の危険をおかすことだ。

鮫島はタクシー会社に電話をかけた。こうしたケースに備え、警察では、タクシーに緊急配車を要請することがある。むろん、強制力はないが、タクシー会社は自発的に空車を優先配車してくれるのだ。

タクシーは十五分ほどで来る、といった。それまでに木津が出てくれれば、万事休《ばんじきゆう》すだ。いちかばちか、任意同行を求めるか、乗りこんだタクシーを記憶し、あとで降車地点を調べるしかない。

木津は、よほどのことがない限り、警戒の厳しい新宿の街をうろつかないだろう。任意同行に木津が応じたとしても、〝工房〟をおさえるのは、その段階で難しくなる。〝工房〟をつきとめるには、木津を張りこみつづけるしかないからだ。

タクシーは十二分ほどで到着した。鮫島はすばやく勘定をすませ、表に出た。配車を受けた運転手は、これが警察の要請とは知らない。むろん、乗せるのが刑事であっても、料金は料金として徴収される。

鮫島はタクシーに乗りこむと、警察手帳を提示《ていじ》した。事情を話し、協力を要請する。いかいれの時間帯に待ち料金のみでの実車を余儀なくされた運転手は不服そうな顔になった。

「料金とは別に、これは迷惑料だよ」

鮫島は五千円札を渡した。木津を挙げるために、領収証が出ず、結果、精算もできない捜査費をえらく使うことになる。それもすべて、木津の〝工房〟をつきとめたいがゆえだ。

鮫島は運転手にいって、タクシーを一方通行路の出口近くに移動させた。ライトを完全に消し、「回送」の札を立てておくように頼む。そして自分は、タクシーの外に出た。

タクシーの外で煙草を吸ったり、車内に戻って、運転手と世間話をしたりしながら、時間を潰した。五千円のチップで、運転手はようやく、刑事の張りこみにつきあう気持ちになったようだ。

午前二時を少し過ぎたとき、「迎車」の黄色いランプを点《つ》けたタクシーが「アガメムノン」のビルの前に止まった。同じようにして止まるタクシーは、これで三台目だった。「アガメムノン」のビルには、ほかにも飲食店が入っていて、そこの客が無線タクシーを呼んでいたようだ。

鮫島は車内にいた。角度をつけてもらったルームミラーで、ビルの入口を注視していた。長身の痩せた男が足早にタクシーに乗りこむ姿が見えた。鮫島はふりかえった。ビルの入口附近のネオンで、車内の木津の顔がわずかにうかがえた。

「エンジンをかけてくれ」

シートを半ば倒し、深夜放送に聞きいっていた運転手が、あわてて身をおこした。

「まだライトはつけないで」

木津の乗ったタクシーがかたわらを走りすぎる。鮫島は体を低くした。

「よし、追っかけろ」

「やっと、だね、刑事さん」

運転手が車を発進させた。鮫島は答えず、タクシー会社を手帳に書きとめた。

夜間のタクシーどうしの尾行《びこう》は、失敗する心配のさほどない尾行だった。ただし、鮫島は面がわれているので、信号などで並んで止まったときは、顔を見られないように注意した。

木津の乗ったタクシーは、甲州街道に出ると左折した。そのまま新宿通りに合流すると直進する。

「だいたい、どっちのほういくか、見当つきますか、刑事さん」

「深川《ふかがわ》方面だと思う」

「だったら、半蔵門《はんぞうもん》から皇居《こうきょ》を回って、永代《えいたい》通りだね」

木津とカズオが知りあったのが、門前仲町のスナックだという、フユキの話が鮫島の頭にはあった。

木津はもともと、江東《こうとう》区の出身である。プロの犯罪者は土地勘のない街に住むことをきらう。追跡をうけたときに、逃げこめる友人宅、地の利などが、どうしても必要になるからだ。その上、門前仲町あたりのスナックに、遠くから飲みにくる客はまれである。もしいたとしても、千葉方面で、いずれにしても方角的には東、ということだ。

実際に、木津の乗ったタクシーは、大手町《おおてまち》を右に折れ、永代通りに入った。永代橋を渡ると、車の数が減り、スピードをあげる。

永代通りは、路面がひどくいたんでいた。七〇キロ以上の時速で走るせいもあって、タクシーはひっきりなしに大きくバウンドした。

「この永代通りはね、都内でも、一、二を争う路面のひどさですよ」

轟音《ごうおん》をあげて追いこしていく大型トラックは、時速一〇〇キロ近くをだしている。

「なんせ、ああいうでかいのがやたら通るんで、でこぼこになっちゃうんですよ」

タクシーは、門前仲町の交差点をすぎ、富岡八幡《とみおかはちまん》の手前の道を右折した。

「右折して止め、すぐライトを消してくれ」

「へっ」

右折してからどれほど進み、止まるかはわからない。右折してものの数十メートルで止まることもありうる。

木津は必ず、おりるときに周囲を警戒する筈だ、鮫島は思った。そのときに、もう一台のタクシーが目の前を通りすぎては、偶然とうけとらないかもしれない。

江東区のそのあたりは、隅田川《すみだがわ》の支流が多く流れていて、大横川《おおよこがわ》、仙台堀川《せんだいぼりがわ》、平久川《へいきゆうがわ》といった川が荒川《あらかわ》との間をつなぎ、ブロック分けされた地区に、大小いくつもの橋がかかっている。

右折して、わずかに進んだ先に、小さな橋がかかっているのが見えた。木津のタクシーはその橋を渡り、左折した。狭い道は、そのほとんどが一方通行路だ。

「よし、ライトをつけないで走ってくれ」

街灯がついているので、追突の心配はないとはいえ、運転手は、

「参ったな」

とつぶやいた。それでも鮫島の言葉に従う。

橋の先までくると、鮫島はタクシーを止めさせた。橋を渡って曲がった二〇〇メートルほど先に、ブレーキ灯と車内灯をともしたタクシーが見えた。

木津がおりた。さすがに、鮫島のタクシーに気づいている様子はない。そのまま、右側の建物に入っていく。

鮫島は数分待って、タクシーをおりた。徒歩で、木津の入った建物の前までいった。比較的新しい、賃貸専用のマンションのようだった。三階建てで、横に長い。エレベーターはないようだ。各階に四部屋ずつほどあって、明かりがついているのは、二階の向かって左端の部屋だった。

一階入口にある、集合郵便受けを鮫島は見た。明かりがついているのは、二〇四だ。二〇四に名札はなかった。マンションの名と住所を控《ひか》え、鮫島は待たせてあったタクシーにひきかえした。

やさづけは完了した。あとは〝工房〟をつきとめる番だ。

9

とうとう来てしまった、彼は思った。あの日以来、ある思いつきが、ずっと頭の芯《しん》にこびりつき、いすわっていた。

ロープの内側に立つ。刑事たちと同じ目で現場を見つめる。自分もその場の、限られたメンバーの一員となる。

それには、ひとつしかない。

うまくいけば、彼は最初から最後まで、メンバーの一員なのだ。

メンバーになること、ロープの内側に立つこと、それは、彼が、刑事以外のほかのすべての人間とちがうことを証明する。

彼はちがうのだ。

普通の人間ではなくなるのだ。

刑事たちと同じ側、ロープの内側に立ち、それ以外の野次馬やテレビ局の人間とはちがう、特別の人間になるのだ。

そうだ。自分はちがう人間なのだ。ロープの外側にいてはいけなかったのだ。

とっくの昔に気がついて、内側に入っていなければいけなかったのだ。

そこに思いいたったとき、すべてが開けたような気がした。暗がりの中でぐるぐると出口を捜していたのが、不意に、足もとに階段があったことを思いだしたような気分だった。メンバーになるのだ。あの刑事たちと、仲間なのだ。

思考は加速し、おそろしい早さで次々と計画が浮かびあがった。

まず、電話だ。新宿駅の公衆電話を使う。十秒間。それ以上は駄目だ。

西武線新宿駅で、彼は電車をおりた。あの日から、ちょうど一週間がすぎていた。警官殺しの犯人はつかまっていない。

警官殺しは連続殺人でなければならなかった。犯人はまた必ず、誰かを襲う。犯人はライフルを使って警官を撃ったのだ。ライフルは、遠くからでも人を殺せる銃だ。刑事たちはきっと、高い建物の上や、空きビルの屋上なんかを警戒しているにちがいない。

新宿駅東口にある公衆電話の前までくると、彼は肩にかけたショルダーバッグをかけ直した。指先が汗で濡れている。

電話ボックスは四つあり、すべてが使用中だった。

そのうちの向かって右端のボックスが、もう終わりそうな感じだ。セールスマン風のスーツの男が、システム手帳を閉じ、受話器に頭をさげている。

彼の手は、ショルダーバッグにさしこまれた。例の白い手袋が中に入っている。右手にだけ、手袋をはめた。はめた右手はスラックスのポケットにさしこんだ。この季節に手袋はめだつ。それを避けるためだ。

セールスマンが電話ボックスの扉を押し開けた。彼はわざと知らん顔をして、隣りのボックスの前に立っていた。

顔を覚えられないように、目を合わせまいとしたのだ。

ボックスが空いたのに入ろうとしない彼に、セールスマンは一瞬、怪訝《けげん》な顔をした。が、すぐに歩きさった。

この街では、人は人を気にしない。すれちがった直後には忘れてしまう――彼は自分にいい聞かせた。

それでも不安があった。

首を回し、セールスマンを見た。ふりむきもせず信号を渡っていくところだった。

彼は右手をスラックスからぬき、さっとボックスのドアを開いた。できるだけ素早く中に入り、通りに背中を向ける。

よし、第一段階、突破。自分の手袋を目にとめた人間はいなかった筈だ。

彼はポケットをまさぐり、十円硬貨をとりだした。硬貨は、電話機に落としこむ前に、手袋の指先でいくどもこする。電話機に入った十円玉はいくつもあって、どれが彼のものかはわからないだろうが、用心にこしたことはない。

テレホンカードは、電話を切ってから出てくるまでに、数秒だが時間がかかる。だからあえて十円玉にしたのだ。

十円玉を二枚、公衆電話に落としこんだ。受話器は外して、電話機の上に横たえてある。汗がどっと噴きだした。

手袋の指でボタンを押した。最後の四桁《けた》は「〇一一〇」、警察署の下四桁は、すべて百十番なのだ。

押し終わると同時に、受話器を少し離して耳にあてた。ひょっとしたら警察は、受話器についた耳の汗ですら、血液型をつきとめてしまうかもしれない。

「はい、こちら新宿警察署です」

女のオペレーターがいった。あっというまだった。呼びだし音が鳴ったか鳴らないかのうちだ。その早さに、彼は、息を呑んだ。

「もしもし、どうなさいました？」

「もしもし……」

彼はようやく言葉を送りこんだ。まだ、大丈夫だ。ただの百十番とちがって、所轄署にはいろいろな人間が電話をしてくる。ただかけただけの人間を疑うことはない。それにこの電話の向こうにいるのは、刑事ではなくて交換手だ。

「はい、新宿署です」

「あの……捜査本部を」

「何の、ですか？」

彼は唾をのみこんだ。ここからは時間をあまりかけてはならない。

「警官殺人の」

「お待ち下さい」

オペレーターの声に警戒心が加わったような気がした。

呼びだし音が彼の耳に流れこんだ。それもたった一回で止まり、

「はい、一係です」

男の声が答えた。きびきびとした喋り方、今、彼は刑事と話していた。

「もしもし、こちら一係」

電話に出た刑事はいった。彼は息を吸い、ひと息に喋った。

「ソトヤマに伝えろ。またやる。警官が、また死ぬ。俺は、警官が、きらいだ」

何をいうかは、あらかじめ決めてあった。いくども練習した。

「すいません。電話が遠くてよく聞こえないんだけど。何ですか？　何をまたやるんですか」

彼は受話器を見て、同じ言葉をくり返そうとした。

はっとした。聞こえていない筈はないのだ。刑事はひきのばそうとしているのだ。逆《ぎゃく》探知《たんち》をするために。

「また、警官が死ぬ」

彼は受話器をおろした。必要以上に力が加わり、ガチャン、という音がボックス内にひびいた。

急げ、すぐこの場を離れろ。彼は大急ぎでボックスの扉を引いた。思わず左手をそえそうになり、あわててひっこめた。

扉が閉まりかけ、彼の額にぶつかった。それでもかまわず、体をボックスの外に出した。

並んだボックスの外では十八くらいの女の子がふたり、立っていた。頭をぶつけながらとびだしてきた彼に、目を丸くしている。

彼は右手をポケットにつっこんだ。知らん顔をして歩きだす。

全身が汗で濡れていた。手袋は、まだ外せない。計画のその二がある。

歌舞伎町の人通りは、まだそれほど多くはなかった。コマ劇場の方角に向けてまっすぐ歩きながら、彼は右手をショルダーバッグの、開いたチャックの中につっこんだ。

中の小物入れにある、細長いものに指先が触れる。

次はこれだ。

映画館に囲まれた歌舞伎町広場には、やはりたくさんの人がいた。花壇《かだん》を囲《かこ》むようにすわったり、立ったりしている。その多くが、待ちあわせの相手を待っているのだ。さっさとすませて、「マークス・マン」にいこう、彼は思った。

中央の大きな花壇には、赤や黄の花が咲いていた。周囲には人が集まっている。中にひとりサングラスをかけたガラの悪そうな男が、花壇のへりにかけ、足を組んで煙草を吸っていた。五、六人の女の子の集団が何組か、花壇を囲むようにして立っている。近くの店から客寄せの放送や、ゲームセンターの電子音などがひっきりなしに流れてきて、四方をビルに囲まれた、この小さな広場の中でわんわんと反響している。

彼はむっとする暑さを感じた。この場所だけが、新宿でも特別に気温が高いように思えた。

ベルが鳴っている。映画館の上映案内だ。そうやって、急げ、急げと客を駆りたてる。

彼はショルダーバッグに右手をさしいれたまま、花壇のへりに腰をおろした。

少し離れてすわっていた、ガラの悪そうな男が不意に立ちあがった。彼はどきっとした。

「遅《おせ》えんだよ」

「ごめんね」

「始まっちまうだろう」

強い香水の匂いが鼻にさしこみ、黒のパンツスーツを着た、化粧の濃い女が彼のよこを小走りで駆けぬけた。

男はもう、こちらに背中を向け、広場の奥の映画館に歩きだしている。その腕にまとわりつくように、女が追いかけた。

彼は尻の位置を直すと、あたりを見渡した。ショルダーバッグは、膝の上にある。

ゆっくりと自分の右膝のわきにおろした。左手でバッグの端をおさえ、中にいれた右手で、小物入れの中の細長いものをつまみあげた。視線はなるべく前に向け、バッグのほうを見ないようにした。

さりげないつもりでうしろをふりかえった。誰も彼に注目していない。

バッグの底は一〇センチほど、花壇のへりから内側につきでていた。その下は、黒っぽい土と、植えこみの茂みだ。

きのうの晩、カッターで開けた小さな穴がバッグの底にはあった。その穴に、つまんだ細長いものを押しこんだ。

音もなくそれは茂みの中に落ちた。自分が立ちさったあと、誰かが見つけはしないだろうか。目立つ位置に落ちたかもしれない。目立ちすぎるのも困るが、かといってあとで見つからなくても困る。

しばらくじっとしていた。

話をしながら、二人の女が彼の前を通った。聞こえてきた言葉は日本語ではなかった。

彼は左手をそえて、バッグを膝の上にもちあげた。バッグの中で、右手の手袋を外す。

胸の鼓動はだいぶ、落ちついていた。

あとは、「マークス・マン」に寄って、少し井川さんとお喋りし、出たらもう一度、電話をかける。どこで電話をするかは決めてあった。そして、ここに戻ってこよう。

一部始終を、きっと見られる。

10

また警官が殺されたことを、鮫島は夕食のために入った中華料理屋で知った。

中華料理屋は、木津のマンションに近い、永代通りにあった。一時間ほど前、木津はここで夕食をとったのだ。とってから、マンションに戻った。しばらくは出かけないだろうと判断した鮫島は、同じ店に入った。

この三日間、木津は、食事や買い物をのぞけば、外出らしい外出を一度もしていなかった。住居であるマンションにとじこもったきりだ。

鮫島は、店の外でとる食事に飽《あ》きがき始めていた。持ち帰り弁当やハンバーガーはうんざりだった。だが、張りこみに交代要員がいない以上、やむをえない。

張りこみには、木津の住むマンションの斜め向かいに建つ鉄工所の資材置場にある管理小屋を、事情を告げ、借りていた。

木津が、少し離れた青空駐車場に、古い型のセドリックをおいていることはつきとめた。

近くの住人の話では、その場所に車がないことは珍しく、もしなくなっていても、たいていは一、二時間で戻っているという。

管理小屋は、三畳ほどのプレハブで、雨は防げるが、日射しの強い日は中が蒸《む》し風呂《ぶろ》になる。禁煙を持ち主に申しわたされていたので、煙草も吸えず、持ちこんだパイプ椅子にすわって、ただ待つばかりの日が三日ほどつづいていた。

時刻は九時近く、中華料理店は閉店まぎわだった。

鮫島が店に入ったとき、初老の主人らしい白衣の男はノレンをとりこもうとしていた。チャーハンなら、という主人の好意で、鮫島はテーブルにすわることができた。

チャーハンが運ばれてくると、主人がついていたテレビのチャンネルをNHKにあわせ、客席のひとつに腰をおろした。

「また新宿で警察官が撃たれ、ひとりが死亡し、ひとりが重体です」

トップニュースの第一声をアナウンサーが告げた。鮫島はスープをすくいかけた手を止め、画面を見つめた。

今度の犯行は、暗くなった直後の午後六時四十分頃、おこなわれた。警ら中の新宿署交通課パトカーが、北新宿《きたしんじゆく》通称「税務署通り」で、信号のため停止したところ、うしろから走ってきたバイクがいったん右横で止まり、直後に発砲があった。発砲は二発で、運転席にすわっていた金井《かない》巡査部長が頭部をガラスごしに撃たれて重体。助手席にいた長谷部《はせべ》巡査が、右肩から左肺を撃ちぬかれて即死した。

犯人はフルフェイスのヘルメットをかぶっており、バイクはモトクロス用のモデルで、ナンバーには泥《どろ》が塗ってあったという。

「警察では、銃弾について鑑定を急いでおりますが、先週、歌舞伎町二丁目でおきた警官殺人と、同一犯人である疑いが濃い、とみており、犯人逮捕に全力をあげるかまえです」

ライフルではなかったのか。

食欲がなえ、スープをすくったレンゲを戻しながら鮫島は思った。

犯人がバイクに乗り、しかもパトカーのま横から発砲したとすると、ライフルであった筈はない。

「逃走した犯人の服装は、黒っぽいジャンパーにジーンズ。顔はヘルメットのため、わからなかったということです」

画面が病院にかわった。リポーターが病棟の前庭から中継している。

「重体の金井巡査部長が運びこまれた、東京《とうきよう》医科大学《いかだいがく》病院です。ここは現場にも近く、また、金井巡査部長が勤務している新宿警察署とは、目と鼻の先です。事件がおきたのは、午後六時四十分頃、金井巡査部長は、救急車ではなく、駆けつけたパトカーでこの病院に運びこまれました。医師団の話では、頭部の銃弾は摘出《てきしゆつ》したものの、意識は不明で、予断を許さない状態である、ということです。いったい、なぜ次々に警察官が、それも新宿署の警察官が狙われるのか、捜査本部では、先週の犯行とあわせ捜査態勢の大幅な見直しを迫られています」

スタジオにカメラが戻った。

「では、さきほど新宿署特別捜査本部でおこなわれた記者会見のもようです」

「職務遂行中の制服警察官を狙って、殺害を目的とした犯行をくりかえすという行為は、法治国家《ほうちこっか》への挑戦であり、法の番人である警察官の生命を奪うことで、法そのものの存在を危うくする犯行で、断じて許すわけにはまいりません。捜査本部では人員を増強し、今後、絶対に犯行がくりかえされることがないよう、全力をあげて捜査にとりくむ覚悟であります」

喋っているのは、警視庁の刑事部長だった。頬が紅潮《こうちょう》し、目には強い怒りの色がある。

二件の警官殺しは、警視庁の威信を叩きつぶし、泥にまみれさせたのだ。

スタジオでは評論家が犯人像についての分析《ぶんせき》を始めていた。

「まず、警察と警察官に対し、非常な憎《にく》しみを抱いている、これは考えられますね。過去、何らかの形で警察官とトラブルがあり、それがもとで警察全体を憎むようになった。新宿で犯行をくりかえすのは、当然、そのトラブルが新宿でおきたから、と考えられます」

「もうひとつ、考えられるのは、非常に反体制的な思想をもった、ゲリラグループ、いわばテロリストの犯行です。彼らにとって、警察官は〝敵〟でありますから、その生命を奪うことも、何ら、辞《じ》さない。犯行声明は出ていませんが、もしそうならば、テロ活動は、今後、ますますエスカレートしていくことが考えられます」

鮫島は無理をして、チャーハンを半分ほど胃におしこんだ。

犯行はちょうど一週間おき、月曜日におきている。これが計画性にもとづいた連続犯であることはまちがいない。

曜日を同じくする犯行は、放火などでは珍しくない。放火という犯罪は、ある種、愉快《ゆかい》犯的な要素があり、火事の規模そのものよりも、人が集まって大騒ぎするのを見て楽しむ、といった動機によるものが多い。

こうした場合、犯人は、毎週見ているテレビ番組を見たあと、とか、仕事場で、何かきまった行事がおこなわれた日、などにあわせて、犯行をおこなう。仕事が休みの日に必ず犯行をくりかえしていた例もあり、生活の中の規則性が連続犯罪を生みだす。

それゆえに、犯人はつかまりやすい、ともいえる。ただ、連続犯罪は、重ねるにしたがって、その間隔が短くなる傾向がある。

一週間おき、というのは連続犯罪としては、かなり短いサイクルではある。これがエスカレートすれば、三日おき、あるいは一日おきということになるが、そうなれば逮捕のチャンスは増える。同時に、被害者の数も増える、というジレンマを捜査本部はかかえこむことになる。

全新宿署員に拳銃携帯命令が出る可能性もある、と鮫島は思った。

中華料理店を出た鮫島は、徒歩で管理小屋に戻った。

歩きながら煙草を吸う。小屋の中では、夜間、明かりは使えない。

木津の部屋は、窓に明かりがついていた。

小屋のパイプ椅子にかけ、小さなサッシ窓から、その窓を見つめた。

捜査本部の人員増強は、警視庁からのみならず、新宿署内からでもおこなわれるかもしれない。そうなった場合、警備課と防犯課に応援要請がくるのは必至《ひっし》である。

鮫島は、今、駆りだされたくはなかった。

木津の住居をつきとめ、あと少しで、〝工房〟までたどりつけるのだ。〝工房〟をつぶせば、しばらくは出所しても、木津は仕事を再開できない。そのために、木津は決して住居と仕事場をいっしょにしないのだ。拳銃の密造には、旋盤《せんばん》などを含め、さまざまな工具が必要である。加えて、銃には弾丸がなければ意味がない。木津は、かなりの数と種類の弾丸を、〝工房〟に保管していると、鮫島はにらんでいた。

この辛抱も、そうは長くはつづかない。

木津という男は、酒やセックスを我慢《がまん》することはできても、銃造りを長い間我慢できない人間なのだ。

盛り場には出かけなくて平気だろう。だが、仕事場で、作りかけの銃に触れたり、油にまみれたりしていない時間がつづくことは耐《た》えられないのだ。

鮫島が木津を逮捕したのは、新宿署に転属になって、そうたたないときだった。木津は手配を受けており、そのことを知らずにいた。

木津がホモであることをつきとめたのは、鮫島だった。木津は手配を受けており、そのことを知らずにいた。

当時、木津の銃造りの腕前は、親分衆の間ではかなり有名だった。だが当然、そういった親分衆が、木津との連絡方法を警察に教える筈はなく、木津もまた、特殊な連絡方法でしか、顧客《こきゃく》と会うのを避けていた。

四係の要請で、防犯課では別の刑事が木津の足どりを追っていた。鮫島は、その補助捜査をかってでて、上野署におもむき、木津のことを調べあげた。

その結果、木津の立ちまわりそうな店として、何軒かのホモ相手の店が浮かんだ。顔の知られていない鮫島が張りこみをつづけ、一軒の店で、ついに立ちよった木津を逮捕したのだった。

逮捕のとき、木津はさほどの抵抗は示さなかった。鮫島とその店で顔をあわせるのは二度目だった。木津は、鮫島が刑事であると知ると、心底驚いたようだった。

「俺には刑事はわかる。特に新宿の刑事はな。あんたにはそんな匂いはなかった」

「悪かったたな」

木津は笑った。細面《ほそおもて》の木津は色白で、目が切れ長の二枚目だった。女を相手にしても不自由はしないタイプだろう。が、目を細めた笑顔は無気味だった。

「新米か」

「そんなものだ」

パトカーに乗せられ新宿署に護送されていく間に、別の刑事が鮫島のことを話した。

鮫島はほかの車で署に戻った。取調室の前を通りかかったとき、たまたまそこにひとりでいた手錠の木津が呼び止めた。

「警部《オブケ》なんだってな。あんた」

木津はいった。

鮫島は木津を見つめた。

「ひとりも部下がいねえ警部《オブケ》だって、あんたの同僚がいってたぜ」

鮫島は無言で歩きさろうとした。木津が笑い声をあげた。

「今度会ったらよ」

鮫島は足を止めた。

木津がいった。

「あんたに男のよさを教えてやるよ」

「お断わりだ」

木津は首をふった。

「いや、きっと教えてやる。教えてやれって、あんたの同僚にいわれたんだよ」

ヒステリックな笑い声が言葉につづいた。

木津は、鮫島を犯す、と予告したのだ。

たきつけたのは、同じ防犯課の刑事だった。鮫島はそのとき、刑事部屋の同僚たちの冷たい視線を背中に感じていた。

取調べにあたった刑事たちは、木津に〝工房〟のありかを吐かせられなかった。そのために、木津の刑期は、再犯であるにもかかわらず、大幅に短くなった。鮫島は取調べに加えてもらえなかったのだ。

ポケットベルの音に、鮫島は我にかえった。新宿署からの呼びだしだった。

鮫島はベルのスイッチを切った。呼び戻され、捜査本部に配属されるのはまっぴらだ。警官殺しの犯人に怒りを感じていないわけではない。だが、全警官が警官殺しの捜査に駆りだされたらどうなる。犯罪者は警官殺し以外にもたくさん、いるのだ。威信を保つことに腐心《ふしん》する警察機構への反発が、鮫島を木津にこだわらせてもいた。それに何より、木津は、かつて鮫島が刑務所に送った男なのだ。明日は、署に顔をださなければならないだろうが、今夜の間は、何としても木津にはりついていてやる。

動け。鮫島は、木津の部屋の明かりを見つめながら、心で念じた。

「本部が君をほしがっている」

桃井がいった。翌朝、出署してすぐだった。鮫島は首をふった。

「お断わりです」

「両方からうるさくいってきている。坂巡査の父親と、本庁だ」

「関係ありません」

「指名なんだ。本庁公安が、君を使いたがっている」

いってから、桃井はじっと鮫島の顔を見つめた。声が低くなった。

「経験者を、というのでな」

「香田警視ですか」

桃井は肯定も否定もしなかった。

香田は人員増強にかこつけて、鮫島を手もとにおき、顎で使う腹なのだ。

鮫島が見つめかえすと、桃井はさりげなく視線を外した。

「木津のやさが割れました。奴の仕事場も狩りたいんです」

「何日、はってる」

「三日です」

「こみをかけてもだめか」

こみとは寝込みを襲うことを意味する。

「奴はやさには道具はおいてません。必ず別のところにおいています」

桃井は目を閉じた。

「公安に話せば、別の人間に木津を担当させろというだろうな」

「公安には、今度のほしはかめません」

「なぜだ」

「たぶん、極左じゃないからです」

「自分でそういってくれるか」

桃井はいった。ひどく疲れたような声だった。

「わかりました」

鮫島は、自分の机に戻り、木津の逮捕状と捜査令状請求を書きあげた。それから、署内の捜査本部がおかれた部屋に向かった。

本部では、朝の捜査会議が終わったところだった。訊きこみの兵隊がどやどやと出ていく。藪も会議に加わっていたらしく、部屋を出てきた。

「あとで電話をくれ」

鮫島とすれちがいぎわ、低い声でいった。鮫島は頷き、部屋に入った。

香田は奥のホワイトボードの前にいた。ポケットに手をつっこみ、横柄《おうへい》な態度で新宿署の捜査課課長と話している。

鮫島が入っていくと、さわがしかった捜査本部が静かになった。声高の話し声が低くなり、いくつもの目が鮫島に向けられた。

香田が鮫島に気づいた。

「御苦労さん。机は適当に見つくろってくれ」

事務的な口調でいった。そのまま捜査課課長との話に戻ろうとした。

「香田警視」

「なんだ、鮫島警部」

本部は完全に静まりかえった。

「増強の話はお断わりします」

香田の顔が無表情になった。

「継続中の捜査があるのか。だったら、他の防犯課員に任せろ」

「できません。単独捜査ですので」

「単独捜査？　新宿署では、そんな捜査が認められているのか」

「警視――」

捜査課課長がいいかけたのを、香田は手で制した。

「署長から命令を出してもらえば納得するか」

「御自由に」

鮫島はいって、背中を向けた。

「鮫島」

鮫島はふりかえった。

「何でしょう」

香田は口をゆがめた。

「口のきき方がよくなったな。だが、署内にはお前をかばう奴はひとりもいないぞ。拳銃の密造業者を追っかけているそうだが、署内は今、それどころじゃない。フダもおりず、打ちこみにも協力人員は出せん。どうやってかむつもりだ」

「さあ」

「巡査《サ》に落ちたいか」

「公安の警視《シ》には人事権までありましたか、所轄署の」

香田はじっと鮫島を見つめた。やがて聞こえるかどうかの低い声でいった。

「うせろ」

鮫島は無言で出ていった。

防犯課に戻った鮫島は、藪に内線電話を入れた。かけてきたのが鮫島と知ると、藪はおだやかな声でいった。

「冷たいコーヒーでも飲まないか」

十五分後、鮫島は西新宿にある高層ホテルの喫茶室にいた。このホテルはロビーが二階で、たいていの客は、二階か一階にあるラウンジを喫茶に利用する。地下一階にあるそのコーヒーショップは、細長い造りで、客もふだんから少なかった。

その一番奥の席で、藪と向かいあっていた。

「本部じゃ、新聞テレビと協定をうってるが、きのう予告があった」

藪は運ばれてきたアイスコーヒーを一気に飲みほし、お代わりを頼んだ。

「極左か」

藪は首をふった。

「ちがうな。ダビングしたテープがある。聞くか？」

捜査本部は極左集団の犯行声明に備えて、外線からかかってくる電話をすべて録音しているのだ、と藪はつけ加えた。ぶかぶかの上着からヘッドフォンステレオをとりだす。

「なぜ俺に聞かせる？」

藪をつかって、香田が自分をひっぱろうとしているのではないだろうか、と鮫島は一瞬、疑った。香田は、ほかの刑事たちの前で鮫島にメンツを潰された。だが、鮫島が捜査の役にたつと本気で考えれば、どんな手段を用いても、とりこもうとするにちがいない。

「その話はあとだ。とりあえず、聞けや」

鮫島はイヤフォンを耳にさしこんだ。空音のあと、公衆電話からとわかる声が突然聞こえた。

「外山《そとやま》に伝えろ……またやる……警官が、また死ぬ……俺は……警官が、嫌いだ……」

テープは編集され、合間に入った応答がカットされていた。

「……また、警官が死ぬ」

鮫島は藪を見た。声は、若い男のようにも聞こえたが、緊張して高くなった中年の声ともとれる。

「……さっき、電話した者だ……歌舞伎町の花壇に証拠を……おいた…………見てみろ……いちばん大きな花壇の中だ……」

「俺は……つかまらない……」

録音はそこで途切《とぎ》れていた。

「花壇のくだりは、最初の電話から、一時間後にあった。午後三時十八分と、四時二十分だ。どちらも公衆電話からで、逆探はできていない。声を比較するとわかるが、同じ男のもので、あとの方は少し落ちついた喋り方になっている」

「こういう電話は初めてか」

「いや、通信社やテレビ局にもちがった種類の電話が何本もかかっている。大半は偽《ガセ》とわかるイタズラだ」

「外山係長を名指《なざ》しだな」

「それともうひとつある。二度目の電話のあと、パトロールが、歌舞伎町広場の花壇から、ライフルの空薬莢《からやつきよう》を見つけた」

「径は？」

「五・五六ミリ」

「同じなのか」

藪は首をふった。

「二件とも弾丸が一致したが、三〇―〇六だ。三〇―〇六はミリでいや七・六二ミリ、五・五六よりははるかにでかい。五・五六は、米軍の制式ライフルの弾丸だ。横須賀《よこすか》あたりのミヤゲ物屋じゃ、こいつの空薬莢でこしらえたキィホルダーなんかをごまんと売っている」

「偽《ガセ》くさいな」

「外山を名指しにしたおかげでややこしくなっている。それとタイミングだ。電話は、最初の犯行の翌日が一番多く、日を追うごとに少なくなっている。きのう、予告をしてきたのは、その電話だけだ」

本部がどう対応しているか、わかるような気がした。いちおうは、偽としつつも、犯人が捜査の攪乱《かくらん》をはかる目的で電話をしてきた可能性もあると見ているだろう。

「で、俺に何を話したい？」

鮫島は藪に訊ねた。藪は二杯目のアイスコーヒーをストローですすった。ストローを口から離すといった。

「きのうの現場で薬莢が見つかっていない」

鮫島は藪を見つめた。

「三〇―〇六はライフルの弾丸だ。だが、ライフルでは、きのうの犯行は無理だ。バイクに乗ったほしが、ライフルを背中にかけて走ってきたとしても、ま横の車を、長い銃で撃つのは難しい。かまえている間に、周囲も気づくし、撃たれる側も気づく。目撃じゃ、そんなに長い銃をほしがもっていた様子はない」

「ライフルの銃身を詰めたらどうだ」

「そいつはまず考えた。散弾銃を詰めるなんてのは、アメリカじゃよくあることだ。弾丸の散開パターンが広がるから、至近距離なら、狙う必要がほとんどなくなる。シャワーみたいに弾丸がとびだすからな。だが、ライフルの場合はあまり聞いてない。このあいだも話したが、短く詰めると弾丸の尻ふり運動がひどくなって、命中率がえらく落ちる」

「ほしはそこまで銃に詳しくないのかもしれん。単にもち運びしやすいからと、金ノコでぶった切ったのさ」

「ところがそうは思えんのが薬莢の件だ」

藪はやんわりと反論した。

「あんたも知ってると思うが、七ミリ以上の大口径のライフルは、ボルトアクションだ。まあ、ボルトアクションでもオートマチックでもいいが、薬莢を排出しなけりゃ、次弾が発砲できん、というわけだ。拳銃のリヴォルバーのようにはいかん」

銃弾は、普通薬莢の部分と弾頭に分かれている。弾頭は、文字通り、とんでいく頭の部分で金属のかたまりだが、薬莢は細長い筒型をしていて、内部に火薬が入り、尻の部分に撃発のための雷管《らいかん》が装着されている。

銃のシステムとは、引き金をひいたことによってバネじかけの撃針《げきしん》が雷管を叩き、雷管の小爆発が薬莢内部の火薬を爆発させ、そのエネルギーで弾頭を発射する、というものだ。

当然、弾頭を発射したあとの空《から》の薬莢はただの金属筒となり、銃には不要な存在になる。

本来、銃には、そうした爆発、燃焼のための薬室はひとつしかない。例外は、リヴォルバー型の拳銃で、蓮根《れんこん》型の弾倉には、収納できる弾丸の数だけ薬室がある。あるいは、二連水平型の散弾銃だと、ふたつあることになるが、他の銃、オートマチック式の拳銃や、ライフルなどは、すべて薬室はひとつである。したがって、弾頭を発射したあとの薬莢は、薬室内に邪魔ものとして残るわけだ。

それを火薬の燃焼ガス圧で、銃本体の外に弾きだすシステムを、オートマチックという。ボルトアクションとは、それをせず、いちいち薬室の蓋《ふた》にあるとって《ボルト》を前後に動かすことで、薬莢を排出する仕組みだ。

どちらにせよ、ライフルの場合、二発発射したときには、最初の一発の薬莢を、薬室から出さねばならない。

藪は、その一発目の薬莢が見つからなかったことをいっているのだった。

「現場は交通量のある地域だから、排出した薬莢が、走っている車にあたって、どこかへとんでいっちまったとも、考えられる。だが、目撃じゃ、ほしはボルト操作をせず、たてつづけに二発を発射している」

「かなり手のこんだ改造銃ということか」

藪は頷いた。

「改造銃というよりは、まったくちがう銃だな。サイズは拳銃なみ、だが発射するのはライフル弾、しかも薬室が複数あって、薬莢排出のための操作を必要としない」

「ライフル弾を発射する拳銃はないのか」

「アメリカ製品で、ないわけではない。だがボルトアクションの単発だ。だいたいが、拳銃でライフル弾を発射するのは意味がない。強い威力が必要なら、マグナムモデルを使えばいい。装弾数も多いし、扱いも、ライフル弾に比べれば難しくない。もともと、拳銃用のマグナム弾というのは、ライフル用の薬莢を短くして使う発想から生まれたものだ」

「じゃあ、なぜほしは、そんな銃をこしらえた？」

薮は鮫島を見た。

「それが問題だ。威力が必要ならなぜだと思う?」

「アメリカじゃ、ライフル用の弾丸を拳銃に使わなくとも、それ用の強力な弾丸がある。日本では——」

鮫島は黙った。木津のことが頭に浮かんだのだった。

薮がいった。

「日本では、そういう強力な拳銃や弾丸は、簡単には手に入らない。だがライフル弾は、むしろ手に入れやすい。弾丸が手に入るなら、それにあわせた銃を作っちまうことができる」

「だが、そんな技術をもった奴は、そうはいない」

「そうだ。もし、ほしが使った銃が、複数薬室型ならば、いまだかつて誰も作らなかった銃ということになる。ライフル弾の複数薬室なんてのは、簡単には作れんぜ」

「そういうことか——」

「そういうことだ」

薮は頷いた。

11

木津は、張りこみを始めて六日目の晩、動いた。

その日、木津は夕食のための外出をしなかった。かわりに大量の食料品を、午後三時頃、コンビニエンスストアで買いこんだ。

鮫島の夕食も、木津の夕食と常に重なっていた。木津が夕食に出かけるまでは、鮫島も管理小屋を離れない。

木津が食堂などに入るのを見定めて初めて、鮫島も弁当を買いに走ったり、大急ぎで早くできる食事をとりに手近な店にとびこむのだった。

鮫島は、なるべく木津と同じサイクルで食事をとるように心がけていた。たとえば、夜七時に夕食をとって、午前一時過ぎまで起きていたとすれば、こ**ば**らがすく筈である。あるいはそれ以降、起きているようなら、木津の手もとには買いこんだインスタント食品などがあることになる。さもなければ、夜食をとりに外出することもある筈だ。

木津の生活パターンをのみこむのは、木津の考え方を知ることだった。明らかに木津は、〝もぐって〟いた。警戒心をとがらせ、不用意な動きをとるまい、と心がけているように見える。

カズオらしい人物は一度も、木津のマンションを訪れていなかった。鮫島は、木津のマンションの住人に対する訊きこみも控えていた。木津のように慎重なプロならば、周辺の住人に訊きこみがあれば、自分をとりまく空気の微妙な変化でそれを察知する。

そうなった時点で、監視を覚悟し、決して〝工房〟には近よらないにちがいない。

木津の生活パターンは単純だった。だいたい十時頃、マンションを出て、近くの喫茶店でモーニングサービスの朝食をとる。木津は新聞をとっておらず、そこで新聞などには目を通すようだ。

そしていったん帰宅すると、三時頃、ふたたび外出する。このときは、ソバ屋などで簡単な食事をして、パチンコ店やレンタルビデオショップなどに立ちより、暇つぶしをする。七時ごろ、夕食に出かけ、食事のあとは部屋に戻って外出することはない。

木津が今、金に困っていないことは明らかだった。木津には、今までにも銃を売って稼いだ貯えがある。木津から〝特注品〟の変造銃を買った、ある暴力団の幹部は、それが百万近くしたものであることを認めた。

もっていても銃と見破られず、しかもいざというとき護身の頼りとなる木津の銃は、かなり高額な商品なのだ。

その日、夕食のための外出をしなかった木津がマンションを出たのは、午後の九時過ぎだった。

木津はポロシャツにスラックスという、ふだんとかわらぬ服装だった。ちがうのは、手に大きな紙袋をさげていたことだ。

木津は、歩いて門前仲町のスナックに入った。張りこみを始めて以来、初めて入る店で、永代通りを外れたビルの地下にある。

あるいは、そこでカズオと知りあったのかもしれなかった。

鮫島はこの五日間、フユキにいくどか電話を入れていた。

カズオが来ていないかを問いあわせる電話は、あれ以来、二日に一度かかってくる、とフユキはいった。

「アガメムノン」を訪れた日も、木津はしつこく、カズオのことを訊いていたらしい。

鮫島は、木津がスナックに入っていくのを見届けると、通りの反対側から監視することにした。

木津は、ほんの十五分足らずで、階段をのぼって、地上に現われた。

しばらくは動かないだろうと思っていた鮫島は、あわてて腰をあげた。

木津は信号を使って、永代通りを渡った。マンションの方角に戻りかけたが、マンションに入る様子はなく、どんどん歩いていく。

木津はやはりカズオの消息をつかむために、スナックをのぞいたのだ、と鮫島は思った。時間が早いので、通行人は少なくない。それでも鮫島は、充分に距離をおいて、木津を尾行した。

木津は方角でいえば南に進んでいた。永代通りを背にして埋立地の方に向かっている。埋立地といっても、あたりは住宅密集区域である。

永代通りを外れてから、ふたつ目の橋を木津は渡った。

目的地がどこにせよ、向かおうとしているのは飲食店ではない。

鮫島は緊張した。

まさかこんな近くに〝工房〟をもっているとは思わなかった。木津がもし〝工房〟に向かうなら、車で動くとばかり、考えていたのだ。

木津が左に曲がった。鮫島は足を止めた。

そこは平久川の支流に面した路地だった。船宿が建ち並び、支流は、そのためにひいた水路のように、並んだ船宿の少し先でせきとめられている。

反対側の流れは平久川と合流し、汐見《しおみ》運河や豊洲《とよす》運河に向かい、やがて荒川につながり東京湾へと流れだしている。

木津は並んだ船宿の一軒に入っていった。

「富川丸《とみかわまる》」

船宿の屋号はそう記されている。

しばらく待っても、木津は出てくる気配がなかった。

鮫島は煙草をくわえた。船宿には「キス・メゴチ・ハゼ天ぷら」などと書かれたのぼりが立っている。釣り船と屋形船《やかたぶね》をもって営業をおこなっているらしい。

やがて大きな水音がして、鮫島は水路を見た。下流からせまい水路いっぱいにちかい幅のある屋形船が入ってくる。

平べったい形をして、家のような屋根をもった屋形船は、小さな提灯《ちょうちん》を無数に輝かせている。屋形船が進入するにしたがって、水路のこちら側に係留《けいりゅう》された釣り用の小船やモーターボートが、あおりを受け、大きく揺らいだ。

入ってきた屋形船は、「富川丸」の所有する船だった。店先に作られた、木製の舟着場に横づけになり、船頭の声に送られた乗客がつぎつぎとおりてきた。その数は五十人以上にものぼった。

東京湾の夜風にあたって、船上で天ぷらと酒をたらふく詰めこんだらしく、客のほとんどは上機嫌で、ぞろぞろと歩きだした。

鮫島は、それらの客にまぎれ、水路べりに近づいた。屋号を染《そ》めぬいたハッピをつけた船頭が、何人かで屋形船の後片づけを始めている。

「おーい。お客さんだよ」

店先から声がかかり、船頭のひとりが顔をあげた。

「おう。久しぶり」

船頭は、店先に立った木津を認め、歯切れのいい口調でいった。

木津の横には「富川丸」の主人らしい初老の男が立っていた。

「悪いな。いいか」

木津がいうのが、鮫島に聞こえた。

「おう、いいとも。こっちかたす間、中でビールでも飲んで、待ってろや」

船頭は返した。

屋形船をおりた酔客の流れがひき、鮫島は水路べりを離れた。

船頭と木津のやりとりを聞く限り、ふたりがかなり親しい間柄であることがわかる。

年代も近く、あるいは学校の同級生かもしれない、と鮫島は思った。

木津は、ここから船に乗るつもりなのか。

鮫島は唇をかんだ。もし、木津が、水路を使って〝工房〟に出入りをしているとすれば自分には追う術《すべ》はない。

鮫島は、木津が〝工房〟にいる、その現場に踏みこみたかった。

木津の逮捕状はおりていない。裁判所に提出する疎明資料《そめいしりよう》はそろっている。あとはそれに桃井の同意を得て、請求するだけだ。だが桃井は、副署長に許可を求めるだろう。そのとき、どうなるか。

モーターが始動する甲高《かんだか》い響きと水音に、鮫島は目をあげた。

屋形船のかたわらに係留された、四人乗りのモーターボートに、木津と船頭の姿があった。船頭は器用に舵《かじ》を操《あやつ》って、水路のへりと屋形船のすきまに、モーターボートを割りこませた。

鮫島は水路を右手に見ながら走り始めた。

あたりの地図は、張りこみの間に頭に叩きこんである。この水路は、平久川と合流するまで一本だ。その後、三方向に分かれている。西の豊洲運河か、まっすぐ南で汐見運河か、そして東の汐浜《しおはま》運河だ。

そのどれに向かうかだけでも、つきとめておきたかった。

モーターボートは、屋形船のかたわらをぬければ一気にスピードをあげる。そうなると、追いつく道はない。今のうちに、水路の交差点ともいえる、中州《なかす》の突端にいきつかねばならなかった。

鮫島は膝を高くあげ、全力で疾走《しっそう》した。モーターボートのエンジン音がひときわ高くなる。

水路ぞいの道を懸命に走った。水路は道路より一段低くなっているので、ボートの中から、顔を見られる心配はない。

汗が噴きだした。毎日、ジョギングしている成果を、今、試す機会だ。鮫島は自分にいい聞かせた。

前方に、水路を横ぎる橋が見えた。越中島《えっちゅうじま》と古石場《ふるいしば》という、ふたつの中州をつなぐ、釣船橋《つりぶねばし》だった。

そこをこえればすぐ、水路の合流点だ。釣船橋の上からなら、モーターボートがどちらに向かうかを見きわめられる。

モーターボートの水切り音が鮫島を追いこしていった。鮫島は歯をくいしばって手足を動かした。

ようやく釣船橋に辿りついた。水路の水面には、白い航跡が残されている。

大きく息をつきながら、欄干《らんかん》に手をかけ、鮫島はモーターボートの行方を見送った。

モーターボートは今、塩浜《しおはま》の埋立地を結ぶ、白砂橋《しらすなばし》の下を進んでいた。

南だった。まっすぐ平久川を下っているのだ。やがて浜崎橋《はまさきばし》の下を通過し、汐見運河につきあたる。そこから汐見運河にそうのか、なおも南に進んで、東雲《しののめ》運河までいくのか、この位置からでは、とうてい見きわめることはできない。

髪をかきあげると、べったりと掌《てのひら》に汗がついた。鮫島は欄干にもたれかかった。息を整えながら、煙草をくわえる。

今、木津をおさえるには現行犯逮捕しかない。そのためには、どうあっても木津の〝工房〟を見つけださねばならなかった。

モーターボートが「富川丸」に帰ってきたのは、それから三十分後だった。乗っているのは船頭ひとりで、木津の姿はなかった。

木津は、モーターボートでなければ行けないような場所に、〝工房〟をかまえているのだろうか。

あるいは、モーターボートは、尾行をくらますための手段ともいえる。木津が鮫島の監視に気づいているとは考えにくかったが、ボートでいったん離れた場所に上陸し、そこから電車やタクシーを使って、〝工房〟に向かったかもしれない。常にそういう手段で〝工房〟に入っていれば、簡単には、そのありかは判明しない。まわりくどいやり方だが、〝工房〟の所在をかくすために木津ならとりかねない方法だ、と鮫島は思った。

木津を運んだ船頭が「富川丸」から出てくるのを待ち、鮫島は尾行した。アロハシャツとジーンズに着がえた船頭は、三十五、六で、木津とほぼ同世代に見える。はだしに雪駄《せった》をはいた船頭は、徒歩でそこからさほど遠くない一戸建ての家に入った。

二十坪くらいの、小さな二階家だった。ガレージがあり、止まっている4WDのかたわらには、子供用の三輪車がおかれている。表札は「富川」とかかっていた。二代目のようだ。

鮫島は新宿署に戻ることにした。富川が、木津を迎えに船をだすかどうかで、木津の〝工房〟が船でなければいけないところなのかどうかを知ることができる。

訊問し、迎えにいく約束になっているのならば、ボートに自分を同乗させて、木津の〝工房〟に乗りこむつもりだった。富川に一度接触すれば、逮捕に猶予《ゆうよ》はならない。富川が木津と親しければ親しいほど、警告を発するおそれが高くなる。

富川が木津の〝工房〟を知っている確率は五分五分《ごぶごぶ》だった。知っていて、木津を運んでいるとすればまちがいなく、特別な報酬を受けとっているだろうし、木津をかばおうとするだろう。富川の住居からみても、木津とはかなり以前からの知りあいと判断してよいようだ。おそらくは、中学、高校あたりの同級生だろう。木津を運ぶのは、金のためだけでなく、友情もあるにちがいない。

新宿署に帰りついたのは、午前零時近くだった。捜査本部には、まだおおぜいの捜査員が残っている。

藪は、ほしの使っている銃が、木津の作ったものである可能性が高いことを捜査会議で指摘しただろうか、と鮫島は思った。

していないだろう。それを納得するのは、藪と藪の想像力を理解できる鮫島しかいない。

たぶん、藪はまだ、鮫島以外には誰にも話していない筈だ。

鮫島は、拳銃の保管庫に向かった。案の定、ふだんはほとんど携帯されず、ロッカーにしまいこまれている刑事用拳銃が、大多数もちだされていた。残っているのは、休みの刑事の分をのぞけば、自分と桃井の拳銃だけだ。

ニューナンブの警部用モデルは、アメリカ、スミス&ウェッソン社の三八口径リヴォルバーM三六をベースに、新中央工業が生産した、二インチ銃身の短銃身リヴォルバーだった。装弾数は五発で、使用弾丸は三八スペシャル。銃が小さいぶん、反動は大きく、命中率は決して高いとはいえない。

鮫島は拳銃を右腰に固定するホルスターにおさめ、署の駐車場においていたBMWに乗りこんだ。BMWは、木津のやさづけをしてすぐ、署に運んできたのだった。特別捜査本部がおかれると、捜査員が使う車のために署の駐車場はフル稼動《かどう》になる。早めにもってきたおかげで、おくスペースを確保できたのだ。人員増強がおこなわれてから、駐車場に入りきらなくなった捜査員用の車は、レッカー移動違反車を保管する契約駐車場にまであふれていた。

「富川丸」が釣り船も営業しているとすれば、朝はかなり早いにちがいない。その前に富川を訊問するとなると、野方に帰って仮眠をとる余裕はない。

鮫島はBMWを門前仲町まで走らせた。「富川丸」が面した水路に近い一方通行におき、その中で眠ることにした。
午前四時に、鮫島は目をさました。夜はまだ明けきっていない。
BMWをおりると体を屈伸《くっしん》させ、こわばった筋肉をほぐした。賭《か》けにでる日だった。
失敗すれば、木津をとり逃がすだけでなく、身の危険もある。
自動販売機で買った缶コーヒーを胃に流しこみ、鮫島は、富川の家に向かった。拳銃は
ポロシャツの上に着こんだブルゾンで隠してある。
東の空はどんよりと曇っていた。晴天は見こめそうにない。あと一時間もすれば、気の
早い釣り客が、この並んだ船宿を訪れるだろう。
富川の自宅には、すでに明かりがともっていた。さすがに朝が早いようだ。何も知らず
にいる富川の家族に、一瞬、心の痛みを覚えながら、鮫島は玄関のチャイムを押した。
万一、富川が逃亡した場合に備えて、家の周囲は調べてあった。裏口はない。この家に
出入りできるのは、玄関だけだった。窓から出入りするにしても、両隣の家とは、人ひと
りが通れるかどうかほどのすきましかない。それも大人ではなく、体のやわらかな子供で、
だ。
明かりがついているのは、一階の台所とおぼしき格子のはまった窓だった。玄関のすぐ
左側だ。

「――はい」

わずかに間《ま》をおいて、女の怪訝そうな声がした。ガラリとその窓が開き、トレーナーにエプロンをつけた、三十代の女が鮫島を見つめた。化粧けはなく、髪を短く切っている。

窓から、味噌汁が匂った。

「朝早く申しわけありません」

鮫島は頭をさげ、警察手帳を提示した。

「新宿署の鮫島と申します。御主人はもう起きてらっしゃいますか?」

女はとまどったように、格子ごしに鮫島を見つめた。やがて背後をふりかえり、

「おとうさん」

と呼んだ。

富川が窓ぎわに立った。黒っぽいジャージをつけている。

「何ですか」

緊張した声だった。髪を刈《か》りあげ、日焼けした精悍《せいかん》な顔が、寝おきのせいか白っぽかった。

鮫島はもう一度頭をさげた。

「御迷惑をおかけします。木津要《かなめ》さんのことでちょっとお話をうかがいたいのですが」

富川は棒立ちになって、鮫島を見つめた。わずかに顔が青ざめたような気がした。知っ

ている、と鮫島は思った。この男は、木津が何をしているか、知っている。

「――今から飯くって、すぐ仕事いかなきゃならないんですけど」

富川はぶっきらぼうにいった。

「お手間はとらせません。昨夜、木津さんとお会いになりましたよね」

富川は、いきなり殴りかかられたかのように、ぐいと頭を後方にそらした。目が大きくみひらかれる。

「おとうさん、どうしたの？　なに？」

背後で妻が訊ねる声が聞こえた。

鮫島は小さく頷き、目でドアをさした。

「ちょっとお話を」

富川は大きく息を吸いこんだ。

「どうしたの、ねえ」

「黙ってろ」

短くいって、くるりと窓に背を向けた。やがて、玄関の錠《じよう》を外す音がひびいた。

鮫島は油断をせず、一歩退いた。いきなり抵抗されることはないだろうが、富川が木津の仕事を知って、運んでいたとすれば、鮫島を敵視する可能性もある。

富川は、黒にオレンジのラインが入ったジャージの上下という姿で、玄関のあがり框《かまち》に立っていた。

「朝早くから、本当に申しわけありません」

鮫島は、あらためて頭を下げた。向かいあうと、富川は鮫島と同じくらい背丈があった。体つきもひきしまっている。

「木津は、俺のダチだよ。中学んときの」

富川はぼそっといった。

「彼の仕事を知ってますか」

富川は鮫島を見つめた。そして、家の中をふりかえると叫んだ。

「おい、ちょっと出るぞ」

三和土《たたき》の雪駄をつっかけて、顎で水路の方をさした。

鮫島は頷いた。家族に、木津の話を聞かせたくない気持ちはわかった。

富川を先に歩かせ、鮫島は「富川丸」の面した水路のほうに歩いていった。

歩きながら、富川は東の空を見つめた。天候を気にしているようだ。

水路を見おろす位置にくると、富川は立ち止まって鮫島をふりかえった。

「あんた、新宿から来たのかい」

鮫島は頷いた。富川はジャージのポケットから煙草をだし、火をつけた。ショートピースだった。葉が口に入ったのか、唾を吐く。

「カナメをパクんのかよ」

「奴の作った銃で、また人が死んだ」

鮫島が口調をかえると、富川は無表情になった。

「きのう、奴を運んだな、モーターボートで」

上目づかいで鮫島を見た。が、無言だった。

「どこまで運んだ？」

富川は目をそらし、係留された屋形船やモーターボートを見やった。煙草を吸い、地面に落とすと、雪駄の底で踏みにじった。

「名前何てんだ、あんた」

「鮫島。新宿署防犯課」

うつむいた富川の表情は見えなかった。

「木津はどこにいる？」

鮫島は静かにいった。富川は息を吐いた。舌の先で歯ぐきをまさぐりながら、水路のほうを見つめていた。頬がふくらんでいる。

「今度パクったら、とうぶん出てこれねえだろう？」

富川は鮫島のほうは見ようとせず、いった。

「本人次第だ」

「あいつは病気なんだ。あのことさえなきゃ悪い奴じゃねえ。我慢強いし、頭もいい。ガキんときからつるんでた」

「借りがあるのか」

「ねえよ。て、いうか、そんなの数えたらきりがねえ」

富川は初めて、鮫島を見た。

「バクチにはまって、船とりあげられそうになったことがある。イカサマ麻雀の奴らで、バックに組がついてた。カナメが口きいてくれて、とりあげられずにすんだんだ」

「どこの組だ？」

「そんなの関係ねえだろ」

「どこの組だ」

富川は舌打ちした。

「新宿の荒尾《あらお》って一家だ」

組長は木津の顧客だった。

「麻雀誘ったのは木津か？」

「だからどうしたんだよ」

富川は語気を強めた。鮫島は答えなかった。木津がかいた絵だというのを、富川は気づいていない。

「あんたは巻き添《ま》え《ぞ》にしない。木津のところに連れていってくれ」

「ダチ、裏切れってのかよ」

鮫島は確信した。富川は木津をその〝工房〟まで直接、運んでいるんだ。

「ほっとけば、あんたも罪に問われるぞ。家族がいるんだろう」

「キタねえこというなよ！」

富川は表情を変えた。

鮫島は富川の襟をつかんだ。

「木津は人殺しの仲間だ。やくざ者どうしが殺しあっているうちはいい。だが流れ弾が、女や子供にあたったらどうする。木津の作った銃で、もう何人も死んでるんだ。あんたの家族がそのひとりになったらどうする⁉」

富川は鮫島をにらみつけた。

「見ろ！」

鮫島はブルゾンの前を開いた。富川の目が拳銃に釘づけになった。

「こっちだって命がけなんだ。だが奴をつかまえなけりゃ、また人殺しが増えるんだ」

富川は体をこわばらせた。

「木津のところへ連れていってくれ」

「あんたひとりでいくのか」

「そうだ」

「まさか、カナメをバラすつもりじゃねえだろうな」

「そんなことは考えてない。手錠をかけて、裁判を受けさせる」

「奴はもう二度と、おつとめはいやだって、いってる。初めてんときも、二度目のときも、奴はム所でいやな野郎の相手をさせられたんだとよ」

「――知ってるのか」

「ああ。だが奴は、俺みたいに、そのケがないのには何もしねえよ。ただのダチだ」

鮫島は煙草をとりだした。一本吸うあいだ、何もいわずにいた。富川は考えこんでいる。吸いおわると、鮫島は訊ねた。

「連れていってくれるか」

富川は長いため息を吐いた。

「ボートに乗れよ、刑事さん」

12

モーターボートがスピードをあげると、さまざまな香《かお》りがあわさってひとつとなった、運河の匂いが鮫島の鼻にさしこんだ。潮の香りのようでもあり、排気ガスの匂いのようでもある、その匂いは、しぶきとなっておそいかかる水の一滴一滴に含まれている。

運河の上は湿度が高く、たとえ水しぶきを浴びなくとも、衣服がそれを吸って重くなる気がした。

曇った空をうつしこんだ水面は暗く、実際以上に水深があるかに見える。スクリューに攪拌《かくはん》されたあとに浮かぶ白い泡だけが、鮫島に妙に強く、水上にいることを実感させた。波らしい波はほとんどなく、ボートは前進に何の抵抗も受けていないかのようだ。

そのスピードは、一段高い位置にある高速道路を車で走っているときよりなお、速く感じられた。そして、左右の視界を遠ざかる沿岸の街並みは、これまでに見知ったいかなる東京の街並みともちがって見えた。ところどころに小さな舟着場があり、護岸に切られた階段を使って、面した建物や道路にあがれるような造りになっている。

モーターボートは、四つ目の橋、白鷺橋《しらさぎばし》をくぐりぬけた。前方にもう一本の橋がかかっている。

「どこまでいくんだ⁉」

鮫島は腕時計をのぞいて叫んだ。午前五時に、わずかを残している。

「この先の枝川橋《えだがわばし》をぬけると、東雲東運河に出る。首都高《しゅとこう》の下をくぐった右側の建物に、カナメはいる」

立ってモーターボートの舵輪《だりん》を操作していた富川が、叫びかえした。ボートが走り始めてから、初めてかわした会話だった。

「いつ頃から木津を運んでいるんだ」

「奴が入る一年前だ」

「ずっと同じところか」

富川は無言だった。

枝川橋をくぐるとしばらくまっすぐ進んだボートは、運河の合流点で速度を落とした。

やがて舵を左に切って、今まで進んできた運河よりはるかに幅のある運河に船首を向けた。

東雲東運河だった。前方にかけて、首都高速道路が大きくよぎっている。

「近づいたらエンジンを切ってくれ」

鮫島はいった。木津に音で気づかれたくなかった。木津が抵抗したとき、富川を巻き添えにするかもしれない。

首都高速道路の手前で、富川はスロットルをしぼった。エンジン音が低くなり、やがてとだえた。ボートは、惰性《だせい》で前進した。

「ここはどこになるんだ？」

鮫島は声の大きさを戻して訊ねた。

「潮見《しおみ》と辰巳《たつみ》だ。もうその先は貯木場だ」

「木津がいるのはどれだ」

右手の辰巳の倉庫街を富川は指さした。中にひとつ、色の沈んだレンガで礎石《そせき》を積みあげた小ぶりの倉庫があった。

運河に面していて、金属製のドアの手前に、石段が組まれている。石段の下のほうは水中に没《ぼっ》していた。

「あの建物か」

「宮間運輸《みやまうんゆ》の倉庫だ」

鮫島は富川を見た。宮間運輸は、西日本最大の広域暴力団の傘下《さんか》企業だった。木津は関西にいっている間にコネをつけ、安全な仕事場を手に入れたようだ。

どこの組にも属していない、というのはあやまりだったのだ。たぶん盃こそもらっていないだろうが、関西の親分衆のために、特製の銃を作っていたにちがいない。

宮間運輸を傘下におさめる広域暴力団は、関東の各組との申しあわせで、東京には進出していない。そのために、倉庫も警察にマークされていなかった。

「中に入ったことはあるのか」

鮫島は富川の表情を見ながら訊ねた。富川は首をふった。

「カナメは誰も入《い》れん。倉庫の人間も入れないんだ。あの扉の向こうは、半地下室で、出入口はあそこしかない」

見つからなかったわけだ。もし、これがアパートかどこかの一室なら、とっくにローラー作戦などでひっかかっていたろう。

モーターボートはゆっくり石段に近づいていた。

「いつ迎えにくることになっていた？」

「明日の晩だ。きのうと同じように、屋形船で戻ってから」

鮫島は頷いた。

「どうすりゃいいんだ、俺は」

富川の問いに、鮫島は扉を見つめた。錆《さび》がまっ赤に浮いた、およそ使っているとは思えない鉄扉《てっぴ》だった。ボルトがついている。

「あの扉は鍵があるのか」

「わからん」

「入っていくとき、どうだ?」

倉庫の地下室として作られたものなら、内側から鍵をかける必要はない。ボルトに外から南京錠《なんきん》でもかませればすむ筈だ。

「そういや、使ってないときは、あのボルトに鎖《くさり》を巻いて南京錠をかけていた」

もともとはなかったとしても、〝工房〟として使うようになってからボルトを内部にもとりつけた可能性はある。

扉の周囲に窓はなかった。

「電話は中にあるのか」

「ない。電気はきているといってたが」

うまく扉を開けさせないと、木津はたてこもってしまうかもしれない、と鮫島は思った。そうなれば、逃げられる気づかいはないとはいえ、面倒なことになる。

「戻ってくれ」

鮫島は富川に告げた。富川は驚いたように鮫島に目を移した。

「何だと」

「戻ってくれ」

「どういうことだよ」

「あの扉は外からは破れん。明日の晩、迎えにきたときに奴をつかまえる」

富川は鮫島の顔を凝視《ぎようし》した。

「あんたもこれから仕事だろう」

鮫島はいった。

「俺がカナメに知らせない、と思うのか」

「あんたのほかにここのことを知ってる人間はいるか、『富川丸』に」

「いない」

「そうか」

鮫島はいって再び扉を見つめた。鮫島の横顔を見守っていた富川が、エンジンを始動させた。ボートを鋭くターンさせる。

「――俺はどうなるんだ⁉」

舟着場まで戻ったとき、富川が訊ねた。鮫島は無言で煙草を吸っていた。

「どうもならん。俺は木津をつかまえたいだけだ」

鮫島はいって、舟着場の階段にとびうつった。もやいを手にした富川がぼうぜんと見あげている。

「明日の晩、また来る」

鮫島はいいすてて歩きだした。

13

彼は有頂天《うちょうてん》になり、不安になった。そしてまた期待と不満もふくらんでいた。

警察は、なぜ動こうとしないのだろうか。彼のことは、新聞にもテレビにも発表されていない。

歌舞伎町広場の植えこみから薬莢がとりだされる様子を、彼は見ていた。望んだとおり、再び多くの刑事たちが現われ、関係のない煙草の吸い殻やガムの嚙みくず、空缶まで、植えこみからさらっていった。

ロープがはり渡され、手袋をつけた男たちが動き回った。

なのに、彼は少しもの足りなかった。

刑事の数が少なかったこともあるかもしれない。

「マークス・マン」の近くの公衆電話から二度目の電話をして、数分後には、広場に制服の警察官が現われた。その数は四人。

彼らは手分けして植えこみを捜し始め、あっというまに、M一六の薬莢を見つけた。中の年かさの警官が、肩の、携帯受令器のマイクで報告をした。

彼はその様子を、少し離れたハンバーガーショップの店先から眺めていた。

ほんの数分でサイレンを鳴らしたパトカーや鑑識車が殺到《さっとう》した。本当にわくわくした一瞬だった。

野次馬がたかり始めると、彼はすかさずその最前列に並んだ。少しこわかった。もし自分がおいたものだと、誰かがいったらどうしよう。ここにちょっと前までいた人を知りませんか、などと刑事たちが訊きこみを始めて、この人がそこにいました、といわれたら。

そう思うと、最前列に立つのには、たいへんな勇気がいった。

見つかった薬莢は、すぐさまに手袋をした刑事の手でビニール袋にしまいこまれた。集まった野次馬の大半は、いったい何がおきたのかすら知らない。

知っているのは、刑事たちと自分だけだ。

それは、ぞくぞくするほどの喜びだった。体はロープの外側にいても、心は内側にある。彼は、こみあげてくる笑いをおさえ、刑事と目をあわせないために、いくども手にしたカップのストローをくわえた。

もの足りなさの理由は、知りあいの刑事がいないことだった。葉村も、外山係長も、そしてあの偉い眼鏡の男も現われなかった。

やはり、イタズラだと見抜かれていたのだろうか。

部屋に帰った彼は、期待をこめて、七時のニュースをつけた。見つかった薬莢と電話のことが、発表されているかもしれない。薬莢は、もう何年も前に、渋谷《しぶや》の雑貨店で買ったキィホルダーだった。ホルダーのリングの部分はペンチで外したし、渋谷の店は、とっくに潰れてなくなっている。自分の声がテレビで流れることには、不安はなかった。電話だと声は変わるし、録音されればもっと変わる。だから、誰も彼の声だとはわからない筈だ。彼は、電話が録音されていることは、まちがいない、と信じていた。もし彼が捜査本部のメンバーでも、きっと外からかかってくる電話を録音したろう。警官を殺すような奴は、ドラマの世界では必ず犯行声明をだす。

ニュースが始まり、彼の期待はふきとんだ。本当に、犯人がまたやったのだ。

「嘘だろ！」

彼は思わず叫んでいた。今度は、パトカーに乗った警官が撃たれたのだ。ひとりが死に、もうひとりが重体だという。

不満がふくらみ始めたのは、それからだった。ニュースは、彼の電話や薬莢について、何も触れなかった。アナウンサーはまるでそんなことを知らないように見えた。

なぜ、発表しないのだ。

理由はふた通り、考えられた。ひとつは、まるきり、デタラメのイタズラだと思って無視している。もうひとつは、彼を本当の犯人と考え、わざと発表せずに秘《ひそ》かに捜査を進めている。

予告をした日に第二の犯行がおきれば、誰も偶然の一致とは考えない。

一週間ぶり。彼は、はっとした。彼と同じことを、犯人は考えたのだ。彼が予告をしたのは、あの日と同じ月曜日だったからだ。

犯人も同じ月曜日に犯行をくりかえした。

月曜日の殺人鬼。偶然の一致などではなかった。犯人は来週の月曜日も、新宿で警官を殺すだろう。

そう思った瞬間、喜びがつきあげた。

「やった、やったぞ」

彼はつぶやいた。彼は犯人と同調した。つまり、ロープの内側に入りこんだのだ。警察は、きっとまちがいなく、彼を犯人だと思っている。

とすると……。今度は不安になった。

本当に犯人と思えば、執拗《しつよう》な捜査が、彼のかけた電話や残した薬莢について、おこなわれるだろう。

彼は次々とニュースにチャンネルをあわせつづけた。犯人が使った銃の種類を知るためだった。

ライフルだということを知ったのは、先週の金曜日のニュースだった。バイトから帰ってつけたテレビでやっていたのだ。日払いのバイトをしばらくすることにして、一日おきに彼は仕事に出ていた。ビルの掃除や、工事現場の車輛誘導だ。

金曜日の夜、十時からやっているニュース番組で、銃の評論家がそういっていたのだ。

ライフル、という言葉でまっ先に頭に浮かんだのが、M一六アサルトライフルだった。米軍の制式軍用小銃で、口径は五・五六ミリ、セミ・フルオートの切りかえ機能がついていて、連射も可能だ。

警察はその後、銃の種類について何も発表していなかった。

二度目の犯行のあとも、銃の種類は発表していない。記者会見で、そのことについての質問も出たらしいが、

「捜査中です」

のひと言でかわしていた。犯人が過激派なのか、警官を憎んでいるただの異常者なのかについても、不明、としている。

犯人はM一六を使ったのか。

それは彼がどうしても知りたいことだった。五・五六ミリなら、まさしく彼は犯人と完全に同調したことになる。

犯人を見つけだすことだって、できるかもしれない。

刑事たちと話さなければ、彼は思った。彼がいなければ、きっと刑事たちは犯人を捕えられないだろう。

自分がうまく刑事たちを操縦《そうじゅう》し、犯人のもとへ導いてやらなければ。

今、犯人を誰よりも知っているのは、自分なのだ。特別の人間であることが、証明されたのだ。

大切なのは、自分を犯人と思わせておいて、真犯人のもとへ導くことだ。

真犯人がつかまったら、名乗りでたっていい。きっと皆はびっくりするだろう。

『どうやって犯人のことを知ったのですか』

『理解したんです、彼を』

そう答えてやる。普通の人間にはわかりっこない。自分には、捜査官の才能があるのだ。それは生まれつきのもので、ヒーローとなる定めのもとに生を受けた人間にしか、ありえないのだ。

想像の世界がどんどんふくらみ始めた。

いいぞ。しばらく、この世界で遊んでやろう。そして飽きたら――犯人に、肉薄《にくはく》するのだ。本当の特別捜査官が、部屋にいながらにして自分を追ってくる。

犯人が知ったら、きっと驚くにちがいない。

14

防犯課には、いつもの半分も人間がいなかった。新城が捜査本部に協力を要請され、喜びいさんで、部下をひきつれて移ったのだ。

署内だけでなく、機捜や本庁からも大量に人員が流れこんでいた。

桃井はいつものように長身の背中を丸め、猫背《ねこぜ》ぎみで机に向かっていた。

たぶん退官までそうしているのだろう、と鮫島は思った。企業ならば、とっくに肩を叩かれているだろう。そうはならないところが、警察もまた、役所である証しだ。だが、この男もまた、かつては正義の血をたぎらせて、犯罪者を追ったことがある筈だ。

鮫島が机の前に立つと、桃井は老眼鏡ごしに、見あげた。

「木津の逮捕状と捜査令状の件ですが――」

桃井は老眼鏡を外し、読みかけの捜査資料の上においた。徹夜明けのように疲れた表情で目頭《めがしら》をもむ。

「読んだよ」

ぼんやりとした、とらえどころのない口調で桃井はいった。まるで今朝の新聞を読んだのか、と訊かれて答えるような調子だった。それも、何ひとつ大事件ののっていない朝刊を、だ。

鮫島は無言で待った。桃井は、それ以上の返事を鮫島が求めていることが意外そうだった。

「上が忙しくてね。まだ請求許可がおりないようだな」

目を書類に戻した。話は終わった、という表情だった。

「木津をかみます」

鮫島はいった。桃井は再び目をあげた。

「現行犯逮捕《げんたい》ならば、令状は必要ありませんから」

桃井は鮫島を見つめた。

「急ぐんだな」

わずかに興味をそそられたようだ。

「話を聞いてもらえますか」

桃井は顎をあげ、がらんとしている課内の机を見渡した。まるで学級閉鎖の日に、授業にでてきた教師のようだ、鮫島は思った。

「少し早いが飯でも食おう。今のほうがすいている」

桃井は立ちあがった。二人は署内の食堂に向かった。桃井の言葉通り、食堂はがらがらだった。

これまで、桃井は、鮫島に対し、何の興味も抱いていないように見えた。新城のように敵意をむきだしにすることもないが、かといって理解しようとしたわけでもない。ほかの課員と同じように扱った。つまり、好意も悪意もない、ただの無関心だ。

「先にいっておきたいことがある」

鮫島が向かいに腰をおろすと、桃井はいった。周囲のテーブルは無人だった。

「私は、自分が署内で何といわれているか、知っている。君についてもだ。君は孤立している。それはやむをえないことだろう。警察というのは、縦《たて》と横《よこ》、そのふたつしかない組織だ。そして警察官はその枠組《わくぐみ》にしがみついて生きている。外に出れば、何の意味もない縦横《たてよこ》だが、それにしがみつかなければ、警察官には何ひとつしがみつくものはない。犯罪者に嫌われ、市民にはうとんじられる。それが警察官なのだ。

だが君は、その縦横を無視した。あってはならないことだし、たとえ、いかに優秀でも君の意志とはかかわりなく、そういう価値観の持ち主に、いてほしくない、と思うのが警察組織の生理だ」

「わかっています」

鮫島はいった。

「まだある。私はこれまで、君に対しても、何ら悪意を抱いたことはなかった。なぜなら、私自身も、そういう縦横をうとましく思って、避けていたからだ。連帯をする気はないが、かといって同じアウトサイダーどうしが角《つの》をつきあわせる必要もない、と思っていた。しかし、この十日ほどで、それがかわった」

鮫島は桃井を見つめた。桃井の顔には何の表情も浮かんでいなかった。たんたんと、目の前にいる人物についての話ではないかのような口調でつづけた。

「私が警察官をやめないのは、私なりに、警察官という職業を大切に思っているからだ。勇ましいどころか、中から見れば女々《めめ》しい部分もある社会だが、それでも私は警察官という職業は立派な仕事だと思っている。

その警察官がたてつづけに殺されている。しかも管内で、同じ署員だ。被害者はみな若く、これからまだまだ立派な仕事ができる人たちだった。感情的にも、理性的にも、早く犯人を捕えたいと思うのは、同じ警察官どうし、あって当然の意志だ。なのに君は、君自身の理由もあっただろうが、捜査本部への配属を断わった。君にとっては、木津はどうしても捕えたいほしかもしれんが、同じ警察官として、警察官殺しのほしよりもそちらを重要視する君に、私は残念だと思っている」

鮫島はゆっくりと息を吸いこんだ。桃井がそう思うのはもっともだった。捜査本部では、何百人という刑事が、たぶんひとりしかいないであろうほしを挙げるために、心身をすりへらしている。挙がったとして、彼らの功績は何百分の一でしかない。ひきかえ、自分は一対一でほしを追っている。桃井がそれをエゴイスティックだと感じても、反論することはできない。

「こんないい方をするのは卑怯《ひきょう》かもしれんが、あえていう。君は私とちがい、とてつもなく優秀な警察官だ。新城などは、それが一番おもしろくない。キャリアのコースを歩み、現場の経験などほとんどないに等しかった君が、課内で最高の刑事なのだ。好かれる筈がないだろう。皆、腹の中では、泥をかむような思いを君はしたことがない、と思っている。私のように役に立たない人間が戦列に加わる必要はない。だが、君には捜査本部に加わってもらいたい、と私は思った。だから君に、自分で断わってくれといったのだ」

「あなたは優秀な警官だったと聞きました」

「その話はしたくない」

桃井は冷ややかにいった。

「今、私がいっているのは、自分のことではなく、君のことだ。卑怯だというのはわかっている。だが、私はこの立場をかえるつもりはない」

鮫島は息を吐いた。

「わかりました」

「では、話を聞こう」

鮫島は、木津についてのこれまでの捜査過程を話し始めた。大切なのは、木津の〝工房〟が発見されておらず、それを今回、おさえられるかもしれない、という点だった。そして、藪から聞いた、警官殺しの犯人が、木津の製品を使っている可能性についても告げた。

話を聞いている間、桃井は目を署員食堂の殺風景《さつぷうけい》な壁に向けていた。終わってもしばらく、その位置はかわらなかった。

やがて鮫島を見た。

「木津が『アガメムノン』に現われたのはいつだといった？」

「先週の金曜日、ちょうど一週間前です」

「君は非番だったな」

鮫島は頷いた。

「木津が警官殺しの犯人である可能性はどうだ？」

「もし同一犯による連続犯行ならありえません。二度目のときは、私がずっと張りついていました」

「木津は〝もぐって〟いる。君はそう考えるのだな」

「そうです」

「その木津がなぜ『アガメムノン』に現われた。たとえ愛人と喧嘩をして、よりを戻すためだとしても、あの日、新宿に出てくるのは奴にとってもひどく危険だった筈だ」

「どうしてもカズオと連絡をとりたいわけがあったのだと思います」

桃井は頷いた。ぼんやりとした口調でいった。

「テレビが、ほしの凶器をライフルとすっぱぬいたのは、その金曜だったな」

鮫島は桃井を見つめた。番組で評論家が登場し、凶器をライフルと推理した。それまで、どのマスコミも凶器をライフルとは想定していなかった。本部が発表を控えていたためだ。新聞なども、凶器を〝短銃による犯行か〟と書いていた筈だ。一転して本部がライフルによる犯行であることを認めたのは、その翌日だった。口径については、いまだ発表していない。

「すると木津はそれを見て、不安になったと――？」

ありうることだった。フユキが、たった今、木津らしい男から電話があったと連絡してきたのは、ニュース番組が放映された直後だった。

「そのカズオという愛人が、木津のもとから、ライフル弾を使用する改造銃をもちだしていたとすれば、テレビ報道で凶器がライフルと知った木津が不安になって、不思議ではない」

桃井は変化のない調子でいった。

「ほしはカズオか、カズオから銃を譲《ゆず》りうけた人間である可能性があります」

「そうだな」

「令状はとれますか」

「そのことを署長と捜査本部会議で説明すればとれるだろう。だがその時点で、木津は君のほしではなくなるぞ」

「かまいません」

鮫島はきっぱりといった。そのとき、香田の声が鮫島に聞こえた。

「おいおい、防犯てのはずいぶん暇らしいですな。警部がふたりも、昼前から食堂でだべっていらっしゃる」

盆を手に、少し離れたテーブルにつこうとしているところだった。かたわらに公安とひと目でわかる二人の刑事を従えている。

鮫島は無視した。桃井はちらりとそちらを見やった。何げない口調で訊ねた。

「彼は同期だそうだな」

鮫島は頷いた。

「本部はまだほしを特定できるだけの材料をつかんでいない」

低い声だった。香田が再度いった。

「いい気なもんだよな。仲間が殺《や》られて、外の人間まで駆りだされてるってのに、のんびり飯談議ですか」

「新宿署の飯はうまくないすね」

香田のかたわらにいた刑事がぼやいた。

「本庁の飯が懐かしいだろう、え？」

香田がいって笑い声をあげた。

桃井は顔をそちらに向け、苦笑してみせた。香田の目に、それとわかる蔑《さげす》みが浮かんだ。

桃井が顔を戻した。鮫島にだけ聞こえる、低い声でいった。

「ほしは奴らに渡せんな」

午後九時少し前、鮫島は「富川丸」の店先に立った。屋形船はまだ戻ってきていなかった。

戻ってきたのは十時過ぎだった。金曜のせいか、ほぼ満員で八十人近い乗客が乗りこんでいる。

乗客が全員おりるのを待って、鮫島は水路に歩みよった。ハッピ姿の富川が頭上を見あげ、気がついた。

「もう少し待ってくれ」

富川はいった。あと片づけをする若い船頭衆に、歯切れのいい口調で指示をとばす。もやいを手に、片足を船のへ先に、片足を舟着場にかけている。

やがてあと片づけが終わり、富川は鮫島に頷いてみせた。暗がりで富川の表情は読めない。鮫島は石段を降りて、舟着場に立った。

「いいぜ」

屋形船から直接モーターボートに乗りうつった富川がいった。鮫島は乗りこんだ。

富川はすっかり覚悟を決めたように見えた。きのうと今日の間に、木津に知らせるべきかどうか悩んだ筈だが、そんな気配はみじんもない。

くわえていた煙草を水路に投げこみ、いった。

「じゃあ、いくぜ」

鮫島はシートにすわり、頷いた。富川はボートのエンジンをスタートさせた。

最初の橋、釣船橋をすぎると、富川が叫んだ。

「今日もあんたがひとりでくるとは思わなかったよ」

「大勢でかかれば、木津は、あの地下室に閉じこもる。そうなれば何日も無駄になる」

「刑事ってのはふたりひと組じゃないのか」

「普通はそうだ」

ボートは、白砂橋、浜崎橋とすぎ、スピードを落とした。汐見運河との合流点をよこぎるためだ。

「あんたは普通じゃないのかい」

「どうかな」

「そういや、髪が長いな。刑事てのはもっとさっぱりしてるぜ。俺たちみたいに」

鮫島は不安を感じた。富川が喋りすぎる。別の緊張感をけどられまい、としているようだ。

「木津とは、いくつのときに知りあったんだ」

富川が一瞬、言葉に詰まった。

「中学二年だ」

「よくつるんだのか」

鮫島は右手で、腰のふくらみに触れた。罠《わな》かもしれない。

「まあね。授業サボっちゃあ、パチンコ屋いったりしてたね」

「どんな奴だった」

「とにかく我慢強え野郎だ。いっかい、高校生のワルどもに囲まれて、フクロにされたことがあったが、奴はどんなに痛めつけられても声、出さなかったよ。黙って、じっとにらんでた。腹のすわった野郎だな、と思ったね。そういや、そんとき、奴はモデルガンもってて、とりあげられそうになったときだけは、叫び声あげて武者ぶりついてったな。また、あべこべに袋叩きにされたがよ」

白鷺橋、枝川橋と通過した。東雲北運河と東運河の合流点を斜め左に折れた。前方に首都高速九号線が見えた。光の帯となって、中空をよぎっている。

「いつも木津はどうやって迎えを待つんだ」

「俺がボートをつけると、中の電気を消して出てくるよ。鉄のドアに鎖巻きつけて、石段からボートにうつるんだ」

木津が鉄扉を閉める前に踏みこまなければならない。鮫島に気づけば、かけたボルトの鍵を運河に投げすてる可能性があった。

高速道路の手前で、鮫島はボートのエンジンを切らせた。頭上をいきかう、轟々《ごうごう》という車のエンジンの音がふってくる。

上方に高速道路のランプがあるので、操船《そうせん》にさしつかえはない。だが、水面はまっ黒だった。

「俺が石段にとびうつったら、あんたは少し離れていてくれ。合図をしたらエンジンをかけるんだ」

鮫島は近づいてくる石段を見つめながらいった。表面は苔《こけ》ですべりやすそうだった。

鉄扉には、内側からすきまをふさいであるのか、糸ほどの光も見えない。

「刑事さんよ」

富川がいった。鮫島はふりかえった。ランプのせいもあって富川の顔色が白っぽくなっていた。

「気いつけてくれよな」

緊張した声音《こわね》だった。

罠をかけたのを後悔しているのだろうか、鮫島は思った。だが、もう鮫島もひきかえせない。

ボートの舷側《げんそく》がぶつかって音をたてる前に、鮫島は石段にとびうつった。思った通り、石段は水苔《みずごけ》でぬるぬるとすべり、バランスを崩しそうになった。両手両足をつかって石段にしがみつき、ようやくのことで鮫島は水中に落ちるのを防いだ。

ふりかえると、反動で一メートルほど離れたところに、ボートが漂っていた。操縦席から富川がじっと見つめている。

水上に出ている石段は、全部で七段だった。鮫島はそれを、音をたてぬようのぼりながら、拳銃をぬいた。全弾、実包を装塡《そうてん》してある。防弾チョッキは、動きがにぶるのをおそれて、着けていなかった。

鉄扉はスライド式で開く仕組みになっていた。石段の最上段は少し広くなり、エプロンのようなはりだしがある。艀《はしけ》などを接岸して、荷物をひきあげるためのスペースかもしれない。

鉄扉の把手《とって》の側に立ち、鮫島は富川に手をふった。

こちらを見守っていた富川がエンジンを始動させた。水を叩く甲高いモーター音がひびく。

木津が内側の錠を外した瞬間、体をねじこんでもとびこむのだ。湿った風が、鮫島の体にまとわりつくようにして吹きぬけていく。

がしゃり、とかけ金を内部で外す音がした。わずかに鉄扉にすきまが生じた。その瞬間、鮫島は両手で鉄扉を押し開き、中にとびこんだ。

強い光が目に入った。正面に鉄の櫓《やぐら》を組んだような支柱があり、その中央にスポットライトが何基かとりつけられている。ひとつがまっすぐに入口に向けられ、鮫島の目を潰したのだった。

向きをかえようとした矢先に、右の耳もとで轟音がひびき、鮫島は床に叩きつけられた。

激痛に耐えながらふり仰いだ。右の側頭部を殴られたような衝撃だった。熱しきった鉄のハンマーで右の側頭部を殴られたような衝撃だった。

ドアの内側は広くなっていて、鉄の棚が、水路に面した壁と直角になるようにおかれていた。棚には、さまざまな大きさの段ボール箱がのっている。棚にはいく枚もの鉄板が五〇センチくらいの間隔をおいて床と平行にさし渡されていた。その鉄板の向こうに木津の姿があった。

木津は棚をバリケードにして、その裏側で鮫島を待ちうけていたのだった。木津は、下から三枚目と四枚目の鉄板のすき間から、四本の鉄パイプを細長い箱におさめたような〝銃〟を鮫島に向けていた。そのうちの一本から発射された弾丸が、鮫島の頭をかすめたのだ。

耳の激痛は頭全体に広がり、目を開けていられないほどひどかった。鮫島は歯をくいしばって目をみひらき、右手の銃で木津を狙った。

殺すな――頭の中のひと握りの理性が鮫島の手をさげさせた。鮫島は木津の腰から下を狙おうとした。

改造銃の向こうで木津が大きく目を広げて、鮫島を見おろしていた。

鮫島に、銃をかまえなおす余裕はなかった。頭の芯にたっした痛みはそこで爆発し、鮫島の意識はとぎれた。

15

気づくと鮫島の両手は背中に回され、手錠でつながれていた。手錠の鎖の部分は、部屋の中央に立つ鉄骨の櫓の間をとおっていた。鮫島は櫓の周辺部しか動きまわることはできない。

意識をとり戻したあとも、右耳の激痛と頭の痛みは消えていなかった。鮫島はゆっくりと、〝工房〟の中を見回した。

そこは、ほぼ正方形の部屋だった。広さは二十坪くらいで、倉庫全体の大きさを考えると、約十分の一くらいだった。部屋の四隅と中央に鉄骨の櫓が立ち、天井を支えている。

窓はなく、照明は、櫓にとりつけられたスポットライトだった。スポットライトの数は全部で三基あり、入って正面と左右をそれぞれ照らしている。

鉄扉は、運河に面した壁の中央にあった。木津が盾《たて》にしていた鉄の棚は、ほかにもふたつあって、入って右手の壁ぎわに並んでいる。その手前には、長さ二メートル、幅一メートルほどの長方形をした工作台があった。

壁ぎわの鉄棚には、溶接《ようせつ》に使うボンベ類や金ノコなどが整然とおかれ、工作台に万力《まんりき》や旋盤などの大型工具がとりつけられている。

中央の櫓をはさんで反対側、左の壁ぎわに、さまざまな太さ、長さの鉄パイプや鋼材がきちんと並べて積まれていた。その向こう、奥の壁ぎわに、パイプ式のシングルベッドがあり、小さな冷蔵庫と簡易トイレが足もとにあたる位置におかれている。ベッドの頭の側に、木製の棚があり、弾薬の箱と、いくつもの完成品が並べられていた。中に、さっき鮫島を撃った四連装の銃と、鮫島自身の拳銃もある。床はむきだしのコンクリートだった。

木津の姿はなかった。

痛みと闘いながら、鮫島は何がおきたのかを思いだそうとした。

入口のほうをふりかえった。

木津が盾にした鉄棚の段ボール箱は、三段目から下に積まれていた。いちばん下の段は、傘の細長い箱がいくつも重ねられ、その上の段に中小さまざまな箱があったが、それらは皆、空箱だった。小さいのはビデオテープの箱から、大きいのにはＮＴＴの文字が入っている。その向こうには、古いベッドマットを木枠《きわく》におしこんだものがあった。

工作台と向きあうように、壁に固定されている。そのマットに点々と穴がうがたれていることに鮫島は気づいた。

工作台の万力に試作品の銃を固定し、試射をおこなっているにちがいなかった。夜間を選べば、人に銃声を聞きとがめられる心配はなく、多少もれたとしても、倉庫の近くを走る高速道路の騒音がかき消すだろう。入って左、鮫島が倒れた場所の延長線上のコンクリート壁に、銃弾がめりこんで削れたあとがあった。

弾丸は、鮫島の耳から一メートルと離れていない位置で発射されたのだ。ふり向くのがもう少し遅かったら、こめかみ近くを撃ちぬかれていたにちがいない。

鮫島が動くと、手錠の鎖が櫓と触れあって音をたてた。

右の耳が聞こえなくなっていた。銃声によるものなのか、弾丸がかすめた衝撃によるものなのかは、わからない。とにかく、まるで聞こえなかった。

鮫島はうしろ手で櫓をつかんで体を起こした。手錠の鍵は左のポケットに入れたキイホルダーにつけてあるが、キイホルダーそのものが奪われていた。

櫓にもたれかかり、目を閉じた。頭痛はひどい吐きけをともなっている。

木津は逃げたのだろうか。

これだけの完成品をおいて、逃げる筈はなかった。

富川とともにいったん陸に戻ったにちがいない。富川は、やはり木津に知らせていたのだ。

自分の甘さがこういう結果を招いたのだった。

体がずるずると崩れ、鮫島は再び床に尻もちをついた。

戻ってくるつもりで、しかも鮫島を閉じこめておいたということは、あとから始末をつける気でいるのだ。

とりあえず、ひと晩、あるいはふた晩か。

ここに鮫島を閉じこめておき、弱らせてから料理をする気なのかもしれない。

ふた晩はない。ぼんやりとした頭で、鮫島は思った。今夜中に、木津は戻ってくるだろう。

夜が明ける前に必要な品をもちだし、鮫島の頭に一発撃ちこんで、鉄扉を封印する。そのあと、富川の口を塞げば、ここのことは永久にわからない。

鮫島はここの位置を正確には桃井に告げていなかった。桃井が、鮫島からの連絡がないことに不審を感じて動くとしても、明日の朝だ。

鮫島は腕時計を見た。午前零時に三十分ほどある。失神していたのは、ほんの二十分足らずだった。

木津はたぶん、車をとりにいったのだろう。車を「富川丸」の前までもってきて、そのあと、ここへ品物を運びだしにくる。

とすれば、あと一時間とたたないうちに、木津は戻ってくる。

鮫島は首を動かして、手の届く範囲に手錠を外すのに役立つ道具がないかを捜した。何もなかった。櫓から半径一メートル以内には、何もおかれていない。たとえ、ぎりぎりまで腕をのばし、爪先を届かそうとしても、何ひとつ、とることはできない。

皮肉だった。

ここにはアセチレンバーナーもあれば、金ノコ、ペンチと、それこそあらゆる道具がそろっている。にもかかわらず、それらは、決して手がとどかぬ位置にあるのだ。

木津はもちろん、それを知っているにちがいない。木津の笑い声が聞こえてくるようだ。

桃井は、鮫島からの連絡がとだえたことに、どんな手を打つだろうか。鮫島はぼんやりと考えた。

マンジュウと渾名《あだな》されていた男が、捜査本部を説得してまで動くとは思えなかった。かりにしたとしても、香田らが簡単に信じる筈がない。

信じた場合は信じた場合で、桃井には厳重な処分が待っている。何百人という捜査員が活動している事件の、重大な手がかりを報告せずに、鮫島に単独捜査を続行させたのだ。退官を防犯課長の席で迎えられなくなるのは明らかだ。

桃井が動かない限り、鮫島の行方を捜す捜査員は新宿署にはいない。

いや、どこの警察署にもいない。

そして桃井が動くのは、木津の逃亡が決定的になった、明日の午後以降になるだろう。

鮫島の運命は、絶望的だった。

午前零時を八分ほどすぎたとき、鉄扉の向こうで、ボートのエンジン音が低く聞こえたような気がした。鮫島は左の耳をそちらに向けた。

鎖をほどきボルトを外す物音がつづいた。

鮫島は立ちあがり、深呼吸をして、鉄扉と向かいあった。鮫島の手首には血がにじんでいた。けんめいに手錠を外そうと試みた結果だった。

鉄扉が開いた。遠ざかるボートのエンジン音が高くなった。

木津が姿を現わした。

木津はジーンズに作業衣のようなジャンパーをつけていた。中に入ると、鉄扉をすぐに閉めた。かけ金をおろす。

鮫島と向かいあった。

近くから見る木津は、あいかわらず色白で、冷たい雰囲気の二枚目だった。唇にも、鼻すじにも、目にも酷薄《こくはく》さがある。特に端整《たんせい》な鼻すじは、それ自体がつくりもののようなもろさを漂わせていた。

切れ長の目をみひらいて、鮫島を見つめた。不自然なほど長い時間、鮫島を凝視していた。

はめる。

それから、ジャンパーのポケットに手をさしこんだ。でてきたのは軍手だった。両手に

鮫島はかすれた声でいった。木津は無言だった。なおも鮫島を見つめている。

「久しぶりじゃないか」

「三〇―〇六のライフル弾を発射する銃、お前が作ったのだろ」

鮫島はいった。木津は何も答えず、目をそらし、動きだした。

まず、ベッドのそばにあった木の棚に歩みよった。おかれていた、空の手さげ袋に、棚に積んであった弾丸の箱を詰めこむ。

弾丸は、ライフル用からショットガン、拳銃用にいたるまで、何種類、数百発とあった。袋がいっぱいになると、ガムテープで封をして、両手でひきずった。扉近くにおく。

つづいて、完成品の銃、一挺一挺に、スプレー式のガンオイルを吹きつけ、クッキングラップで厳重にくるみ始めた。

ひとつずつ、ていねいにくるんで、ベッドの上においていく。その数は、大小あわせて十三挺にも及んでいた。

ベッドのシーツを木津はまくりあげた。重ねた銃をシーツで風呂敷のように包み、端を縛《しば》った。これももちあげて、鉄扉のかたわらにおいた。

棚の上に残ったのは、鮫島の拳銃《ニューナンブ》一挺だけだった。木津はそれをとりあげ、止め金《ラッチ》を

押して、弾倉を開いた。

全弾入っていることを確認すると、鮫島を見やった。ヒップポケットに押しこむ。それからタオルを手にして、室内をくまなくぬぐいだした。指紋をすべて消すつもりのようだ。

鮫島は無言でその様子を見守った。

木津の動きは、几帳面《きちようめん》で無駄がなく、徹底していた。見落としてしまいそうな、冷蔵庫の底まで、横にしてこすっている。

床の上、鉄管の一本一本もぬぐう。

ただでさえ湿度が高く、むっとしている〝工房〟内の重労働で、木津は汗みどろになった。額から汗が滴り落ちるのもかまわず、懸命にぬぐいつづける。

ひとことも口はきかない。落とした汗のしずくもぬぐいとった。

すべてをぬぐい終わると、木津はタオルを持ちだす荷物の上に投げ、鮫島の目の前に立った。

全身が汗で濡れ、ジャンパーの下のTシャツが体にはりついている。

木津はジャンパーのファスナーをひきおろした。腕をぬき、部屋の隅に投げつける。つづいてTシャツも脱ぎすてた。

白い体に汗が光っていた。左肩に、赤い蠍《さそり》がとまり、尾の毒針をふりあげている。刺青は精巧で立体感があり、少し離れると、生きているかのようだった。

濡れた胸を、乱れた呼吸で上下させながら、木津は鮫島と向かいあっていた。

右手の軍手を外し、胸を流れる汗を右の掌ですくった。

そして鮫島の頰をその掌でつかんだ。体臭が鮫島の鼻に強くさしこんだ。

なおも木津は、掌で汗をぬぐい、それを鮫島の首すじや頰になすりつけた。

鮫島の顔はびしょ濡れになった。その間、木津は鮫島の目をじっとのぞきこんでいた。

やがて木津は一歩退いて、鮫島の体を、下から上までつぶさにながめた。

「あんたが悪い」

木津は初めて口を開いた。かすれた、しかし決して低くはない独特の声だった。

「あんたのせいで、ここを離れなきゃならない」

「無駄だ。富川もお前もすぐにつかまる」

木津は唇をほころばせた。笑いだった。

「誰も来ない。俺は知ってるよ。あんたはひとりぼっちの警部《オブケ》だ」

それから工作台に歩みより、大型のカッターナイフをとりあげた。

カッターナイフを左手にもち、右手で拳銃をぬいた。撃鉄をおこすと、カチリと音をたてて弾倉が回った。

鮫島の眉間に狙いを定めた。

左手のカッターナイフをのばし、鮫島のポロシャツの襟に薄い刃先をあてがった。Vの字になるように下に向け、力をこめた。

「腹は出てないな」

木津はいった。

「ああ……」

鮫島は銃口を見つめながらいった。自然に首がうしろにそるのを、止められなかった。

「よかった。でぶは嫌いなんだ」

木津は一気にカッターナイフを下に走らせた。鮫島ははっと息を呑んだ。

鋭い痛みが一瞬、へその近くをよぎった。

ポロシャツは、前でふたつに切り離された。

木津は露《あら》わになった鮫島の胸を見つめた。

鮫島はその視線の先を見おろした。鳩尾《みずおち》の少し上から、へそにかけて、一直線に皮膚が鋭く裂けていた。うっすらとにじみ始めた血が、やがて玉となって滴った。

木津は微笑んだ。

「舐《な》めてやろうか?」

「けっこうだ」

「遠慮するな。舐めてほしいんだろ」

鮫島は答えなかった。木津は銃を握った右手を再びもちあげた。

「舐めてほしいんだろ」

鮫島は瞬きした。額の汗が目に流れこみ、涙といっしょになって視界がぼやけた。

「ああ」

「ほらな」

木津は嬉しそうにいった。

「だが舐めてやらん。罰《ばつ》だ」

鮫島はほっと息を吐きだした。

「いい体をしてる。ジムに通っているのか」

木津は訊ねた。鮫島は唾を飲み、首をふった。

「じゃあどうやって、この体を維持してる？　ん？」

「走っている」

「毎日か」

「仕事がなければ。朝早くの」

「立派だ。すごくいい。――ずっと前、約束したのを覚えているか」

「何の、ことだ？」

「あんたに教える。男の味を」

鮫島は目を閉じた。

「そんなことをやってる暇はないぞ。カズオがもちだした銃で、警官が殺されているのを、皆んな知っているんだ」

「そうか。だが俺が殺しているわけじゃない。俺が殺したい警官は、鮫島警部、あんただけだ」

木津のカッターナイフが、鮫島のスラックスのベルトに触れた。木津が力をこめ、ベルトは切断された。

「あんたとたっぷり楽しんで、それから殺す」

木津はニューナンブを鮫島に見せた。

「ひどい銃だ。コピーなら、きちんとコピーをすればいい。できそこないだよ、このニューナンブって奴は」

「だったら返してもらおうか」

鮫島はいった。木津は、けたたましい笑い声をあげた。

「最高だな、鮫島警部は。いいとも、返そう。一発だけお借りして、すぐに返すさ」

鮫島は息を吐いた。絶望が毒のように全身に回り、力を奪いとっていた。膝がわらい、崩れそうになる。

「カズオがもちだした銃のことを聞かせてくれ。それとも、あれは、お前がプレゼントしたのか」

「もちだしたんだ。大阪でまた、戦争がおきそうなんだ。トラックをぶちぬける銃が欲しい、といわれてな。トラックやダンプで事務所につっこむのがはやりなんだ。関西じゃあ」

「だから、ライフル弾を発射する銃を作ったのか」

「そう。二連水平ショットガンと同じ仕組みだ。中折れ式で、弾丸が二発入る。だが絶対に銃には見えない」

それで薬莢がなかったのだ。水平ショットガンは、銃身を折らない限り、排莢《はいきょう》はおこなわれない。鮫島は荒い呼吸をくりかえした。

「弾丸は何発あるんだ？」

「注文に合わせて十発。銃とセットにしておいてあったのを、カズオがもちだした」

「喧嘩したのか」

「おいたをしたから叱《しか》った。そうしたら、とびだしたのさ」

「おいた？」

「あの子は、どうも手癖がよくない。俺の財布からときどき、金をぬいていたんだ」

「西のほうじゃ、納品がまにあわなくて怒っているのじゃないか」

「大丈夫だ。これからすぐ大阪に向かう、この足で」

「検問にひっかかるぞ」

「船で横浜までいくんだ。そこからレンタカーを借りる。だから、大丈夫さ。検問は都内だけだ」

「カズオはどうするんだ？　警官殺しはカズオがやっているのか」

「さあね。あんな馬鹿は、撃ち殺されちまえばいいんだがな。警察に」

「強がりをいうな。ニュースを見て、心配になって『アガメムノン』に駆けつけたくせに」

「くわしいな」

木津はカッターナイフで今度は鮫島のスラックスを裂き始めた。

「かわいそうに、ちぢんじまってる。大丈夫、すぐ大きくしてやるぜ」

「カズオがやってるのか⁉」

「ちがう」

木津は閉口《へいこう》したように天井を見た。

「あの子にそんな度胸はない。おおかた始末に困って、誰かに売ったんだろう」

「知ってるのか」

「知ってたら、とっくにとり返している。ひとの作品で勝手に撃ちまくりやがって」

「協力しろ。さもないと、お前も、警官殺しの従犯にされるぞ」

木津は鮫島の股間から顔をあげた。太腿の内側にカッターナイフの刃先が冷たくあてがわれている。

「ああいう奴は必ず自爆する。追いつめられて、射殺されるのがオチだ。お巡りだって、殺してやりたい筈だ。仲間殺しだからな」

「カズオはどうする？　連絡がつかないのだろ」

「代わりを見つけるさ。大阪にだってかわいい子はたくさんいる。こんな邪魔ものをぶらさげてないような、な」

鮫島は呻いた。股間に鋭い痛みが走ったからだった。

木津はにやりと笑った。

「大丈夫、まだついてるよ。だがこれからなくなる」

鮫島は目を閉じた。痛みと絶望、そして恐怖で涙がこみあげてきたのだった。

「きれいさっぱりしたら、あんたの中に俺のをいれる。やりながら、頭にもぶちこんでやるよ。鉛玉《なまりだま》をな」

「お断わりだ」

鮫島はいった。鼻声になっていた。

「断われないんだ。御指名でね」

木津が背後をふりかえった。鮫島には聞こえない音を聞きつけたようだ。腕時計を見た。

「おやおや、お迎えの時間が来ちまった」

「早くいけよ」

「まあまあ」

「早くいけったら！」

鮫島は怒鳴った。

木津は息を呑んだ。目を丸くして鮫島を見た。にっと笑みを浮かべた。

「待ってもらうよ。せっかくのチャンスじゃないか。富公は待ってくれるさ。十分もありゃすむことだ」

鮫島は左耳を鉄扉に向けた。確かにボートのエンジン音が聞こえた。

木津はニューナンブをヒップポケットにさし、鉄扉に近づいた。

「誰だ？」

「俺だよ」

富川の返事が聞こえた。かけ金を外し、木津は鉄扉を開きかけた。

不意に外をのぞいた木津の背中がこわばった。

「ばかやろう！」

と叫んだ。右手をヒップポケットに回し、ニューナンブをひきぬいた。外からの力にあらがって鉄扉を閉めようとしながら、すきまに銃口をさしこんだ。

たてつづけに二発の轟音が、ニューナンブから発せられた。木津は、外にいる誰かに向かって、撃っているのだった。

銃口をひっこめ、木津は渾身《こんしん》の力で鉄扉を閉めにかかった。鉄扉と壁のすきまが、ほんの数センチにまでせばまったとき、今度は外側で銃声が轟いた。

木津の頭ががくんとのけぞった。そのまま仰向けに倒れ、鮫島を見あげた。

鮫島は木津を見おろした。形のよかった鼻の中央に銃弾が命中し、衝撃で鼻すじが内側にめりこんでいた。一瞬後、血が噴きだした。

鉄扉のすきまに指がさしこまれ、ゆっくりと開かれた。

桃井が拳銃を手に立っていた。ジャケットの右肩が裂けていた。桃井は入口に立ち、鮫島を見た。全裸で血まみれの鮫島の姿にも、表情は変わらなかった。

「生きていたか」

鮫島は頷いた。安堵《あんど》で膝が震えていた。

桃井は歩みよってきて、鮫島の傷の具合を調べた。倒れている木津には一瞥《いちべつ》もくれなかった。

「助かりました」

鮫島はいった。声までが震えていた。桃井は鮫島の目をわずかに見つめ、それから〝工房〟の内部を見渡した。

「うちの課に『マンジュウ』はひとりだけでたくさんだ」

それが桃井の返事だった。

16

「月曜日の警官殺し」は、もはや月曜日の、では、なかった。

土曜日、彼がバイトから帰ってくると、また警官が殺されたことを、ニュースが告げた。

ニュースは、今や彼の日課だった。あらゆるチャンネルのニュースを録画し、二台のデッキで編集して、警官殺しに関するものを集めていた。

きのうの晩、彼は、先週犯人がライフルを使っていることをいいあてたニュース番組を見た。この番組は、毎週、月曜から金曜までの、夜十時から放映している。

「来週、月曜日にお会いするときに、またトップが警官殺しのニュースでないことを祈ります」

キャスターがそう番組をしめくくった。月曜日が、警官殺しの日であることを、もはや日本中が知っていた。新宿で街頭取材をうけた市民は、

「やっぱり流れ弾なんかにあたったらこわいから、月曜にはきませんよ」

「お巡りさん近くに見ると、どきっとしちゃう。どっかから撃たれたらこわい、なんて」

「おもしろそうじゃん。何かありそうだから、新宿くるよ、月曜は」

「いやだったって、ここで働いてるからねえ。早くつかまってほしいよね。なんかお巡りさんもぴりぴりしてるみたいだしさ」

てんでに、好きなことをいっている。だが、月曜日が犯人の日であることをつきとめたのは、自分が一番最初なのだ。日本中で、きっと、犯人以外には、自分が最初に、二度目の犯行を〝知って〟いたのだ。

警察も当然、三度目の月曜日には、大警戒網をしく筈だった。

だが、犯人はそのウラをかいたのだ。

「今日、午前三時四十分頃、新宿区歌舞伎町二丁目の、大久保《おおくぼ》公園で、女の人が倒れているとの百十番通報をうけてかけつけた、歌舞伎町交番の守尾《もりお》高《たかし》巡査、二十四歳と、速水《はやみ》通夫《みちお》巡査、二十六歳が、公園の公衆便所の中に隠れていた男に、いきなり銃で撃たれました。守尾巡査は首を撃たれて死亡、速水巡査は左肩を撃たれ、重傷です。速水巡査は逃げる犯人に向かって、拳銃を一発、発射しましたが、犯人にはあたらなかった模様です。警察では、一連の警官殺人と同一犯人と見て、捜査をおこなっています。

この警官殺人は、先週と今週の月曜、二度にわたっておきており、三名の警察官が死亡し、一名が今なお、重体で、予断を許さない状態です。

今日の事件で、死亡した警官は四名になりましたが、重傷の速水巡査は、意識もはっきりしており、犯人を、オートバイ用のヘルメットをかぶった、背の高い男、と調べにあたった捜査員に話したということです。

現場はホテル街の一角で、また都立大久保病院の跡地にも面しており、早朝には人通りが少なくなる場所だということです。

捜査本部では、月曜日に犯行がくりかえされていることから、来週月曜には、厳戒態勢でのぞむことを決定したばかりでした」

「しまった」

彼は思わず、つぶやいていた。なぜ、もう一度、犯行予告をしておかなかったのだろう。

これで、捜査本部での、彼の信用はガタ落ちかもしれない。

しかも犯人は、今度は口のきける被害者を残している。

大急ぎで、捜査本部に連絡をとり、これまでの彼の捜査を、伝えなければならなかった。

彼は時計を見た。午後九時になったところだ。

今から新宿にいって、電話をかけなければ。

電話は新宿からかけなければならない。万一、逆探知をされても、新宿の公衆電話からなら、彼の住居がどこなのかはわからない。それに人通りの多い新宿では、いったん電話ボックスを離れてしまえば、駆けつけた警官にも、誰が電話をしていたかなんてわかる筈がないのだ。

彼は大急ぎで着がえた。電話をして帰ってくるだけなら、一時間もあれば往復できる。

部屋をでて、急ぎ足で駅に向かった。上りが少ない時間帯なので、いらいらする。

ようやく電車がきて、彼は新宿駅に、九時四十二分についた。どこでかけるかは決めてあった。東口地下街の、JR切符売場に近い赤電話だ。いつも人が大勢いるし、電話を切ってしまえば、すぐまぎれこむことができる。

早足で東口に向かった。いつもの土曜より、人が少ないような気がしたが、それでもかなりの人数だ。

今度は、めだつ手袋をやめ、ハンカチにした。汗をふいているようなふりをして、受話器をハンカチごともちあげ、ハンカチごしにボタンを押す。

「はい、新宿署です」

男の声が今度は応えた。

「外山係長を」

ためらいなく彼はいった。横で電話をしてる人間には、ただの会社員の会話に聞こえるだろう。

「捜査課の？」

男は訊き返した。

「そう、本部の」

彼はあたりに目を配りながらいった。

初めてのときのような緊張感や恐怖はなかった。なぜなら、自分はもう、刑事たちと仲間だからだ。言葉もよどみなく出る。

「外山さーん」

呼びだし音がつながると、叫ぶ声が聞こえた。電話がたくさん鳴り、怒鳴り声もしている。きっと、今朝の事件で、てんやわんやなのだな、と彼は思った。

「いない？　あ、そう。そちら、どなたですか？」

「外山さんの友だちです」

少しがっかりして、彼はいった。

「どんな御用件でしょう。伝言しますが」

一瞬、彼は考えた。

「外山さんよりえらい人、いますか、そこに」

「どういう意味？」

電話にでた刑事の声が低くなった。

「この間、歌舞伎町広場に落としものをした者だけど」

不意に電話の向こうが静かになった。彼は腕時計の秒針をにらんだ。もう、そう長くは喋れない。

「おたく、あれイタズラのつもりかい」

刑事がいきなりいった。鋭さが声に加わっている。

「とんでもない」

本当にびっくりして彼はいった。イタズラと思われたら心外だ。

「外山さんの名前、どこで知ったんだ」

「お得意さんでしょうが」

彼は微笑みながらいった。

「貴様なあ！」

電話ごしでもこわくなるような声で、刑事が怒鳴った。そのとき、待て、と誰かがいった。受話器が手から手にうつる気配がして、

「もしもし、電話かわりました。話を聞かせて下さい」

少し鼻にかかった、えらそうな喋り方をする男の声がいった。

「あなた、誰ですか？」

「香田といいます。警視庁の警視です」

やったぞ、と彼は思った。最初の現場にあとから来た、眼鏡の男かもしれない。

「香田さん。わかりました。じゃあ、あとでもう一度、あなたに電話します。そこにいて

下さい」

「どんな用件で？」

「私のことを、お話ししたくて」

彼は電話のフックを押し、通話を切った。

17

「切りやがった」

　香田がいって、受話器をおろした。

「逆探できません」

　刑事のひとりが別の受話器をおろしていった。

「そいつは偽《ガセ》だ」

　鮫島はいった。事情説明のために捜査本部に出頭して、二時間近くがたっていた。桃井と藪もいっしょだった。

「なぜお前にわかる。野郎の声は完全に楽しんでる声だ。こいつが、カズオか、カズオの友だちじゃないといい切れる理由があるのか、え？」

　香田は充血した目を鮫島に向け、指をつきつけた。怒りをまるだしにしていった。

「だいたいな、お前は勝手に凶器の大切な証拠場に、がさをかけやがって、あげくに、マンジュウいっこ、こさえて、どんなつもりなんだ。え？　上司も上司だよな、令状もなしで部下をつっこませたあげく、あとからおっかけていって、被疑者を射殺しちまうんだから。どうやって発表するんだ」

ネクタイをゆるめ、袖をまくったシャツも皺《しわ》がよっている。目の下には、睡眠不足の隈《くま》があった。

捜査本部は静まりかえった。

「木津が死んだことを発表すれば、ほしはとぶかもしれん。少なくとも、カズオはとぶ。そうなったら、ほしの手がかりはつかめなくなるぞ」

鮫島は低い声でいった。香田はあきれたように、聞いていた警視庁の刑事部長をふりかえった。

「警視監……」

刑事部長の藤丸《ふじまる》は、無言でやりとりを見つめていた。刑事部長の階級は、警視長から警視監であり、警視より、さらに二階級から三階級、上になる。

香田は藤丸にきっぱりといった。

「私は公安部を代表してここにおります。たとえ、今度のほしが極左でなくとも、事件が警察全体に及ぼす影響は公安として見すごせません。ハネあがりは、断固、排除します」

「鮫島くん」

藤丸がいった。鮫島は藤丸を見た。藤丸は五十一で、次か、その次の総監候補といわれていた。公安部の暗闘には、どの立場につくかを明確にしていない。策士《さくし》、というのが、藤丸の評判だった。

「君が木津要逮捕にかけていた執念はわかる。だが、木津が今度の連続犯に関係あると知った時点で、すぐに我々に知らせるべきだった。桃井警部にも、その責任はある」

ざまを見ろ、というように香田が、スリーピースのヴェストのポケットに指をさしこんだ。

「木津を射殺したことについては査問会の結果待ちだが、過程に軽率《けいそつ》を認めるものの、私個人としては、報告書を読む限り、状況にやむなし、と判断したい」

「ありがとうございます」

桃井は表情をまったくかえずにいった。

「木津は、個人的にも鮫島警部に恨みを抱いていたようだし、鮫島警部の負傷の状況を見ても、通常の精神状態ではなかったろう。一刻を急ぎ、桃井警部が、富川を強要して、宮間運輸の倉庫に案内させたことも、警官としては、容認したい気持ちだ」

桃井は直立不動で頭をたれた。藤丸は香田に向き直った。

「我々としても、万一、鮫島警部が木津に殺害されていたら、新たに警察官の被害者を一名かかえこむことになり、それは好ましくなかったのではないかね」

「はい」

香田は歯切れの悪い口調でいった。

鮫島は、ほんの数時間で病院を退院していた。カッターナイフによる切り傷のほかに、脳震盪《のうしんとう》、右耳《みぎみみ》鼓膜損傷《こまくそんしょう》で、全治三週間、というのが医師の診断だった。鼓膜については、もっと長くかかる可能性もある、としていた。

退院は、むろん鮫島の強行だった。

木津の〝工房〟は、早朝のうちに現場検証がおこなわれた。藤丸の判断で、記者発表はされていない。鮫島と桃井は、それぞれ報告書を提出させられた。処分はまだ決まっていない。

「戻りました」

本部の入口に、刑事課、外山係長以下、四名の刑事が、三人の人間を連れて現われた。

「アガメムノン」のフユキがその中にいた。あとのふたりは、目が大きく、髪を短く切って立たせた、三十代半ばの痩せた男と、フユキと同じような少年だった。三人とも、原色のサリーのような衣裳をつけ、薄く化粧をしていた。

「どういうこと、ねえ」

痩せた男が、外山の腕をつかんだ。フユキが鮫島に気づいた。

「何なの、いったい、これは」

香田が歩みよった。

「静かにしなさい」

外山がいった。

「冗談じゃないわよ。うちの店に令状もなしに踏みこんできて、それも営業中よ。何の容疑でひっぱるのよ」

「警視庁の香田だ。御協力をお願いしたい」

「ふざけんじゃないわよ」

ママと覚《おぼ》しい男がいい、香田は頰をはられたような表情になった。

「おかま風情《ふぜい》がでかいツラするな！」

香田はやにわに怒鳴った。だが、ママは負けていなかった。

「なによ、おかま風情で悪かったわね。あんたらお巡りだって、ホモはいっぱいいることくらいわかってるのよ。ふざけたことというと、新聞に投書するからね。差別だ、って」

「香田警視」

藤丸が声をかけた。

「へえー、あんた警視なの。お偉いさんなのね。でもこわかないわよ、警察が権力かさに何をしたって、出るとこ出れば、叩かれるのはあんたたちなんだからね」

桃井が鮫島を見やった。

「フユキ」

鮫島は呼んだ。

「はい」

フユキが怯えたように返事をした。ママは口をつぐんだ。驚いたようだ。

「ちょっとこっちに来て、テープを聞いてくれないか。カズオの声かどうかを判断してほしいんだ。それだけなんだ」

フユキはママの顔を見やった。ママは警戒心と猜疑心《さいぎしん》のいりまじった目で鮫島を見つめた。

「本当にそれだけだ」

鮫島は頷きながらいった。

「あんた、誰？」

「防犯課の鮫島」

フユキがママに耳うちした。「ママフォース」という言葉が聞こえた。

「『ママフォース』の客なの？」

ママは鮫島に訊ねた。

「もう、何年もな」

ママはじっと鮫島を見つめ、いった。

「わかったわ。あそこは、客をけっこう選ぶから。あんたは少しは信用できそうね」

香田が、やってられん、というようにあたりを見回した。誰も笑わなかった。

「頼む」

鮫島は低い声でいった。ママは、大きく息を吐き、頷いた。

「いいわ。いらっしゃい」

フユキともうひとりをうながし、鮫島の前のテーブルに近づいた。

香田が荒々しく息を吐き、捜査本部を出ていった。そのあとをあわてて、本庁公安部の刑事たちが追った。

三人を椅子にすわらせると、藪が電話にとりつけてあるテープレコーダーを操作《そうさ》した。電話の声が流れだした。

「ちがうわ」

「ちがう」

「ボクもそう思う」

即座に三人は口をそろえていった。藪は頷き、カセットを入れかえた。それ以外に、捜査本部にかかってきて録音された、密告や犯行声明などが、流れだした。

そのすべてに、三人は首をふった。

「ありがとう」

鮫島は礼をいって、訊ねた。

「カズオが今、どこにいるか、わからないか」

「わからないわ。ちょっと前までは、木津ってお客さんと住んでたみたいだけど――」

「知ってる」

木津の、門前仲町のマンションも、今日のうちに捜査がおこなわれていた。カズオの行き先の手がかりになるような品は見つかっていない。

「いったいどういうことなの？」

立っている鮫島を、ママは見あげた。鮫島の右耳にはガーゼがあてられ、包帯が頭部を一周していた。頭痛はおさまってはいなかったが、吐きけはようやくひいていた。

「木津は銃の改造屋だったんだ。木津のところからカズオがもちだした銃が、警官殺しに使われている」

「まさか！」

ママは仰天《ぎょうてん》したようだ。フユキの顔が青ざめた。

「犯人がカズオちゃんだっていうの」

「わからない。だが犯人ではないとしても、犯人を知っている可能性はある。捜しているんだ」

「そんな……。じゃ、もしかしてカズオちゃんも殺されてるってこと？」

「かもしれん」

「たいへん」

「心あたりはないか？」

ママは、ふたりの少年と顔を見あわせた。

「そんなこと、いったって……」

「カズオは、木津と暮らす前はどこに住んでいた？」

「笹塚《ささづか》のワンルームマンション。でも、そこはひきはらったらしいわ」

「住所はわかるか？」

「お店に帰れば」

「わかった。ほかには、どうだ？　カズオの出身地は？」

「千葉県の佐倉《さくら》だっていってたわ。佐倉のどこかは知らないけど」

「元暴走族だったといったな」

鮫島はフユキを見た。フユキは頷いた。

「ゾクの名前は？」

「キョーサッカイ、凶悪の凶に、殺すっていう字、世界の界」

鮫島がメモをとって見せた。「凶殺界」、フユキは頷いた。

「たぶん、そうだと思います」

刑事のひとりが電話の受話器をとりあげた。鮫島はメモを手渡した。

「千葉県警の交通課を頼む」

メモを受けとった刑事は交換台にそう告げ、三人を見た。

「カズオのフルネームは？」

「宮内《みやうち》です。宮内和雄《かずお》。宮内はふつうの宮内、カズオは、平和の和に英雄の雄」

ママがいった。

各県警交通課、高速機動隊などでは、逮捕、補導歴のある暴走族のメンバーリストを作っている。

千葉県警の交通課とつながると、刑事はカズオに関する問いあわせを始めた。該当《がいとう》する資料があれば、ただちにファックスが送られてくる。

「木津のほかにつきあっていた男はいないか。女でもいい。東京に出てきてから」

鮫島は訊ねた。

「カズオちゃんて、確か、高校中退して、こっち出てきたのよね。初め美容師の学校いったんだけど、あわなくてやめちゃって。コンビニなんかでバイトしているうちに、求人広告見て、きたのよ」

「水商売は、おたくが最初か」

「喫茶店なんかではしたことあったみたい」

「カズオはノンケだったのか、もとは？」

「まさか！　根っから、よ。あの子。うちに来たときには、もう何人か経験あったもの」

「すると、『アガメムノン』につとめる前にも恋人がいたってことだな」

「あったんじゃないかしら。うちでできちゃったのは、木津さんだけだったみたいだけど。あとは皆んな、遊びよね、うちじゃ」

ママはフユキともうひとりに同意を求めた。

「ありました！」

千葉県警と話していた刑事が、藤丸に向かって叫んだ。

「指紋《モン》もあるそうです」

「写真といっしょに、送ってもらえ、特急でだ」

藤丸が矢つぎ早に命令を下した。

「それから、四班はすぐ実家だ。重参だ。千葉県警には、こっちから応援を頼む」

八名の刑事が捜査本部をとびだしていった。捜査本部の空気がかわった。

「こっちのカズオの友だちはどうだ？」

鮫島は訊ねた。三人は顔を見あわせた。

「カズオちゃんて、本当のことといって、うちとはあんまりあわなかったのよ。あの子は、ハードゲイ指向で」

鮫島は天井を見あげた。藤丸がいった。

「つづきの聴取は、ほかの者に任せたまえ。まだ体が完全じゃない君には、きついぞ」

「大丈夫です」

鮫島はいった。藤丸はきっぱりといった。

「ここの責任者は私だ。ここにいる限り、私の指示に従いたまえ」

「はい」

鮫島は頷くほかなかった。藤丸の命令で、外山らが、三人を別室に連れていった。今度は「アガメムノン」のママも、従った。

藤丸は、鮫島と桃井を自分の席に呼んだ。二人だけに聞こえるようにいった。

「君らの処分については、まだ決定が下っていない。ただ、君らが功名《こうみょう》をあせった結果、ああいう捜査をおこなったわけではないことは、理解している。だが被疑者が死亡したことは残念だ。被疑者を射殺するのは、警視庁の方針とはちがうからな。

桃井警部」

「はっ」

桃井が姿勢を正した。

「本日づけをもって、防犯課鮫島警部を、新宿署連続警官殺人事件特別捜査本部に移籍する。異存はないか」

「本人になければかまいません」

桃井はいった。藤丸は、鮫島を見た。

「どうかね」

「拝命《はいめい》します」

鮫島は答えた。

「よろしい。桃井警部は、防犯課に戻りたまえ。帰宅してもかまわない」

桃井は鮫島を見た。その顔が、再び、「マンジュウ」と呼ばれた、生気のないものに戻っていることに鮫島は気がついた。桃井は、息子のほかにも、新たな魂《たましい》を背負うことになったのだ。鮫島を病院に迎えにきた桃井は、ぽつりともらしていた。

「仏壇に位牌《いはい》がひとつふえる」

位牌には、「木津要」と書かれている筈だった。

桃井が捜査本部を出ていくと、藤丸は鮫島を見あげた。

「君のことは聞いている」

「私も警視監のことは存じています」

「そうか。私は今のところ、君の過去について、とやかく問題にする気はない。大切なのは、このほしを挙げることだ。第二と第三の犯行は間隔が、二日ちぢまっている。このことを、私はひじょうに憂慮《ゆうりよ》している。私は、ほしの現行犯逮捕は望まない。わかるな」

藤丸はいった。現行犯逮捕とは、すなわち、第四の犯行時にとりおさえることを意味する。犯行時におさえるのと、それ以外の、たとえば自宅にいるところをおさえるのでは、警察の捜査能力に関する評価がまるで異なってくる。現行犯逮捕には、どこか「運にめぐまれた」といった評価がつきまとう。自宅にいるところを逮捕した場合は、いかにも警察の捜査能力が網《あみ》をしぼりこんだ、という印象を与えるのだ。それと木津の逮捕方法をかけて、藤丸はいっているのだった。

「わかりました」

「よろしい。今日はもう帰宅して、明日は一日休み、あさってから全力を尽くしてもらいたい」

そのとき、鳴った電話に出た刑事が叫んだ。

「香田警視に。例の奴からです」

18

香田は署員食堂にいた。呼ばれて入ってくると、ほかの捜査員にはひとことも、何も告げず、受話器を受けとった。

藪がモニターを操作し、相手の声が小さく本部内に流れでるようにした。

「まず、名前を聞こう。私も名乗った以上、君の名前も聞かせてくれ」

香田はいった。こうした場合の、いわば定石《じょうせき》だった。

電話の向こうの男はしばらく沈黙していた。それからいった。

「エド」

「エドさんか。いいだろう。じゃあエドさんの話を聞こうじゃないか」

香田はうまく感情をコントロールしていた。口調に、さっきまでの激昂《げっこう》はみじんも表われていない。

「私は、警官が決して嫌いじゃない。いや、なかった、」

「ほう。ならどうして、警官を殺す。何人も、まだ若い、親や兄弟、恋人や奥さん、小さな子供がいるお巡りさんを、なぜ殺す？」

「あることがあって、警官を嫌いになった」

「あること？　聞かしてくれないか」

「今は、駄目だ」

「もう、いい加減、やめないか？」

「どうしようかと思ってる」

鮫島はメモをひきよせた。「銃の入手経路」と書き、香田に見せた。香田は無視した。

「一度、私と会って、話をしないか」

「お断わりだ。私は死にたくない」

「警察は君を殺さない」

「いや、警官殺しは、どこの国でも罪が重い。警官は仲間を殺されると、冷静さをなくす」

「君のことを、警察がひどい目にあわせたのか」

「それについては、また話す。今、私は迷っている。次に殺すのを、警官にするか、別の人間にするか」

香田の表情がかわった。

「だが君は警官を恨んでいるんだろう」

「またかける」

「待った。このあいだ君が我々によこした薬莢は、犯行に使ったものなのか？」

「またかける」

電話は切れた。

「新宿駅周辺の公衆電話だそうです」

直後に電話局と話していた刑事がいった。香田はふりむきもせず、怒鳴った。

「遅い」

「しぼりこみはどうだ？」

藤丸が訊ねた。

「そこまでです」

「たぶん、こいつは新宿駅周辺の公衆電話からいつもかけてきているのでしょう」

鮫島はいった。藪が鮫島にいった。

「あの五・五六は、やっぱり米軍から放出されたものだった。韓国製で、発射後、数年は経過している」

鮫島は頷いた。

香田が歩みよってきて、低い声でいった。

「まだお前がいるのは、どうしてだ？　事情説明は終わったんだろ。おかまの相手か？」

「今から帰るところだ」

鮫島は冷ややかにいった。聴取の終わった「アガメムノン」の三人が、別室から出てきて、本部の出口に向け、歩いていた。

「送っていこう」

鮫島は近づいていった。

「パトカーならお断わりよ。店の前につけられて、恥かいたもの」

「俺の車だ、パトカーじゃない」

「アガメムノン」のママは一瞬考え、鮫島を見た。

「いいわ」

「アガメムノン」の下に着くと、鮫島はいった。

「一杯飲ませてくれるか？　勘定は払う」

「飲酒運転する気？」

「車はここにおいていく。駐禁くらいは見逃してもらう」

鮫島は肩をすくめてみせた。

「その傷で大丈夫なの？」

「ビールくらいならな」

「うちはノンケお断わりだけど……」

いって、ママはため息をついた。

「いいわ。今日はどうせ商売になんないし。あたしも、びっくりしちゃったから」

「ありがとう」

鮫島は「アガメムノン」に入った。店は十坪ほどの広さがあり、想像していたよりははるかに明るく、清潔な感じだった。

鮫島は大理石のカウンターに腰かけた。ママはカウンターの中に入り、ビールのグラスを並べた。グラスは露を結ぶほど冷やしてあった。

フユキが冷蔵庫からハイネケンとギネスを出した。

「ママ、ハーフ？」

「そうね」

鮫島が見ていると、ハイネケンとギネスを半分ずつ混ぜて、グラスに注いだ。鮫島も同じものをもらった。

「乾杯。協力してくれて本当に助かった」

鮫島はグラスをあわせた。

「疲れたわよ」

ママはいった。初めて見たとき、三十代半ばと思ったが、近くで見ると、四十をこしていることがわかった。

「役人てのは、本当にいっしょね。おうへいで、さ」

「前にもやりあったことあるのかい」

「ちがうわ」

ママは煙草をとりだして、火をつけた。指が長く、爪は磨《みが》かれて光っている。

「あたしねえ、昔、自衛隊にいたの。それも空挺《くうてい》」

鮫島はぎょっとして目をあげた。

「あたしじゃないわよ。いっとくけど。この間のときなんか、ここにずっといてお店やってたから証人、何人もいるわ」

ママは鮫島の驚きを感じとり、早口でいった。

「でも、ライフル射撃は、得意科目だったわ。空挺はね、皆んなうまいの」

「木津が作ったのは、ライフル弾を二発発射できるようにした改造銃だった。奴は、それは絶対に銃に見えない、といっていたよ」

大久保公園で撃たれた速水巡査は、犯人の銃を見ていなかった。北新宿路上での犯行では、横に止まった車の運転手が、バイクのライダーが、「黒っぽい鞄のようなもの」を肩から斜めにかけていた、と証言していた。それがどんなものであれ、銃には決して見えない形をしているのだろう、と鮫島は思った。

「木津さん、どうなったの？」

「今はいえないんだ」

鮫島は首をふった。

「その怪我は木津さんと関係あるの？」

鮫島は頷いた。

「まあな」

「――そういや、あなた、新大久保のサウナで、ミユキくんて男の子、助けなかった？痩せてるんだけど、あれのすごく大っきな子」

鮫島は思いだした。警官に痛めつけられていた若い男だ。

「何か、ミユキくんがいってた人相とあってるわ。うしろ髪が長くて、ちょっとアブナっぽいタイプ」

「覚えてる」

「ミユキくん、あのあとここに来て、あんたが来てないかって、訊いてたわ。あんたがノンケだってわかんなくて、惚《ほ》れちゃったみたいね」

あら、とママは大きな目をいっそう広げた。

「あの子いじめてたのも、お巡りだったわね。きっと今日の何とかって、警視みたいな、タイプよ」

「ノンケが好きな子もいるのよ。ノンケを口説いて自分のものにするのが好きな」

「どうかな」

「カズオはそれの演技、うまかったよね」

フユキが鮫島の隣りに腰かけ、いった。

「あら、どういうこと?」

「お客さんに、ここで働いてるけど、それはバイトで、自分はノンケだっていうの。そうすると、ノンケ落とすの好きなおじさんがけっこういろいろしてくれるんだって」

「処女のふりをするようなものか」

「そうそう」

ママが笑いだした。

「痛がるのかしら。いやねえ」

「そういや、それでけっこう熱あげてたおじさんいたじゃない」

ツネミという、もうひとりの少年がいった。

「ああ、いたいた。なんかけっこうお金もってて、カズオちゃんにプレゼントしてたりしたわよね。最近、来ないわね」

「カズオがやめちゃったからじゃない」

「カズオを口説いてたのか」

鮫島は訊ねた。

「そうね。でもしたかどうか……」

「あれはしてないね。してないから、必死だったんだと思うな」

ツネミがいった。

「何やってる男だ」

「歯医者さん、じゃなかったかしら。一度結婚したんだけど、離婚してて。お金はもってたわね」

「名前は?」

ママは迷ったように口を閉ざした。ツネミとフユキもママの顔色をうかがった。

「原《はら》、よ。原せんせい」

ママがあきらめたのか、息を吐いた。

「病院は、川崎《かわさき》だって、いってたわ」

晶の顔色がかわった。

翌日の午後だった。アルバイトが早く終わり、鮫島の部屋を訪れたのだ。

「何があったんだよ」

「でかい花火が耳もとで爆発したんだ」

鮫島はいった。だがごまかせなかった。

「あんたが休みをとったってことは、木津って、あの男をつかまえたんだろ。そのときの傷なの」

「まあ、そうだ」

前の晩、久しぶりに寝た自分のベッドで、鮫島は何度も目覚めていた。カッターナイフを手にした木津が、いくども夢の中に現われた。木津の汗の匂いが、鮫島の鼻の奥には、残っていた。

晶は部屋に入ってくると、ベッドにすわり何ごとかをいった。鮫島は左の耳を向けた。その仕草《しぐさ》で、晶はすべてを理解した。

「怪我はそれだけなの」

「あと少しだ」

「ちゃんといえよ」

「カッターナイフで切られた。腹と太腿の内側だ。縫うほどじゃなかった」

晶は顔をそむけた。

「ばかやろう」

小さな声でいった。その言葉に、鮫島は、木津が射殺される直前、叫んだことを思いだした。

鮫島から目をそらした晶は、部屋の窓から環七の方角を見つめていた。怒ったような表情が横顔にあった。

ひどく寂しそうな目をしている、と鮫島は思った。なぜ、そんな目をしているのだろう。

「木津はどうなったの？」

「知りたいか」

「いいたくないなら、いいよ」

鮫島のほうは見ずに、晶はいった。目尻に涙がふくれあがっていた。

「死んだ」

晶はさっと鮫島のほうを向いた。勢いで涙がころがり落ちた。

「新聞に出てなかったよ」

「新聞なんて、読むのか」

「悪いかよ！　てめえの名前が出てんじゃねえかって心配してんだよ。新宿署のお巡りがしょっちゅう、撃たれてるじゃねえか。心配して、悪いのかよ！」

晶は叫んだ。本気で怒っているのだった。

「悪かった」

「遅《おせ》えよ。帰る」

晶は立ちあがった。

「待てよ」

鮫島はその腕をつかんだ。晶はふりほどいた。

「あんたはやっぱりバカマッポだね。正義漢ぶって、怪我しても、殴られても、俺がやんなきゃ誰もやんないって、法律背中にしょって、つっこんでくんだ。死んだら本望《ほんもう》だろ。格好いいって思ってんだろ」

鮫島は大きく息を吸いこんだ。

「そんなことはない。こわかった。殺される、ところだった」

「嘘だね。殺すなら殺せって、見得《みえ》を切ったんだろ。さあ撃てって」

「ちがう！」

鮫島が怒鳴ったので、晶は黙った。

「本当にこわかった。木津は、俺を殺すつもりだった。なぶり殺しにするつもりだった。カッターで切り刻み、最後に俺の銃で、頭をぶちぬくといった」

「耳はどうしたんだよ」

「横からいきなり撃たれた。弾がかすめたんだ」

「聞こえないの？」

鮫島は頷いた。晶は、ごくりと喉を鳴らした。恐怖が、怒りにとってかわっていた。晶にとって、耳が聞こえなくなる事態は、耐えがたいものなのだ、と鮫島は思った。

「だが、お前の歌が中で鳴ってる」

「嘘だろ」

「本当だ。But Stay Hereって、歌ってる」

「ぶち殺されそうになって？」

晶の目に涙があふれた。

「ああ。奴は、俺を去勢《きょせい》して、犯してやる、といった。犯しながら、頭を撃ってやる、とな」

晶は首をふった。

「冗談じゃねえよ」

「まったくだ、冗談じゃない。お巡り、やめたくなったよ、そのときには」

「でも、But Stay Here、なんだろ」

「そうさ」

「街のどん底で？」

「闇のどまん中さ」

晶がけんめいに笑みを浮かべた。

「バカタレ」

小さく叫んで、鮫島にとびついた。抱きとめて鮫島は呻いた。

「やさしくしてくれよ」

「死にかけたくせに贅沢《ぜいたく》いうんじゃねえよ」

鮫島の唇に唇をおしつけながら、晶がいった。唇だけでなく、目や鼻にもおしつけた。

「死にかけたからこそ、やさしくしてほしいんだ」

鮫島の手が晶のミニスカートにはいこんだ。

「おい！」

晶は鮫島をにらんだ。だが拒まなかった。

しばらくして、晶がいった。

「おかまのお巡りっていないの？」

「さあな」

「あんたが一号になるところだったんだ」

鮫島は晶を見つめ、にこりともせずにいった。

「それも悪くなかったかもしれん」

晶が鮫島の腕を思いきりかんだ。今度こそ、鮫島は本気で悲鳴をあげた。

晶が食事の仕度をする間、鮫島は晶のデモ・テープをかけた。「ステイ・ヒア」を含む、スタジオ録音の何曲かが入っている。同じものが、ライブ会場やインディーズを扱うレコード店で発売されていた。「フーズ・ハニイ」のファンは、着実に増えていて、テープの第一回リリース分は売りきれている。

「ライブ、いつだっけな」

「もう、来週だよ。今度のは新曲がないから、メンバーもけっこう気楽」

「デビュー曲の録音は？」

「ライブが終わったあと、レコード会社の人と相談することになってる。でも発売は、秋だってさ」

鮫島は無言で頷いた。

「来週までに警官殺し、つかまる？」

「わからんな。何曜だ？」

「土曜。場所はこの前と同じＴＥＣホール。チケットはもう、ソールドアウトだかんね」

晶は味噌汁の鍋からふりかえって、アカンベをした。

「じゃ、行けないじゃないか」

「警察手帳ちらつかしゃ入れてくれるんじゃない」

「おーし。ついでに少年係も連れてって、狩りこみかますか。未成年者の飲酒・喫煙で大稼ぎだ。ほかにも何か出るだろう」

「やってみろ、もう片一方の耳に、ドラムのスティックつっこんでやる」

「勘弁してくれ。また悪い夢、見るじゃないか」

晶が料理の皿を運んできて、鮫島を見つめた。真顔だった。

「きのう、うなされたの」

「ああ」

「今夜は大丈夫だよ」

きっぱりといった。

「うなされたら、あたしが歌ってやる。耳もとで」

19

宮内和雄のいどころはなかなか判明しなかった。千葉県の実家におもむいた捜査員は、カズオがこの三年、一度も実家に帰っていないことをつきとめた。電話も二年ほど前に一度あったきりだった。

かつての暴走族仲間を含め、交友関係が洗われた。だが、カズオの居場所を知る者はなかった。

カズオは、暴走族時代、オートバイと四輪の無免許運転で逮捕されたことがあった。カズオの身長は、一メートル七二センチで、長身、というほどでもなかった。

速水巡査の身長も、ほぼ同じくらいで、ヘルメットをかぶった同程度の身長の刑事が、大久保公園に立って見せたとき、もう少し、高かったように思う、といった。

犯人がカズオでないとすれば、犯人に殺害されている可能性もあった。捜査本部では、重要参考人としての、公開手配をのぞむ声が、あがった。だが、犯人をいたずらに刺激しない、という観点で、藤丸はそれをおさえこんだ。

エドと名乗った男からの電話はその後かかってこなかった。

四日が過ぎた。本部の緊張は、日を追うごとに高まっていた。犯人の犯行サイクルが短くなるのを予期しての緊張感だった。

捜査は、宮内和雄の線以外にも進められていた。

新宿駅の構内で、モデルガンをもっていた男が、乗客の通報で、鉄道警察官に逮捕された。男は、連続殺人犯が現われたら対決するつもりだった、といった。

またテレビ局に、「地平《ちへい》の炎《ほのお》」と名乗る団体から犯行声明が送られた。しかも二日後の犯行予告をおこなったが、結局、事件はおきなかった。本部は、予告をだした男の声とエドのテープを比べた。鑑定の結果、別人のものであることが判明した。

本部にある有力な手がかりは、宮内和雄に関するものだけだった。本部は二度目の犯行のあと、市民からの通報を待つ電話を設置していた。

これは、公安が過激派のアジトを摘発するのに用いて、効果のあがった作戦だった。香田の提案で設置された電話には、多い日には一日三十本を越える通報が寄せられた。大半はすぐにイタズラとわかるものだったが、捜査員はそれらのひとつひとつのウラをとりに走った。

「地平の炎」が、やがて、新宿に支店をもつデパート数社に脅迫状を送っていたことが明らかになった。脅迫は、金をださなければ、店内で客を殺す、という内容だった。一軒のデパートが脅迫に応じ、金を受けとりにきた四十八歳の男を、はりこんでいた捜査員が逮捕した。

この男は、商法改正以後、いくどか挙げられて食いつめた、一匹狼の元総会屋だった。徹底的な捜査の結果、便乗犯行であることが判明した。

ほかにも数えきれないほどの密告や犯行声明がよせられていた。

ふるいにかけて残ったのは、エドと名乗った男のものだけだった。

鮫島は川崎の宮前平《みやまえだいら》にいた。原歯科《はらしか》医院は、川崎市内に何軒かあったが、どの歯科医師も「アガメムノン」のママがいった条件とはあてはまらなかった。川崎の歯科医師会に問いあわせ、原という歯科医で、開業していない者を、今度は調べていた。

その日は、宮前平に古くからある歯科医院を訪ねたのだった。院長が老齢になり、しかも子供がいないため、その医院では、診療所をもたない歯科医二人に週三日ずつ、出張を依頼していた。そのひとりが、原という名の医師だった。

鮫島は、「戸山歯科《とやましか》醫院」と墨書の看板をかかげた建物の前に立っていた。

サンゴ樹の植えこみが、もとは白かったであろう鉄筋の二階家を囲んでいる。玄関前にポーチのあるその造りは、かなり古いものと知れた。

二階部分は住居になっていて、一階が診療所のようだった。

白く塗られた木の扉も、ところどころペンキがはがれおち、真《しん》ちゅうのドアノブだけが、つい最近つけかえられたのかぴかぴかと輝いている。

鮫島はそのノブを回し、中に入った。診療時間は「午後一時から六時」となっていて、時刻は二時を過ぎたばかりだった。

入ってすぐが待合室だった。年代物のソファがふたつ壁にそっておかれ、巨大な火鉢《ひばち》が部屋の隅にある。長い間、使われた様子はなく、おき場所に困って放置されたという印象があった。

待合室の内部は暗く、人の姿はない。

受付の窓が、診療室との境にあり、初老の白衣の女が、鮫島をそこから呼んだ。

「初めてですか？」

鮫島は警察手帳を提示した。女の顔には何の変化もなかった。近くで見ると、初老どころではなく、七十近いのではないかと思えるほど年をとっていた。

「原先生はいらっしゃいますか？」

「原先生は、水・金と土曜の午前中です」

女は、木で鼻をくくったようにいい、分厚い老眼鏡ごしに鮫島をにらんだ。

「何の御用でしょう」

診療室の内側からは、歯科医院につきものの、甲高い金属音が聞こえていた。

「明日は、原先生はお見えになりますか」

「ですから、何の御用でしょう」

「原先生に直接うかがいたいことがありまして。原先生は結婚されていますか」

女は顎をひき、不信の色を露わにして鮫島をにらんだ。

「先生の私生活はわかりかねますが……」

鮫島は心の中でため息をついた。金属音が止んだ。

「何でしょうか」

白衣にマスクをつけた三十代半ばの男が、左手にピンセットをもったまま診療室のドアを開けた。ピンセットには薬液に染まった脱脂綿がはさまれていた。

鮫島はあらためて、警察手帳を提示した。

「原先生についておうかがいしたいのですが――」

「原くんは、僕と同じ大学の歯科医ですが、何か？」

歯科医はくぐもった声でいった。

「原先生は独身でいらっしゃいますか？」

「ええ。一度結婚したけど、別れたな」

鮫島は息を吐いた。

「お目にかかりたいのですが、どちらにうかがえばよろしいでしょうか。たいしたことではないのですが。私、新宿署の鮫島と申します」

「原くんが何か」

「いえ、新宿でちょっとした事件がありまして、つまらない喧嘩なんですが、原先生がそれをもし御覧になっていたら、お話をうかがいたいと思いまして」

こうした訊きこみの際、本人以外に本当の理由を告げるのは、まれである。

「原くんねえ。新宿にはときどきいってるみたいだからなあ。でも今、彼、旅行中ですよ」

「どちらに?」

「ハワイかな。夏休みがきて、こむ前にいくんだって。長いよな。もう二週間以上、いってるよ。こっちも、夏にそれくらいとるつもりなんで。交代だからしかたないね」

「お帰りの予定は?」

「土曜日じゃなかったかな。彼は独身だから、そのへん、気楽だよ」

「宮内和雄という若者の名前をお聞きになったことがありますか?」

「僕が? いや、ないね」

いって、歯科医は鮫島を見つめた。

「新宿の『アガメムノン』という店の名を、原先生からお聞きになったことはありませんか」

「いや、ないな。あいつは、けっこう変わっててね、東京の飲み屋で知ってるところ紹介しろっていっても、してくれないんだよ」

「いつ、出発されましたか？」

「えーと、まる二十日間いくっていってたから、先々週の月曜かな」

「おひとり、でしょうかね」

「さあ、そういう野暮《やぼ》は訊かなかったから」

「先生」

受付の女が鋭い声をだした。

「あ、はい。もういいですか？」

「はい。どうもお手間をとらせました。最後に原先生の御自宅の住所をうかがいたいのですが――」

「聖《せい》フランチェスカ医大《いだい》の歯学部に問いあわせて下さい。そういうことなら、教えてくれますから」

歯科医はピンセットをふって、ドアの向こうに消えた。鮫島は仕事の邪魔をした詫《わ》びをいって、女のきつい視線を浴びながら、歯科医院を出た。

歯科医、原佳明《よしあき》の勤務する聖フランチェスカ医大で、原の住所、本籍を鮫島は入手した。原の自宅は、川崎の武蔵小杉《むさしこすぎ》だった。

東急《とうきゅう》線の駅に近い、自宅マンションには、確かに二週間以上、帰った形跡がなかった。

先々週の月曜日は、最初の犯行があった日だった。新宿署に戻った鮫島は、成田《なりた》からハワイ便を飛ばしている航空会社すべてに、その日の乗客名簿から、「ハラ・ヨシアキ」の名を洗いだしてくれるよう、依頼した。

旅客機の乗客名簿は、すべてコンピューターで管理されており、航空会社からの回答は迅速だった。

問題の日、「Y・ハラ」という名の乗客を乗せてハワイに飛んだ便が、異なるふたつの航空会社で、ひとつずつあった。鮫島は、その二便の乗客名簿を要求した。

ひとつの便に、「Y・ハラ」と並んで、「K・ミヤウチ」の名があった。

「カズオは、木津のやさをとびだして、いくところがなく、かつて自分に熱をあげていた、原に連絡をとったと思われます。どうやらかなりしたたかな性格で、女でいえば、中年男を手玉《てだま》にとるズベ公といったところでしょう。原は、一度は口説こうと考え、失敗した若い男が向こうから連絡をしてきたので、大喜びで、旅行にカズオを連れていったのではないでしょうか」

翌日の捜査会議で、鮫島は報告をおこなった。出席している捜査員の数は百人以上にも及んでいた。会議は午前中の早い時間に開かれる。

「いくら独身で金に困っていないとはいえ、きのうや今日連絡してきた人間を、二十日間もの旅行に連れていくかね」

新宿署刑事課課長の米内《よない》がいった。米内も鮫島や桃井と同じく警部だった。捜査員の目が鮫島に注がれた。

「航空会社に切符の手配をした旅行代理店の話では、原は、初めひとりでハワイに滞在する予定だったようです。しかし、ハワイのリゾートホテルには、シングルルームはなく、ダブルないしはツインで部屋をとっていました。従って、宮内和雄を同行したとしても、ホテル代に変化はないわけです。往復の飛行機運賃と食費がやや増えるだけで。また、原は、ゴルフコースのスタート予約もしていましたが、当初一名というところを、出発直前に二名に増やしています」

「仮に宮内和雄が原佳明といっしょだとすると、木津のもとからもちだした銃は、どういう経路で犯人に渡ったのだ？」

司会をしていた、警視庁捜査一課の、戸根崎《とねざき》という警視が訊ねた。

「宮内和雄は、木津のやさをとびだしたその日に、原と旅行にでかけたわけではないと思います。とりあえず、身を落ちつける場所、たとえば、気のおけない友人の家などに転がりこみ、ただしそこでは木津につきとめられるおそれがあるため、原に連絡をとったのではないでしょうか。そして、原にハワイ旅行を誘われて、当然、木津のもとからもちだした改造銃はもっていけないため、どこかに預けるなり、処分をしたと思われます」

「で、今現在、宮内和雄はどこにいる?」

戸根崎の横で会議を見守っていた藤丸がいった。

「原といっしょだとすれば、オアフ島のヒルトン・ハワイアンビレッジです。現地時間できのうまで、同じオアフ島のマカハ・シェラトンに滞在していました」

「帰国は明日の土曜だな」

「旅行代理店の話では、Y・ハラ、K・ミヤウチ、両名とも帰国便のリコンファームをおこなったそうですから、同便は明日の午後二時には成田に着陸します」

「よし。宮内は成田でひっかけよう。新聞記者に気づかれないうちに、銃をどうしたかを吐かせる。空港警察に協力を要請して、空港ビル内で、最初の取調べをおこなう。銃のありかを喋ったら、すぐにこちらの別班が行動をおこす。それまで、いっさいマスコミはシャットアウトだ」

藤丸はいった。鮫島を見た。

「今のところ宮内和雄は重要な糸だ。糸が犯人まで、つながっていてくれるといいが」

鮫島は頷いた。

つづいて、香田が立った。紙ばさみを手に、今までの鮫島の報告はまったく眼中にないというそぶりだった。香田は、鮫島を捜査本部に加えたことに対し、藤丸に強硬に抗議した、といわれていた。

捜査本部内には、鮫島が木津を追いつめたのを意外に感じる空気はなかった。だが、その鮫島を救うために、「マンジュウ」と呼ばれていた桃井が被疑者を射殺したことは、驚愕《きょうがく》に価《あたい》するできごとだった。今まで桃井にあからさまな蔑視《べっし》を浴びせていた刑事たちの態度が、微妙に変化した。

桃井はそうした変化に、何の関心も見せなかった。鮫島を救う前と何らかわらない、「マンジュウ」の姿が、防犯課の課長席にはあった。捜査本部の新城は、あきらかにあせり、その分、香田に接近しはじめていた。新城のそうした動きを苦々しく思う、若い刑事らが、鮫島に指示を仰《あお》ぎにきたりした。だが鮫島は、それを相手にしなかった。本部が解散されれば、ふたたび、鮫島も新城も、また若い刑事たちも、防犯課に戻るのだ。

鮫島は、課内の派閥に興味はなかった。

「先日来、捜査本部に、犯行声明の電話をかけつづけている、『エド』と名乗る被疑者についての、録音をもとに心理学者がおこなった分析が配付されたことと思います。詳しいことはお読みになっていただければわかりますが――」

香田の言葉に、刑事たちは、配られた資料を広げはじめた。会議の始まる直前、入室の際に、入口で手渡されたものだ。配ったのは、香田の部下で、本庁公安の刑事だった。

「鮫島警部、私の報告に、そんなに興味がないかね」

香田が突然いった。鮫島だけが、資料を手にしていなかった。

「もし、興味がないなら、退室していただいてけっこうだ」

鮫島は無表情で、資料を配っていた刑事を見た。刑事は咳《せき》ばらいして、顔をそむけた。

資料は、鮫島にだけ渡されていなかった。

藤丸がさぐるように鮫島を見た。司会の戸根崎が口を開きかけると、香田が喋りはじめた。

「失礼しました。それではつづけます。これによると、『エド』は、二十歳代の若者で、大学、専門学校に通った経験をもつ、高学歴所有者。体型は、極端な痩せ型か、やや太り気味。運動は苦手で、協調性に乏しく、思いこみの激しい性格、とされてます。また、盛り場などで恐喝《きょうかつ》のターゲットになりやすく、自らも万引などの軽犯罪をおかしている可能性があります。

服装には、あまり興味をもっておらず、いわゆる、今風の若者とはちょっとちがうタイプなわけです。また、警察組織や犯罪、銃器などに強い興味をもっており、こうした犯行をおかした場合には、決して誇示をせずにはいられない精神構造のもちぬしです。

思想的には、ノンポリ、あるいはやや保守的ですが、本人の考えとはうらはらに、不審訊問の対象になりやすい外見をもっています。

往来における歩行速度は、極端にはやいか、極端に遅い。これはすなわち、自分の興味の対象が進路にある場合、ほかのものがまったく目に入らなくなる。そして、なければ逆にきょろきょろとしているわけで、一貫性に欠ける行動をとっているわけです。また、性的には未熟で、結婚生活を営んでいるとは考えられず、先に述べた性格に起因して、交友関係もせまい、と判断されます」

いったん言葉を切り、香田は会議のメンバーの顔を見渡した。鮫島と目があっても、その表情はかわらない。

「さて、これらの資料を参考に、『エド』の犯行動機を考察いたしますと、本新宿署員に過去、不審訊問等をうけ、その際、不当な扱いをうけたと感じ、それを恨みに思っている、このように考えられます。もし、恨みに感じるほどの、執拗な不審訊問にあっているとすれば、当然、本署にはそのときの記録が、外勤署員によって残されている筈で、私はこの線からの洗いだしを有効と考えます。仮に、『エド』が犯人ではなかったとしても、犯人の警察官に対する憎悪《ぞうお》は、同じような理由によってひきおこされた可能性があります」

「論理的な意見だ」

藤丸は頷いて、香田の方を見た。

「その線の洗いだしは、香田警視に担当してもらう。新城警部補、協力したまえ」

「はいっ」

「香田警視は、今度の『エド』からの連絡に備える意味でも、本署内に待機してもらう。また、NTT淀橋《よどばし》営業所の協力を得て、逆探知の所要時間も短縮される見こみだ」

「ほかに何か？」

戸根崎が全員を見渡した。

「なければ、本日も、犯人逮捕に向け、身の安全に注意し、全力を傾注《けいちゅう》した捜査をおこなって下さい。また、犯人は非常に凶悪で銃器を所持しており、これに対抗するため、皆さんにも拳銃を携行していただいておりますが、その使用については、各人、慎重を期することを願います。以上！」

いっせいに刑事たちが椅子をひき、立ちあがる音が、どかどかと響きわたった。その中に、鑑識係の藪の姿もあった。藪は、銃器に関する専門的な疑問がでたときのアドバイザーとして出席し、また、木津の〝工房〟の検証結果なども報告していた。

鮫島は藪に声をかけた。藪は部屋を出ていきかけていたが、立ち止まり、にやりと笑った。

「敵さんもずいぶん露骨なことするでねえの。耳の具合はどうだ？」

香田の嫌がらせをさしていったのだった。

「ガキの喧嘩だな。そうは痛まんよ」

藪は首をふった。ふたりは並んで本部を出ていった。

「上級試験なんて通る旦那《だんな》は、皆さん世間知らずだからな。喧嘩のやり方もガキっぽいってわけか」

藪はもちろん、鮫島もキャリアであったことを知っていっているのだった。

「それより、香田警視どのが報告していた、『エド』の分析像は、あんたそっくりじゃないか。年がちがうだけで」

鮫島は藪の右側を歩きながらいった。

「そうさ。立場がちがえば、俺だって木津のように、チャカ造りの名人になったかもしれん」

藪は平然といった。

「ところで、木津の〝工房〟から何かでたか？」

「山ほどな。何が知りたい？」

「木津は、カズオがもちだした銃にどんな細工をしていた？」

「なるほどな。じゃあ、俺の実験室に御招待しよう」

「ビーカーでコーヒーを飲ませるのじゃないだろうな」

「お客さまには、とっておきのカップがある」

とっておきのカップとは、手榴弾の形をした陶器のモーニングカップだった。藪はそれに「マルエックス」と記された壜《びん》から、ダイエット甘味料をたらした。「マルエックス」は火炎壜《かえんびん》を意味する。

藪は、鑑識の部屋いっぱいに、木津の製品を広げていた。テーブルの上の一挺一挺にタッグがつき、使用弾丸と性能が書きこまれている。それらはすべて、運河ぞいにあった〝工房〟から押収されたものだった。

「皆、調べたのか」

藪がいれたコーヒーを受けとると、鮫島は銃を並べたテーブルの前に立った。

「まだ、ざっとだ。これから、未完成のも含めて、ひとつずつじっくり調べる。本庁がさらっていかなけりゃな」

「どうなんだ、ものは」

「天才だな、木津は。銃って代物をよく理解している。命中精度を求める銃、求めなくてもいい銃、きちんと分け、ニーズにあわせて手作りしていた」

「奴の作品は高かったらしい」

「だろうな。たとえばこいつだ。見たくないだろうが、あんたの頭をふっとばしかけた道具だ」

鮫島は唸った。藪がさしたのは、例の、四本の銃身を箱におさめた銃だった。

「こいつは上下二連装の異なるタイプの銃が二種類、セットされている。射手から見て、右の上下が、二二二のレミントンを使うライフル、左の上下が、一二番径の散弾銃だ。引き金は、左右ひとつずつ。つまり一回ごとに、上、下、上、下と撃針《げきしん》が落ちる仕組みだ。あんたを撃ったのは、右上の二二二のライフルだった。これがもし、左の散弾を使えば、あんたは首から上がきれいさっぱり消えていたろう。たぶんそうしなかったのは、奴がまだあそこに未練があり、神聖な仕事場をあんたの脳味噌でよごしたくなかったからだな」

「かんべんしてくれ」

「一発目であんたが死ななかったので、奴はやり方をかえたというわけさ。じゃあ、今度はこの銃だ」

藪は、見た目には、ビデオテープのケースとしか思えない箱をさした。ケースの表面には、チャップリンの「ライムライト」の写真が貼られている。

「こいつはまさに、スパイ映画の小道具なみだ。ケースの蓋を開くと、二二口径の弾丸がとびだす。銃口は、合わせめの上にある、この小さな穴だ」

「銃のメカニズムの部分はどうしていたんだ？」

「メカニズムなんてのは、安全ピンをちょっと複雑にしたようなものだ。スプリングと、それをおさえこむ、留め具、そして今度はそれを解放する爪があればいい。撃針なんぞ、釘で充分だ。木津の銃は、何百発と使われることを目標には作られていない。基本的には使いすてだ。だから奴は、いろんなアイデアを試せたわけだ」

「命中精度はどうなんだ？」

「それは、銃身と銃本体の形に関係してくる。銃身とは、まさに弾丸がくぐりぬける筒の部分だ。弾丸の回転運動については、この間も話したが、要はこの回転運動にむらさえおこさないような銃身であれば、多少短くなったとしても、命中精度にさほど変化はない。最小限の長ささえ、あればな」

「だがこの前、あんたは銃身をぶった切った場合、命中率が落ちると——」

「それは、すでにある市販のライフルの銃身をぶった切った場合だ。俺は木津の作品を見てわかったんだが、奴はそんなマネは絶対にしていない。奴は銃を愛していた。銃のもつ魔力、破壊力にとりつかれていた、といってもいい。奴の作品には、ポリシーがある。たとえ、改造銃であっても、銃である限り、美しくなきゃいかん、というな」

鮫島は、木津がニューナンブを、できそこないと罵っていたことを思いだした。

「それにもうひとつ、もし素人が、市販されているライフルの銃身をぶった切れば、中に施されている、旋条、ライフルリングにまで傷をつけ、しかも銃口面に、金クズを残しかねない。弾丸はその金クズにさわっただけで、あさっての方角にとんでいく。銃口面の状態は、ライフルリングと同じくらい、命中精度には重要な要素となる。だが木津は、短銃身の銃であっても、拳銃やライフルを作る場合は、できる限り、そうした要素に気を配っていた」

「銃本体の形、とはどういう意味だ？」

「反動の吸収だ」

藪は、鮫島が腰につけたニューナンブを指さした。

「薬莢内で起きた爆発エネルギーは、唯一の噴出口、つまり銃口に向かって弾頭を押しだす。が、それだけではもちろんおさまらず、薬室内後部、つまり射手のほうにも反動となって伝達される。たとえば、木津は、軽くて小さいライターなどにしこんだ銃には、二二口径などの小さな弾丸を使い、大きくて重い、アタッシェケースなどにしこんだ銃には、散弾や四五口径、ライフル弾などを使っている。ちょっと考えると、銃本体が小さくても大口径の弾丸を発射するように作ることもできそうだが、そうはいかないんだ」

「しっかりかまえられないと、あたらない、ということか」

「それだけじゃない。確かに、ホールドしやすい形状というものもある。たとえばヌイグルミに銃をしこむことだってできるが、やわらかくてつかみにくいものは、やはり銃に向いていない。木津の作品でいちばん多かったのは傘だが、やはり大きな口径の弾丸は使っていなかった。傘はけっこうかまえやすい。両手でつかむこともできる。

では、なぜなのか」

藪は鮫島を見た。鮫島は首をふった。

「わからん」

「重さだ。つまり、射手に伝わる前の反動を、銃本体の重さがあるていど吸収するのと、しないのとでは、射手にくる衝撃は、まるでちがったものになる。しかも、ものが軽ければ、射手のかまえも、どうしてもぞんざいになりがちだからな」

「かまえやすく、しかもどっしりしているほうがいい、というのか」

「そうだ。大口径の銃が比例して重いのは、そのためだ。軽い銃だと、反動は手の中で暴れ回るような状態になる。逆に重ければ、かなりの大口径であっても射手の腕が跳《は》ねてしまうような、そんなオーバーな反動はこない」

「三〇—〇六はどうだ？」

「もちろん、重くなければどうにもならん。木津は、自分の作品を使う連中が、ふだん銃を撃ったこともないような人間である可能性まで考えて、そうした機能を銃に与えていたんだ。職人としては一流だ」

「変態としてもな」

鮫島はつぶやいた。

「だからこれだけはいえる。ほしがもっている銃は、見ための形はどうあれ、それなりの重さがあり、しかも射手がそれをホールドしやすいような形状をしている」

「その上、銃には絶対、見えない代物だ。何なんだ？」

藪はじっと鮫島の顔を見つめ、首をふった。

「わからん。押収した中に、三〇―〇六を使うタイプの銃はなかった。洋服でいや、一点、い、い、ものをほしはもっているんだ」

20

鮫島は、外山といっしょに成田空港にある、税関特別検査用の部屋にいた。部屋は十畳ほどの大きさで、入口はひとつしかなく、窓はない。入って正面の壁には、横長の鏡が、胸の高さにとりつけられている。

部屋の中央に、四人がけのテーブルと椅子があり、隅にもベンチがおかれていた。

入国審査を受けた宮内和雄は、その直後に、空港警察官に任意同行を求められる手筈だった。

ドアは開けはなしてあった。外の廊下を、麻薬犬を連れた、ハンドラーと呼ばれる検査官が歩いていく。ハンドラーは、機内預けのトランクやスーツケースなどの荷物を、旅客機の貨物室から出た直後に、麻薬犬を使ってチェックする。犬は、回転する水平エスカレーターの上を素早く動きまわって、麻薬の匂いを嗅ぎとろうとするのだった。

二時二十分、四名の制服警察官が、ショートパンツにヨットパーカといういでたちの少年を囲むようにして廊下の向こうから歩いてきた。宮内和雄の身柄を確保したことは、その数分前に、携帯受令器のイヤフォンから流れでていた。

鮫島は受令器のイヤフォンを左耳からぬいた。右耳が聞こえないので、イヤフォンを入れていると、会話ができない。

鏡の向こうには、本庁一課の刑事を含めた、六名の捜査員が待機している。

制服警官のうち二名は、少年を部屋に入れると立ちさり、残り二名が、ドアの前で指示を待った。

宮内和雄は、まっ黒に日焼けし、首からヒモでサングラスをつるしていた。ヨットパーカの下はカラフルなタンクトップだった。体毛が薄く、すべすべとした体つきに、厚みのある胸板と筋肉質の手足をもっている。

「連れの者は、別室、二号室におります」

警官のひとりがいった。巡査部長の階級章をつけている。

「ごくろうさまです。そこにひとり、配置しておいて下さい」

鮫島はいって、ドアを閉めた。残された宮内和雄は、まったくの無表情だった。緊張はしているが、怯えているようには見えない。瞬きをすると、体型とふつりあいな、長い睫毛《まつげ》が上下した。

主な訊問は鮫島がやることで、外山とは合意していた。

「すわりなさい。私は新宿署の鮫島、この人は外山さんだ。君は『アガメムノン』につとめていた、カズオくんだね」

鮫島はいった。

カズオはゆっくりとためていた息を吐きだした。上目づかいで、鮫島と外山を見比べる。媚《こび》のある仕草だった。

「すわって」

鮫島はうながした。カズオは椅子をひき、ストンと腰を落とした。

「ハワイはどうだった?」

鮫島はいった。カズオは無言で鮫島を見つめた。

「楽しかったかね」

頷いた。

「どれくらい、いたんだ?」

「二十日《はつか》」

カズオはいった。低い声だった。鮫島は耳を傾けた。

「悪いな。もう少し大きな声でたのむ。ご覧の通り耳を怪我してね」

「二十日間、です」

「そうか。いない間、日本でいろいろなことがあった。知っているかね?」

カズオは首をふった。ブリっ子でいくかどうか、態度を決めかねているようだ。

「木津要を知ってるね。君といちじ暮らしていた男だ」

カズオの瞬きが止まった。

「知らない」

「そうかな。君が木津とつきあっていたのを知ってる人はたくさんいる」

「知らない。知らないです」

「彼と関わりあいになっちゃマズい、と思っているなら、その心配はいらない。木津は死んだよ」

鮫島はいきなり、手の内を明かすことにした。カズオの目がわずかに広がった。だがそれ以上の変化はなかった。

「だから、木津のことはとりあえずいい。君がハワイにいく前、何日間かのことを話してくれないか」

「どうして」

「話してくれ」

カズオは考えていた。目が動きだし、天井や床、鏡と、ひっきりなしに視線がゆれ動いた。

「原さんといっしょにいました」

「いつから?」

「先月の初め」

「何曜日?」

「わからない。木曜か金曜」

鮫島は手帳のカレンダーを示した。

「君が、原さんと日本を発《た》ったのは、先月の十三日、月曜日だ。今、原先生にもお話をうかがっているから、すぐにわかるだろう」

カズオは激しく瞬きした。

「土曜」

「つまり、十一日だね。その前はどこにいた?」

「友だちん家《ち》」

「名前を教えてくれないか、友だちの」

「なんで。どうして、そんなこと訊くの?」

「友だちに確かめたい」

「俺、悪いことしてないよ、別に」

「わかってる。だが友だちにそれを証明してもらいたい」

「どういうこと?」

「たとえば、金曜にある事件があったとする。それに木津が関係していて、君は無関係であることを証明しなきゃならない。誰といっしょにいたか訊きたいわけだ」

「金曜日？」

鮫島は頷いた。

「昔、バイトやってたときの友だちんとこ。あの、迷惑かけたくないから……」

「迷惑はかけない」

「でも、あの、教えるんなら、先に電話かけさせて」

「教えてくれたらかまわない」

カズオは迷っていた。

「教えたほうがいい。ひょっとすると面倒なことになるかもしれない」

「面倒なこと、って？」

「――人が死んでる」

「どこで？」

鮫島は答えず、カズオを見つめた。カズオは、木津のもとから銃をもちだしたことが罪に問われるのをおそれているのだろう。連続警官殺しについては、本当に知らないようだ、と鮫島は思った。

「スナガミ、スナガミ・コウイチ」

「どういう字を書く？」

鮫島はメモをさしだした。

「砂上幸一《すながみこういち》」と、カズオが書いた。

「砂の上に、幸せの一か」

鮫島はいった。鏡の向こうにいる刑事たちに聞かせるためだった。

「どこに住んでる？」

「中野」

「なるほど。門前仲町からは、地下鉄東西《とうざい》線で一本、だな」

鮫島がいうと、カズオは目をあげた。

「電話番号を教えてくれないか」

「今、アドレス帳、もってないから」

「じゃあ、君も電話できないな」

いって、鮫島は腕時計を見た。

「彼は何をしてる？」

「いろいろ」

「いろいろ、とは？」

「最初、正社員でつとめてたけど、つまらなくてやめて、バイトをいろいろ」

「今は？」

「わかんない。あの、煙草、吸っていいですか」

鮫島は頷いた。カズオはヨットパーカのポケットから、バージニアスリムのメンソールをだして、火をつけた。

「つきあい、長いのか、砂上くんとは」

「三年、か四年」

「砂上くんのうちにいったのは、金曜日、木曜日？」

「金曜日の夕方」

「それまでは門前仲町にいた？」

不承《ふしよう》ぶしょう、カズオは頷いた。

「何時頃、門前仲町を出ていった？」

「三時頃」

木津が昼食に出かける時間帯だ。その留守に、荷物をもってとびだしたのだろう。

「すぐに砂上くんのうちにいったのか？」

カズオはまた、頷いた。

「砂上くんは家にいたのか？」

カズオは首をふった。

「じゃあ、どうした？」

「鍵、あるとこ知ってるから、入ってた」

「アパートなのか」

「そう」

「つまり、鍵を、牛乳入れかどこかに砂上くんはおいていて、それを知っていたから、使って入った、そういうことだね」

「そう」

「で、原先生にはいつ連絡をとったの？」

「金曜の晩」

「砂上くんもその場にいた？」

「いない。帰ったの、遅かったから」

「何時ごろ帰ってきた、砂上君は」

「十一時ごろ」

「遅かったな。飲みにでもいってたのか」

「飲んでたし、なんか喧嘩したみたいで、血まみれだった」

「喧嘩？」

「わかんない。酔ってて、すごい不機嫌で。なんか電車、何回も乗りすごしたみたい」

「それは酔ってたから、か？　殴られて具合が悪かったからか」

カズオは首をふった。

「知らない」

「砂上くんは、いくつだ？」

「二十四」

鮫島は椅子によりかかり、煙草をくわえた。別室の刑事たちは、東京に連絡をとり、中野に住む砂上幸一という若者を捜すよう、指示しているだろう。

カズオは黙っていた。カズオの中で、ある種の決心がかたまったことを、鮫島は感じた。

「砂上君とは恋人だったのか、昔は」

カズオはじっと鮫島を見つめた、その目に、強い抵抗の色があった。ホモセクシュアリストに対する、警官の差別意識を、敏感に嗅ぎとろうとする目だった。

「ただの友だち」

鮫島の表情にそれを見出《みいだ》せなかったのか、カズオはぽつりといった。

「なぜ、砂上くんのところにずっといないで、原先生に連絡をとった？」

カズオはテーブルの表面を見つめた。

「砂上くんは、君に優しいか。それともこわいか」

「優しいけど、こわい」

「どんなときに、こわい？」

「ホモっぽくしたとき」

「――つまり、べたべたすると、嫌がる？」

頷いた。

「君は彼のことが好きなのか」

カズオの目がテーブルの一点で止まり、動かなかった。

「砂上くんは、体が大きいのか」

「背が高い。脚が長くて、カッコいいよ」

「力も強い？」

「うん」

「喧嘩っぱやいのか」

「少し」

「そんなに力が強くて、体の大きな奴なのに、殴られてやられたのか」

「やくざだ、っていってた。やくざと喧嘩になって、ひとりだと思ったら、大勢いたって」

「それでかっかしてたんだな」

「たぶん」

「砂上くんは、そういうときしかえしにいくタイプか」

「初めてだ、っていってた。こんなにやられたの、初めてだって」

「どこでやられたんだ？」

「知らない。新宿だと思うけど。新宿の歌舞伎町に、なんか歌聞きにいった帰りだって」

「歌？　コンサートのことか」

「うん。幸一さん、好きな歌手のコンサート、よくいってる」

「彼はどんな歌手が好きなんだ？」

「知らない。ＣＤとかテープもってるけど、さわるとすごく怒るから」

「すると君は、金曜日の夕方、木津のマンションを出て、砂上くんのアパートにいった。何時ごろについた？」

「四時か四時半」

「それから砂上くんが帰ってくるまで、ずっとアパートにいた？」

「いた」

「食事はどうしたんだ？」

「お腹《なか》すいて、パン買いにいった」

「じゃあ、出かけたんだ」

「アパートの近くにお店あるから、そこで。買ってすぐ帰った」

「退屈しなかったか」

「別に。テレビ、見てたし」

「それで十一時ごろ、砂上くんが帰ってきた。酔っていて、しかも喧嘩で負けて血まみれで、機嫌が悪かった。砂上くんは君を見て、どうした？」

「『何だ、お前』って。『何でお前がここにいるんだよ』って」

「で、何と返事をした？」

「すぐ出てくから、ひと晩、泊めてって」

「本当にすぐ出てくつもりだったのか」

「原先生に電話したら、ハワイ旅行いかないかって、誘われて。考えさせて下さい、っていってて……」

「つまり、本当は砂上くんといっしょにいたかった？」

「──前から、ずっと好きだったから」

「木津と知りあう前から？」

カズオは頷いた。

「でも、砂上くんはノンケだから、君を受けいれなかったんだな」

「そう。長くいたら嫌われそう、と思ったから、土曜日、原先生と待ちあわせて」

「すぐに原先生の家にいったのか？」

カズオは首をふった。

「ごはん食べて、ちょっとお酒飲んで。車でベイブリッジいって」

「横浜のベイブリッジか。原先生は車もってるのか」

「サーブ」

「君が砂上くんの家を出たのは、土曜の何時ごろだ」

「五時ごろ。原先生と七時に待ちあわせたから」

「どこで？」

「渋谷」

「渋谷のどこ？」

「『アキュラス』って喫茶店」

「それから食事にいったのか」

「そう」

「砂上くんは出ていくとき、どうしてた？」

「寝てた」

「具合が悪くて？」

「そう」

「渋谷いく途中、より道は？」

カズオは首をふった。

「木津のところから荷物はたくさんもって出てたのか」

「――少し」

「少しって？」

「洋服」

「ほかには？」

「ほかにって？」

カズオは鮫島を見た。

「もって出たのは、君のものだけか」

「そう」

「そうか……」

鮫島は再び煙草に火をつけた。カズオの表情が硬くなっていた。

「砂上くんて、どんな奴だ？」

カズオは少し驚いたような顔をした。

「砂上くんさ。君が好きなんだから、いい奴なんだろ。それとも、おもしろい奴か」

「優しいけど、こわい」

「皆んな、そうだろう。機嫌がよければ、優しいし、怒れば、こわい」

「そうじゃなくて。鳥とか、猫とか、動物にはすっごく優しい。車にはねられた子猫、前、拾ってきて育てたりしてた。だけど、人間は、人間には、怒るとこわい。猫なんかに優しいくせに、人間には、こわい」

「人間が嫌いなのかな」

「かもしれない」

「人間に、どんなときに腹をたてる?」

「威張《いば》ってる奴。でかい顔してる奴が嫌いだって」

「やくざなんか、そうだな」

「うん。それに、お巡りも」

いって、カズオは鮫島と外山を見比べた。

「お巡りも威張ってるから嫌いか」

「威張ってるくせに、役たたずだって。道にいっぱいいて、おうへいで、ちょっと何かよごれた格好してると、『おい、お前』って、呼びとめて威張るくせに、やくざがいても何にもいわない。新宿のお巡りは、やくざをこわがってるって」

「それは、砂上くんがやくざに殴られてるとき、お巡りさんが助けにきてくれなかったからか」

「かもしれない」

鮫島はゆっくり息を吸いこんだ。外山を見ると、険しい表情を浮かべていた。十日の金曜日。新宿には確かに警官がたくさんいた。御苑でおこなわれる、園遊会の警備のためだ。

「木津のマンションから洋服のほかに、何をもって出た？」

カズオはすっと息を吸いこんだ。

「何をもって出た？」

「何も」

「そうかな。木津は、あるものを君がもっていったといってたな」

「——嘘だよ」

「そうかい？」

カズオをじっと見つめた。カズオの目がまたもテーブルの一点にすえられている。

「荷物は原先生と会うとき、全部もって出たのかい？　砂上くんのアパートから」

カズオは無言だった。

ドアがノックされた。外山が立ちあがり、細めに開く。

紙きれが外山に手渡された。外山はそれを読み、鮫島に渡して腰かけた。

「砂上幸一、中野区弥生《やよい》町一丁目×番×号、弥生第二コーポ二〇三号室。電話三八五—×××、犯歴、逮捕歴トモニ該当者ナシ。現在、銃砲等所持取締法違反容疑ニテ、捜査令状請求中。電話ニヨル在宅確認セズ。本部二班、八班、十三班、急行中」

それを畳んで胸のポケットにしまい、鮫島はカズオの肩にふれた。カズオは初めて、怯えた表情になった。

「君が木津のところから、木津の作ったものをもちだしたことはわかっている。喧嘩して、腹がたち、困らせてやろうと思ったのだろう。だが、あとで木津に追われるのがこわくなり、それをどこかにすてたか、隠した。そうだな？」

「知らないよ。何ももっていってない」

「いったろう。木津は死んだんだ。何もこわくない」

カズオは目をみひらき、鮫島を見つめた。

「それって、罪になんないってこと」

「なるかならないか、君しだいだが」

「おどかす気？　だったら何も喋んないよ」

「よし。じゃあ話そう。君たちがハワイに発った日、新宿でふたり、警官が殺された。次の週もひとりが殺され、ひとりが入院し、生死の境をさまよったあげく、ようやく命をとりとめた。その同じ週の終わり、つまり先週の土曜、またひとり警官が殺され、ひとりが重傷を負った。現場はすべて新宿で、襲われたのも、新宿署の警官ばかりだ。四人の警官が死に、ふたりが重傷だ。全員、同じ銃で撃たれ、それと同じ弾丸を使う銃を、木津は君がもちだしたといった」

カズオは目尻が裂けそうになるほど、大きく目をみひらいていた。

「う……嘘だあ、冗談じゃねえよ！」

ブリっ子の媚が消え、口調がかわった。

「冗談じゃない。お前がもちだした銃が、警官を殺しているんだ！」

「知らない、知らねえよ。俺、知らねえよ。俺、知らねえよ！　そんなの嘘だよ」

「カズオ、本当のことをいえ。お前、今、たいへんなことになってるぞ。お前がもし、砂上に、金曜の仕返しのために銃を渡したとしたら――」

「してねえよ。してないって」

腰を浮かして、カズオは叫んだ。

「おいてきただけだよ。わかんねえし、危《やば》いかなって思ったから、幸一さんとこにおいてきただけだよ。そんな、そんな、冗談じゃないよ」

「砂上には、それが銃だってことを話したのか」

カズオは黙った。瞬きがまた激しくなった。

「話したのか」

「話したかもしんない。預かってててってたのんだとき」

「どうするつもりだったんだ？」

「帰ってきたら、知りあいの、組の人に渡して、売ってもらおうって」

「砂上には、どう話した？」

「お金になったら、分けるよって。それまで預かっててって。『何だ』って訊かれたから、ピストルみたいなのって」

「砂上は何といった」

「本当にそうなのか、っておきあがって。でも紙で包んでヒモかけてあったから、さわっちゃ駄目だよって、いったんだ」

「格好は？」

「わかんない。こんくらいの大きさで、油紙と包装紙で二重に包んで、紙袋に入ってた」

カズオは、三〜四〇センチ四方はある大きさを手で作った。

「重さは？」

「三キロくらい。重かった」

「ばかやろう！」

鮫島は思わず吐きすてた。外山が立ちあがって頷いて見せた。

ドアがノックされた。鮫島は歩みよって開いた。原の取調べをおこなっていた刑事がいた。

「ウラ、とれました」

鮫島はカズオをふりかえった。カズオはぶるぶると震えていた。鮫島を見るといった。

「トイレ、トイレいかして下さい」

ドアの外にいた制服警官が、カズオを連れていった。

「調書、作ろう」

外山がいい、鮫島は頷いた。書記の刑事を呼び、カズオが戻ってくると、調書を作り始めた。

カズオは、砂上の共犯にされることをおそれていた。鮫島に話したことと、ほぼ同じ文書に署名し、押印《おういん》した。

調書ができあがると、隣室にいた本庁一課の警部が入ってきていった。

「砂上のアパートに入った。薬莢が五発、見つかったそうだ。だが砂上はいない。銃も残りの弾も発見できなかった。昼すぎ、出かける物音を隣りの部屋の人間が聞いている」

「東京に戻ろう。砂上は、今日、やるかもしれない」

鮫島はいった。

21

夕方の渋滞をぬけ、新宿署に到着したのは、午後五時近くだった。カズオの身柄は、詰めている記者に見つからないよう、別の車で裏口から署内にうつされた。

本部では藤丸が待ちうけていた。報告はすでに届いていたが、鮫島は重ねて説明をおこなった。砂上のアパートを張りこんでいる、三つの班の刑事たちをのぞいて、ただちに捜査会議が招集された。

会議が始まったのは、午後五時二十分だった。

晶のライブは七時に始まる。どうやら今回もいけそうもない――鮫島は思った。

本部にはすでに砂上の写真が届いていた。就職していた時代のもので、髪は短く、ネクタイをしめた姿だった。カズオは写真を見て、今はもう少し痩せ、髪がのびている、といった。

写真は会議の席上で配付された。それを見たとき、鮫島は、暗い目をした男だ、という印象をもった。頼りなげなようで、目の奥にえたいの知れない暗さがあった。狂気とはちがう、どこか自暴自棄《じぼうじき》的な危険さを感じさせる目だった。それでいて、自己愛の強さも、口もとに漂っている。

写真から目をそらし、煙草をくわえた。瞬間、視界の隅《すみ》が明るくなるようなショックとともに、頭の芯を驚きが走りぬけた。

もう一度、写真を見た。

会議が始まり、重点配備の箇所が検討されていた。自宅で銃が発見されなかった以上、砂上は銃をもち歩いているかもしれないのだ。そのことは、すなわち、今日が第四の犯行の日となる可能性を暗示していた。

まちがいない、と鮫島は思った。鮫島は砂上を知っていた。あの日、新大久保のサウナから、晶を迎えにＴＥＣホールへと向かう途中の路上で花井組のチンピラに殴られていた男だった。

うずくまった、ひとりの若い男を三人のチンピラがとりかこんでいた。ひとりが襟首をおさえ、残りのふたりが交互に、効率よく蹴りをかませていた。

立ち止まっても、止めに入ったり、助けようとする者はいない。やくざと正体がわかった瞬間、長居をせずに野次馬は離れていく。

鮫島自身も思ったことだった。

馬鹿なことをしたな。

それは、殴っているチンピラにではなく、殴られている若者に対する思いだった。同情ではなく、あなどりだった。

新宿という街の、暗黙のルールを破ってしまった若者に対する、見下《みくだ》しの感情だった。

「うっせえ！」「ほっとけ！　馬鹿野郎！」

若者の言葉は耳に残っていた。もう数分早く、若者がすべての戦意を奪われる前に、誰かが止めに入っていれば、あの言葉はなかったのではないか。見すてた街、見すてた通行人、見すてた警官に対する怒りはなかったのではないか。

あの日、砂上は、新宿署外勤警察官に対する憎悪の芽《め》をめばえさせたのではないか。

驚きは、すぐに後悔にかわった。チンピラに袋叩きにされ、誰にも救ってもらえなかった怒り。そしてその怒りは、暴行を加えた人物にではなく、救わなかった人物――警察官に向けられたのだ。

異常な数の警察官、警備警察の過剰《かじょう》なまでの神経のとがらせ方。市民のひとりとして、その警察の異常警戒を目《ま》のあたりにしながら、その保護を受けられなかったくやしさ。あれだけの数の警官が新宿にいたというのに、殴られ、倒れ、蹴られ、血を流し、そして誰ひとり通報する者はなく、駆けつける警察官もいなかった。

痛みと屈辱《くつじょく》が、怒りと絶望に、そして憎しみにかわっていったのではないか。

あのとき、鮫島は、自分が警察官であることを、傷ついた男に教えなかった。それを思ったとき、激しい後悔の念が鮫島を襲った。

もし、教えていたら。警察官が、決して見すごしにしていなかったことを教えていたら。砂上の、警察官に対する憎しみは、少なくとも殺意にかわらなかったのではないか。

自分は先を急いでいた。晶との約束に遅れまい、と、警察官であることを告げず、砂上を、立ちさるにまかせて見送った。

苦渋《くじゆう》がこみあげるのを、鮫島はこらえられなかった。

砂上に告げなければならない。自分が警察官であったことを。そして、責めをおうべき警察官がいるなら、それは自分以外の何者でもないことを。

「砂上幸一は、先月十日、新宿歌舞伎町を、ファンである歌手のコンサートを聞くために訪れ、その際、暴力団員と思われる者数名に暴行を受けた。そして、その現場を、誰も止めに入らず、なおかつ当日は、新宿御苑園遊会警備のため相当数の警察官が、新宿署管内に配備されていたというのに、たまたま制止、保護に出動しなかった――これを恨みに思い、警察官に対する殺意をつのらせたと考えられる。あるいは、それ以前に、外勤署員などから不審訊問を受け、警察官に不信感をもっていて、それが、この事件をきっかけに殺意にまで発展した可能性もある。

残念ながら、当日、本署に、そうした暴行事件があった記録はなく、このことはすなわち、警察官が砂上に対し、保護活動をおこなっていなかった事実を証明している」

藤丸が喋っていた。

ちがうのだ。自分は、遅きに失《しっ》したとはいえ、その現場にいた。そう叫びたいのを鮫島はこらえた。

「砂上の犯行は、いわば逆恨み、ともいえるものだが、これをくり返すことによって、おそらく殺意はいっそうエスカレートしているのではないか。香田警視と電話接触している、『エド』が、砂上であるという根拠はまだないが、そうであるにせよ、ないにせよ、今後、砂上が犠牲者として選ぶのが、警察官である、という保証はない。従って、今夜、もし砂上が、管内で犯行を重ねるつもりならば、新宿にいる、すべての人間が、砂上の標的となりうる可能性がある」

香田が本部に入ってきた。香田はカズオの取調べを願いでて、おこなっていたのだ。

「どうだった？」

藤丸の問いに、香田は首をふった。

「『エド』という名前は、砂上の口からも、あるいは周囲からも聞いたことがないそうです」

「そうか……」

だがそのわりに香田の表情は消沈していなかった。

「よろしいですか？」

藤丸に断わった上で、話し始めた。

「宮内和雄を取り調べ、先月十日、砂上が何のために新宿に来ていたかに、着目いたしました。コンサート、ということなので、当日、新宿管内でおこなわれたコンサートを、警備課に問いあわせました」

全捜査員は香田に注目していた。鮫島も見つめた。香田は嫌な警官ではあったが、愚《おろ》かではない。

「当署、あるいは四谷《よつや》署の管内を含めますと、新宿には百名以上を収容する多目的の劇場、ホールが、映画館を別に、十六、あります。このうち、コンサート活動に使用を許可しているのは、十、であります。そして、先月の十日、実際に歌手、あるいはバンドによる使用があったのは、四、でした。この四、というのは厚生年金ホール、コマ劇場、シアターアプル、ルミネホール、であります。

厚生年金ホールでは、アメリカから来日していたロックバンド『バグイーター』のコンサートが、コマ劇場では、アイドル松樹由利《まつぎゆり》のミュージカルが、シアターアプルでは、日本人ロック歌手の安藤芳紀《あんどうよしき》のコンサートが、ルミネホールでは、シャンソン歌手、堺光子《さかいみつこ》のコンサートが、おこなわれていました」

香田はひと息いれ、捜査員を見渡した。

「そして、この中の、松樹由利のミュージカルが、アンコール公演として、本日から三日間、コマ劇場で再演されております。砂上幸一がこのコンサートに向かった可能性は高いと思われます」

香田は藤丸をふりかえった。

藤丸は緊張した表情になっていった。

「砂上がコマ劇場内で発砲するかもしれない、というのかね」

「松樹由利を見に、新宿にきたことが、砂上にとり、すべての始まりであります。砂上が松樹由利のひじょうなファンだとすれば、その会場で事件をおこす可能性は、じゅうぶん考えられます」

藤丸の顔色がはためにもわかるほど白くなった。

「上演は何時からだ?」

「六時三十分開場、七時開演です」

「ただちに主催者に連絡をとれ」

「中止の要請ですか?」

「そうだ!」

「しかし、公演が中止になれば、砂上は失望して自暴自棄になるかもしれません」

香田はくいさがった。藤丸は初めて苦衷《くちゅう》を露わにした。

が、一瞬後、決断した。

「コマ劇場周辺部に緊急配備。手のあいている私服警官を総動員して、内外部に配置せよ。総員、防弾チョッキ着用。開場の前に、砂上を発見して、確保するんだ。現地指揮官は、香田警視と戸根崎警視、以上！」

どっと捜査員たちが立ちあがった。

「香田警視――」

鮫島は、急ぎ足で、香田に近づいた。出口へと歩きかけていた香田が立ち止まると、ほかの捜査員も足を止め、鮫島と香田に目を向けた。

「何だ」

「ライブハウスについてはどうです？」

「ライブハウス？」

「新宿には、アマチュアも含めて、バンドにステージを貸すライブハウスも相当数、あります」

「それがどうした？」

「砂上幸一が、そうしたライブハウスにいっていた可能性もある、と思いますが」

「歌舞伎町だけで、そんなライブハウスがいったい、いくつあると思う？　そういった店は警備課にいちいち届けをだしていないし、スケジュールの記録もいい加減なところが多いだろう。調べたかったら、自分で調べるんだな」

香田は背を向けた。

「砂上幸一のアパートに、松樹由利のレコードかポスターはありましたか？」

「知らんね。自分の目で確かめてこいよ」

背を向けたまま、いった。

本部の電話が鳴った。当直番の刑事がとり、

「香田警視」

と呼んだ。

「何だ⁉」

香田はいらだちをむきだしに怒鳴った。一刻も早く、コマ劇場に向かいたい、という気持ちが表われていた。

「『エド』からです」

緊張が走った。

藤丸が小さな声でいった。

「奴が砂上にしろ、そうでないにしろ、砂上の名をつきとめたことは気《け》どられるな、絶対に」

香田は頷き、鮫島に鋭い一瞥をくれて、電話機に歩みよった。ただちにＮＴＴの淀橋営

業所に連絡が送られた。

「香田だ」

「『エド』だ。久しぶりだな」

声がスピーカーから流れだした。

その声には、楽しんでいるような響きすら、あった。香田は怒りをおさえこむように、大きく深呼吸した。

「久しぶり、だな」

「あんたがいないのじゃないかと、思っていたよ」

「そんなことはない。いつも君からの電話を待っていた」

「本当か。嬉しがらせるじゃないか。今日は、仕事の帰りで新宿にきているんだ」

「ほう。新宿で何をするんだ」

「さあ。何をしようかって考えてるのさ。どうだい、私のことは何か、わかったかい」

「いや、お手あげだ」

「そんな。日本の警察は優秀じゃないか。私のことをつきとめたかったら、いいことを教えよう」

「何だい？」

「私は今までに、警察につかまったことがない。だから、記録を調べても無駄だ。警察につかまった人間は、警官をこわがるが、私はこわがらない。それに、私のような人間は、君たちと同じタイプなんだ」

「同じタイプ？」

「そうとも。君たちと私は、法をはさんで向かいあっている。いわば鏡のようなものだ。いやいや、それどころじゃない。私は、君たちのすぐそばにいた、といってもいい」

「わからんな」

「私がなぜ、射撃があんなに、うまいと思う？　標的を外さずに、命中させていると思う？」

「警察や自衛隊に関係があった、というのか」

「エド」は、くっくと笑った。

「考えたまえ。それじゃあ、また、あとで電話する」

「まて、急ぐなよ。まだ時間はあるのだろ」

「逆探はお断わりだ。私はこれからあるところにいかなきゃならない」

「人がおおぜい、いるところか」

「さあね。また、電話する」

切れた。

「――ちがうかもしれんな」

藤丸がいった。

『新宿駅周辺、各局、新宿駅東口地下、売店横公衆電話、番号四谷―六五七九、くり返す、売店横公衆電話、番号四谷―六五七九、不審者を確保せよ』

本部にもちこまれた署外活動用無線機に、無線担当が指令を送りこみ始めた。逆探知に成功したのだった。

『新宿二〇三より、新宿』

数分で連絡が入った。

『新宿です、どうぞ』

『ただいま該当電話前、検索《けんさく》しましたが、不審者、見あたりません。交通量激しく、発見は困難なもようです』

無線係は藤丸を見た。

「よろしい」

『新宿より、新宿二〇三、了解しました。ご苦労さま』

「コマ劇場に向かいます」

香田は藤丸に気をつけをしていった。

「わかった。主催者への事情説明は、君からたのむ。人命を第一に優先して、行動してもらいたい」

「了解しました」

香田は出ていった。鮫島は時計を見た。六時を、数分、すぎていた。コマ劇場のミュージカルと晶のライブは、同じ時刻に始まる。

香田の推理は無視できなかった。鮫島は、砂上と自分が出会っている話を、藤丸にするべきかどうか、迷った。

だが、今はそれよりも先に確かめねばならないことがあった。鮫島は本部を出ると、車で中野に向かった。


中野のそのあたりは、典型的な住宅密集区だった。家と家が、壁と壁をふれあわすように建ち並び、間をぬう道は車一台がやっと通りぬけられるような幅しかない。しかも、その道は、カーブや曲がり角では門柱や塀をさけるように、鋭角に走っている。

せまい道の両側は、さながら塀のように小さな家、小さなアパート、寮、コンビニエンスストア、煙草屋、クリーニング屋、食堂などが、ぎっしりと軒を連《つら》ねている。それは、大都会特有の迷路だった。

鮫島は車で進むことを途中で放棄した。かりにいきつけたとしても、一方通行の連続で、帰りは決して同じ道を戻ってこられないだろうとわかったからだ。

警察官は地図を読むのになれている。しかしそれでも、住宅密集区の細い道をくねくねと歩きまわりながら、初めての建物を捜すのは骨がおれた。

ようやく見つけた弥生第二コーポは、木造モルタルの二階建てアパートだった。鉄の階段がついた横腹を道に向けるようにして、奥に細長く建物はのびている。向かって右は寺の境内《けいだい》で、左が同じつくりの弥生第一コーポだった。

アパートの周辺部に車はなかった。道もせまく、見慣れない車が止まれば、目につく地形をしているのだ。

あたりにすぐそれとわかる姿はなかったが、鮫島は張りこみの匂いを感じとった。アパートの一階部分の、寺の境内を囲った塀の暗がりに四名、境内の内部にも四名、潜《ひそ》んでいる。張りこみの総数は、三班、十八名だから、あと十名が、同じアパートの、隣りあわせた部屋の内部などで息を殺しているにちがいなかった。

張りこみの現場指揮者は、十三班班長、本庁一課の、矢木《やぎ》という警部だった。矢木は、砂上の部屋と隣接する二〇四号室にいた。

アパートの階段下にいた刑事からそれを教えられた鮫島は、二〇四号室の扉を叩いた。

むろんまだ砂上は、現われていなかった。

アパートは各階四室で、二階の奥から、二〇一、二〇二、二〇三、二〇四、となっている。二〇四号室は、階段にもっとも近い部屋だった。

「はい」

若い男の不安そうな声が、すりガラスをはめこんだ合板《ごうばん》の扉の向こうから答えた。

「新宿の鮫島と申します。そちらに矢木さん、いらっしゃいますか」

ドアが開いた。男たちの体臭がこもった、むっとする匂いが内部から流れでた。ドアを開けたのは、十八くらいの、ジーンズをはいた若者で、入口に近い板ばりの台所では、防弾チョッキをつけた四名の男たちがあぐらをかいていた。

矢木はそのはしにいた。ごま塩の髪を短く切り、柔道選手のような体つきをしている。半袖の白いシャツの上に防弾チョッキを着け、左腰に拳銃をさしていた。

「どうしたんだ？」

若者がドアの前をどくと、矢木は鮫島を見あげた。携帯受令器のイヤフォンを左耳にさしこんでいる。右手には、それとは別にデジタル無線器があった。デジタル回線の、本庁通信を受信するためだ。

鮫島が、本部の指示でここに来たのではないことは、矢木にもわかっていた。

「部屋をちょっと見たいのですが」

鮫島は中に入ると、うしろ手でドアを閉めた。

「なんで？」

「丸被《マルヒ》が今日、誰のコンサートにいってるか確かめたいんです」

鮫島はしんぼう強くいった。時刻は、六時五十分になろうとしている。

「コマじゃないのかい。そう聞いたけど」

「それを確認するために」

矢木は不審そうに鮫島を見つめた。

「本部は知ってんの？」

「いえ」

矢木は息を吐いた。

「ま、いいや。短時間にしてくれよ」

矢木はスラックスのポケットから鍵をとりだし、鮫島に手渡した。鮫島は頷いた。

「感謝します」

鍵を手に二〇四号室を出て、二〇三号室のドアにさしこんだ。手袋をはめ、懐中電灯をヒップポケットからぬきだした。

室内は、二〇四号室と同じ、一Kの作りだった。入って左手に流し台があり、その先にトイレがある。板ばりの台所の広さは三畳くらいで、奥に六畳の和室があった。内部は閉めきってあるが、それでも二〇四号室に比べると、まだ涼しい。張りこみに協力した、二〇四号室の住人であるあの若者はさぞ閉口しているだろう、と鮫島は思った。

靴をぬぎ、室内にあがった。六畳間にシングルベッドと、小さな卓袱台《ちゃぶだい》がおかれている。本棚があって、文庫本ばかり数十冊とマンガがおさめられていた。かたわらに、テレビとビデオデッキ、ミニコンポがある。

鮫島はライトでさっと室内の壁を照らした。隣室、二〇四号室との境の壁に押入れがあった。押入れの襖に、女性ばかりのロックバンドSHOW—YAのポスターが貼られている。室内に、食物の匂いは思ったほどしなかった。砂上は、食事をほとんど外食ですませていたようだ。

鮫島はミニコンポの方角に歩みよった。テレビ台のラックにビデオデッキが収納され、その下にビデオテープとCDのケースがあわせて十くらい入っている。かたわらで、金色のものが光を反射した。鮫島は顔を近づけた。

五本の薬莢が並んでいた。三〇—〇六の薬莢は、長さが六センチ以上あって、鮫島の小指とほぼ同じくらいある。先端の、弾頭をさしこむ部分から約一センチがくびれて細くなっていた。

本部は捜査令状の執行に、アパートの管理人か大家を立ちあわせたのだろうが、砂上の帰宅にまにあわなくなるのをおそれて、証拠品の押収を、身柄確保後におこなうことに決めたのだった。

薬莢は縦に一列、きちんと並べられていた。

鮫島はラックのガラス扉を開いた。薬莢にふれないよう注意しながら、CDのケースをとりだした。

歌謡曲、ロックとわかれているが、すべて女性歌手のものだった。

ミニコンポに向き直った。CDプレーヤーにダブルカセットを内蔵したものだった。一番上からチューナー、カセットデッキ、CDプレーヤーと重ねられ、両わきにスピーカーがセットされている。チューナーの上に、カセットテープのケースが二十数本、きちんと並べられていた。

ケースを照らした。ほとんどインデックスの記入はなかった。「松任谷由実《まつとうやゆみ》」や「吉田《よしだ》美奈子《みなこ》」と記されているのは、古そうなテープだ。「松樹由利」の名はない。

動こうとして、何かが鮫島の爪先にあたった。ライトを向けると、ヘッドフォンコードを巻きつけたウォークマンだった。

ひろいあげ、エジェクションボタンを押した。中にはテープがおさまっていた。テープをつまみだし、インデックスを見た。ま新しいテープのようで、書きこみはない。テープを戻し、電源をオンにした。

砂上は、最後に何を聞いて、部屋を出ていったのだろうか。鮫島はヘッドフォンを左耳にあてた。

途中でストップしていたサウンドがヘッドフォンから流れだした。音量はさほど大きくなかったが、鮫島の体は凍りついた。

「………」

声が台所から聞こえた。不安になった矢木が見にきたのだった。鮫島は素早くテープを止め、ヘッドフォンを外した。全身に冷たい汗が噴きだしていた。頭から血がひくのがわかった。

鮫島は台所へと向かった。入口に矢木が立ち、部屋の中をのぞきこんでいた。鮫島が近づくと、ライトで顔を照らした。

「何やってんだ。いったい――」

言葉が止まった。鮫島の顔色の変化に気づいたのだった。

「悪かった。もうすんだ」

鮫島は鍵を矢木に返した。一瞬だが、スピーカーから流れだした、晶の歌声が左の耳にこびりついていた。

「新宿に戻るのか」

廊下にでると、矢木が訊ねた。鮫島は頷いた。腕時計を見た。七時になろうとしていた。

歩きだしかけ、鮫島は立ち止まった。矢木の無線で本部に連絡を入れ、コマ劇場ではなく、TECホールに警備陣を送りこむことを考えたのだ。

だが、コマ劇場で指揮をとっているのは香田だった。しかも、香田はコマ劇場に確信を抱いている。それを無線による説得でくつがえすのは、容易ではない。砂上が、松樹由利ではなく晶を狙うといっても、その確率は五分五分にすぎない。どちらも狙われない可能性だってあるのだ。もしTECホールに警備陣の半分をうつし、そのために、コマ劇場、あるいはそれ以外の場所での犯行を防げないようなことになれば——香田でなくとも、現場の指揮官は、そう考え、迷う筈だった。

せめてもの望みは、TECホールが、コマ劇場より歌舞伎町の奥に位置することだ。TECホールに向かう砂上が、コマ劇場周辺に配置された警官に発見されるかもしれない。

何よりもTECホールに連絡して、晶をステージに立たせないことが先だった。

「矢木さん、本庁から入電です」

二〇四号室から、刑事が呼んだ。砂上がつかまったのでは、鮫島は思って、矢木のあとについて二〇四号室に入った。

「はい、十三班、矢木です」

矢木は無線器を受けとると、イヤフォンを耳にさしこんだ。

「はい……はい……了解しました」

矢木はそう返事を送りこみ、イヤフォンをぬいた。

「確保しましたか？」

のびあがって様子を見守っていた、刑事のひとりが訊ねた。鮫島も同じ思いだった。そうあってくれ。

「丸被は、今度はどういうわけか、丸Bを襲った。三十分前、花井組の歌舞伎町本部で、エレベーターに乗ったチンピラがひとり、頭を撃たれて死んだそうだ。エレベーターの壁からぬいた弾丸が、三〇—〇六ライフル弾で、丸被の銃と一致した」

まちがいなかった。砂上は、警官で始まった殺しを、今日のライブで終結させるつもりだ。警官を殺しつづけ、自分を殴ったチンピラを殺し、そして最後に、すべての始まりとなったライブを襲う。砂上は、事件をさかのぼっている。

鮫島の勘が、そう告げていた。

「電話を拝借できますか？」

鮫島は、二〇四号室の主である若者に向きなおった。

「それが――」

若者はなさけなさそうな顔になった。

「電話代払わなかったので、止められちゃってるんです。仕送り待ちで……」

鮫島は二〇四号室をとびだした。第二弥生コーポの少し手前に、公衆電話があったのを覚えていた。鉄の階段を駆けおり、表に出ると走り始めた。

緑色の公衆電話があった。若い、ジャージの上下を着けた男が受話器を手にしている。

鮫島は走りながら、警察手帳をひきぬいた。

「申しわけない。緊急の用件で、電話を使わせて下さい」

若い男はびっくりしたように退いた。

「どうぞ」

幸いなことにTECホールの番号は、手帳に控えてあった。腕時計を見る。七時八分すぎだった。

若者の使っていたテレフォンカードをすぐそのままさしこみ、TECホールの番号を押した。

話し中、だった。

もう一度、ボタンを押した。やはり話し中だった。受話器を戻し、礼をいうのもそこそこに、鮫島は走った。

車にたどりつくと、急発進させた。新宿に戻るには、本郷《ほんごう》通りにでて、山手《やまて》通りに合流し、渋滞する青梅《おうめ》街道をさけ、栄町《さかえちよう》通りで西新宿に出るほうが早い。

本郷通りを走り、山手通りにぶつかった。左に曲がれば青梅街道、右に曲がれば方南《ほうなん》通りの延長である栄町通りと、交差する。

ところが、右の内回りが渋滞していた。むしろ青梅街道に向かう左のほうがすいている。

鮫島は、このときほど自分の車の通常装備を呪ったことはなかった。反対車線を逆走行しようにも、BMWには、サイレンを積んでいないのだ。

ハンドルを左に切った。青梅街道に向かう。だが、ほんの四、五百メートルで渋滞に突入した。渋滞は、山手通りと青梅街道が交差する、中野坂上《なかのさかうえ》の交差点からずっとつながっている。信号二回待ちは、あたり前の状態だった。

鮫島はハンドルを殴りつけた。ハザードをつけ、BMWを左車線によせた。

一五〇メートルほど先の、中野坂上交差点には、地下鉄丸ノ内《まるのうち》線の駅がある。中野坂上の次が新宿駅だ。

BMWをおりた鮫島は、再び走りだした。ハザードがつけっぱなしのBMWは、駐車禁止区域に停止していたが、もはやかまわない。

一五〇メートルを全力疾走し、中野坂上の地下鉄入口の階段を駆けおりた。

改札口に公衆電話があった。向かおうとしたとき、列車がプラットフォームに入ってくる音が響いた。池袋《いけぶくろ》行だった。警察手帳をぬき、改札口を通って、開いたドアにとびこんだ。

22

全身が汗で濡れていた。

ほんの数分だ、数分で、新宿に到着する。鮫島は自分にいいきかせた。

七時二十分。少し遅れて始まるとしても、晶は一曲目をうたいだした頃だ。

鮫島は目を閉じた。ドラムとギター、ベースで始まる前奏、晶がマイクを手にステージにおどりあがる。

砂上は、いきなり晶を撃つだろうか。

いや、そんなことはしない筈だ。砂上は「フーズ・ハニイ」のファンなのだ。ライブに出かけ、自主製作のテープを買うようなファンなのだ。

目を開いた。扉に手をつき、ガラスにうつった自分を、鮫島は見つめた。髪がべったりと額にはりついていた。目に、いらだちと怒り、そして恐怖があった。

十四歳年下の恋人。警察官とロックシンガー。

鮫島は怯えていた。晶を失う恐怖に、心底、怯えていた。

砂上は、歌を聞くだろう。晶の歌を。聞かずにはおれない筈だ。晶は今、のっているうたうことに、すべてを燃やしている。その晶の歌を、一小節も聞かずに終わらせてしまうことなど、できない芸当だ。腹の底いっぱいから息を吐きだし、喉をふるわせ、思いのありったけを叫びにかえて、ドラム、ギター、ベース、キィボードからなるサウンドにぶつけていく。リズムをからめ、ビートを叩き、シャウトして耳をひきつける。

全身から汗と情熱をほとばしらせ、炎のような歌声で空気をひき裂き、客の胸をつき通す。小さな体は、ステージにおどりでたが最後、決して止まることを知らず、動きつづけるだろう。

ギターと目をあわせ、ベースに背中を預け、キィボードによりそい、ドラムに胸をそらす。そして、観客の目を一身に釘づけにし、自分とともに踊り、叫ぶことを要求するだろう。

ライブ会場全体が、大きなうねりとなって揺れ動き、晶にひきずり回されている。ノーブラのコスチュームの下から、今にもとびだしそうになる、あの「ロケットおっぱい」に何百という目が、吸いよせられているのが見えるようだ。

鮫島は歯をくいしばった。砂上は撃たない。決して撃たない。最後の、アンコールの曲が終わるまでは。晶の、きてくれた人々に対する、お礼の挨拶が終わるまでは。

鮫島は息を吸いこんだ。泣くのをこらえようとするときのように、喉と胸の間で、息が詰まった。

晶、約束を守るべきだった。「こなかったら、百十番してやる」、あの言葉を本当に実行してくれていたら。

鮫島は、携帯受令器をＢＭＷにおいてきたことに気がついた。携帯受令器をもっていれば、ひょっとして砂上がコマ劇場のそばでつかまった、という知らせを聞くことができるかもしれない。

窓ガラスの外が、不意に明るくなった。新宿駅の構内に列車が走りこんだのだった。

ぎっしりと詰まった人波をかきわけ、鮫島は階段を駆けのぼった。通路も、改札も人で溢れている。頭のつらなりは、歌舞伎町方向に向かう、東口出口まで、その上を歩いていけるのではと思うほどだった。

通路を走った。アベックを押しのけ、年よりをつきとばしそうになり、乳母車《うばぐるま》をひっかけそうになりながら、鮫島は走った。改札口をぬけると、売店のよこに公衆電話があった。だがそこは使っている者、待っている者で、列ができている。

東口にでる階段をめざした。公衆電話は、たいてい目につく場所にあるものに利用者が集中する。使われる公衆電話は決まっているのだ。

同じ構内にありながら、少し目立たない場所にある公衆電話は、ほかが並んでいるときでも、使われなかったりする。いくつかある、地上への階段のひとつ。その裏側にも、二台の公衆電話があり、今、ひとつが使われていなかった。

並んだ左側の電話には、紺のスーツを着けた小柄な男が立っている。こちらに背中を向けるようにしているが、右耳を受話器につけ、ときおりあたりを見回していた。

鮫島が駆けよると、男は何かに驚いたように、受話器をとり落としそうになった。鮫島はそれには目もくれず、右側の電話の受話器をつかんだ。

受話器を左耳におしつけ、硬貨を入れ、TECホールの番号を押す。

今度は、呼びだし音が鳴った。よし、早く出ろ、出るんだ。

「はい、TECホールでございます！」

「フーズ・ハニイ」の激しいサウンドと叫ぶような男の返事が、同時に耳にとびこんできた。よかった。まだ、演奏はつづいている。

「私は鮫島といいます。緊急の用件で、晶さんと話したい」

「おそれいります！　演奏中はお客さまの呼びだしは、できないんですが！」

男は、サウンドに負けないよう、けんめいに大声をあげ、喋っていた。

「客じゃない！　今、演奏している、『フーズ・ハニイ』のヴォーカルの晶さんだ！」

「えっ。それは、無理です。ステージは、九時に終わりますから——」

「それまで待てない！　私は警官だ！」

ガタッという激しい響きが、左側でした。右耳が使えないので、左耳に受話器をおしつけている鮫島にも、その響きは感じとれるほどだった。鮫島は横を見た。

スーツを着た男が、目と口を大きく開け、あとじさっていた。響きは、受話器を叩きつけるようにして切った音だった。

男は、驚きと恐怖のまじった表情で鮫島を見つめていた。三十七、八歳くらいの、若はげの男だった。スーツ姿は、慣れていないのか、年のわりに、ネクタイの結び方が下手だった。

男の口が動いて、何かをいった。「けいさつ」といったような気がしたが、はっきりとはわからない。鮫島の左耳には、ロックサウンドとＴＥＣホールの男の声が流れこんでいた。

「警察!?　イタズラはやめて下さい」

「イタズラじゃない！　緊急の用事なんだ！」

「とにかく！　演奏が終わるまでは、無理です！　九時になったら、もう一度、連絡をして下さい！」

ＴＥＣホールの男は電話を切った。鮫島は受話器をおろした。これでよかったのかも、しれない。もし、演奏途中で晶がステージをおりるようなことがあれば、砂上は異変に気づく。

鮫島は目をあげた。スーツの男が人ごみに向かって駆けだしていた。忘れものと覚しいショルダーバッグが、公衆電話の横にあった。

男の姿が地下街の人ごみに呑まれると、入れかわりにふたりの制服警官が走ってくるのが見えた。まっすぐに鮫島を目ざしている。

ふたりとも、新宿駅東口交番の巡査だった。ふたりは鮫島の姿に気づくと、驚いたように立ち止まった。

「鮫島警部！　今、この公衆電話を使われておりましたか」

「こちら側だ」

いってから、鮫島は何があったのかを理解した。

「『エド』か」

「はいっ」

巡査は頷いた。鮫島は男が消えた方角を見つめた。土曜の夜の人ごみが、すべてを呑みこんでいた。

「年齢三十七、八歳くらい、紺の上下、眼鏡使用、身長一六〇センチ。それに、これが遺留《リユウ》品だ」

鮫島はバッグを指さした。巡査はただちに受令器のマイクに「エド」の特徴を送りこみ、手配を始めた。

「三十七、八歳くらい、でありますか？」

もうひとりの巡査が驚いたようにいった。回覧では、「エド」は二十代の若者、とされていたのだ。

「そうだ」

いいすてて、鮫島は歩きだした。

「警部、どちらへ。コマですか？」

巡査の声に、鮫島は足を止めた。

「かんだのか、奴を」

「まだです」

声をかけた巡査は首をふった。

「来い」

鮫島はいって走りはじめた。二人の巡査は、あっけにとられたように、鮫島を見送っていたが、

「来い！」

鮫島が再び怒鳴ると、走りだした。片方は、手袋をした手に、「エド」の遺留品であるバッグをかかえていた。

鮫島はまっすぐ地下街に向かった。地下街サブナードをぬけて、新宿通り、靖国通りを地下からつっきる。地下街にもかなりの人間がいたが、信号がないぶん、はるかに早く歌舞伎町方面に進むことができた。

サブナードの正面つきあたりの階段を、鮫島は駆けのぼった。靖国通りに面した歩道に出た。歌舞伎町一丁目だった。鮫島はそのまま走りつづけた。コマ劇場の入った新宿東宝会館にぶつかるまでの一方通行路は、人で埋まっていた。

そこここに非常配備された警官たちの姿を見た。制服もいれば私服もいる。いつもなら幅をきかせているやくざやチンピラの姿はまるきりなかった。そのなりのひそめかたは、先月十日の、あの日以上だった。それは、制服警官の数もさることながら、辻々《つじつじ》に立って目を光らせている私服刑事のせいだった。ふだんでも、私服刑事の警らがないわけではない。特に防犯課の刑事たちによる警らは、毎日のようにおこなわれる。だが、今日は特別だった。新宿署中、いや東京中の私服刑事が集まったのではないかと思えるほどの数の私服刑事が、歌舞伎町の街には散っていた。目ざとくそれを見つけた、やくざやポン引き、スリなどは、あとかたもなく姿を消していた。

それでも、土曜の夜、新宿歌舞伎町に流れこむ人間の数を考えれば、微々《びび》たるものだった。歌舞伎町の広さは、わずかに〇・三四平方キロ、だが、そこには二千軒以上の飲食店が看板をかかげ、一晩に訪れる人間は、こうした週末には四十万人にのぼる。たとえ千人の刑事、警察官が張っていたとしても、その比率は、四百対一だ。四百人の中から、一瞬にしてひとりを捜しだす作業は、たとえ対象が自分の妻や子であっても不可能である。

東宝会館の前まできたとき、思わず鮫島は足を止めた。コマ劇場の入口から、東宝会館全体をぐるりととり巻くように人間の行列ができていた。行列はゆっくりとコマ劇場の中に進んでいる。

入口のところに無線をもった刑事の集団がいた。それを見て、何がおこなわれているか、鮫島は悟った。

主催者との話しあいで、公演を中止できなかった香田らが、全入場者のチェックを命じたのだ。コマ劇場の収容人員は二千三百名にも及ぶ。中止要請に失敗し、話しあいでこのチェックを決めたからには、おそらく開場時間はすぎていたのだろう。それから入場を開始したために、まだ来場者全員が、劇場内に入りきれていないのだ。

最悪だった。歌舞伎町広場周辺の張りこみ捜査員の目は、ほとんどこの行列に向けられている。途中、逃げだす者はいないか、挙動の不審な者は、と、コマ劇場に近づこうとする人間ばかりに注意を奪われているのだ。

TECホールのあるTEC会館は、そのコマ劇場とは、通りを一本へだてただけの位置だ。にもかかわらずTEC会館は、コマ劇場の裏側にあたり、風林会館《ふうりんかいかん》などのある区役所通り方面からは、歌舞伎町広場を経由せずにいきつくことができる。しかも、皮肉なことにコマ劇場と背中あわせに、新宿署歌舞伎町交番があるのだ。

TEC会館は、歌舞伎町交番の、通りをはさんだ斜め向かいにある。が、歌舞伎町交番の方がコマ劇場にはより近い。TEC会館の地下二階にあるTECホールの、入口階段は、交番からは死角《しかく》になる、建物横手にあるため、入っていく人間の姿は交番内部からチェックしようがなかった。

鮫島は大きく深呼吸した。今のところ、TEC会館の方角で、騒ぎのおこった様子はない。

行列を迂回《うかい》し、歌舞伎町広場をつっきって、鮫島はTEC会館の方角に進んだ。二人の巡査も、困惑《こんわく》の表情を浮かべながらも、あとをついてきている。

TECホールにつづく階段は、地下一階の踊り場で向きをかえている。その踊り場に立つと、鮫島はついてきた巡査たちをふりかえった。踊り場に立っているだけで、「フーズ・ハニイ」のドラムが叩くビートが足に伝わってきた。

「よし、君らの名前を聞こう」

鮫島は、足もとに見えるTECホールの入口扉に注意を向けながらいった。

ふたりの制服警官は顔を見あわせた。ショルダーバッグをかかえていたほうがいった。

「渡辺《わたなべ》巡査長であります」

年齢は三十くらいだった。

こちらは渡辺より、二、三歳若かった。鮫島は息を整えるために、もう一度深呼吸した。

ふたりの巡査も息を荒くしている。

「君らは、ひょっとしたら階級特進のチャンスをつかむかもしれん」

二人は目をみひらいた。

「どういう意味でしょうか」

渡辺が訊ねた。

「この下にあるライブハウスに丸被がいる可能性がある」

「まさか!」

阪江が肩に吊るした受令器のマイクに手をのばした。

「おちつけ」

それを止めて、鮫島はいった。

「まだ、いると決まったわけじゃない。それに警官隊がなだれこんでみろ。下には百人以上の客がいて、パニックになる」

もし砂上がTECホールにおらず、そうと知らずに警官隊をひきつれた自分がステージに突入したら、晶は絶対に許さないだろう。皮肉な考えが鮫島の頭に浮かんだ。ライブをぶちこわした罰は、絶交か、それとも酒壜で一撃か。

このふたりは暴行傷害の現行犯で晶を逮捕することになる。

だが、それならそれで、晶は、ライフルの的にならずにすむ。晶を助けるためなら、今の自分は何でもやる——鮫島は思った。

「どうすればいいんですか」

渡辺が訊ねた。

「まず、ここにいるんだ。丸被の写真はもってるな」

ふたりは頷いた。

「丸被は、写真よりも髪が長く、痩せている。背は高い。俺より高いくらいだ」

阪江が喉を鳴らした。緊張で顔が白っぽくなっていた。

「俺が先に中に入る。出入口の階段はここしかない。エレベーターもあるが、演奏中は使用できないことになっている。奴が中にいたら、出てきて合図を送る。もし、俺が入って、五分たっても出てこなかったら、入ってきてくれ。気をつけろ、そっと入ってくるんだ。油断せずにな」

渡辺が拳銃ケースのカバーを外した。渡辺の顔つきもかわっていた。

「やたらにぶっぱなすな。中にはおおぜいの人間がいる。パニックになったら、収拾は不可能だ」

「わかりました」

「俺が合図をしたら、応援を呼んでいい」

「はい」

鮫島はふたりの顔を交互に見た。頷いて、階段を下った。扉の前に立つと、腕時計を見た。七時四十分になっていた。

晶の歌声が、扉ごしに聞こえた。鮫島は踊り場のふたりを見上げ、時計をさして、指を広げてみせた。今から五分、というジェスチャーだった。

扉を押した。

熱と音が、ハンマーのように顔に襲いかかった。ギターがソロに入ったところだった。晶が、正面の八坪くらいのステージの上で激しく踊っている。スパンコールをちりばめた紫のタンクトップに、同じ紫のショートパンツという格好だった。胸の汗がスポットライトを反射している。

ぎっしりと客席は埋まっていた。すわっている者はひとりもいなかった。肩と肩をぶつけあうように、リズムにあわせて踊っている。ギターのアドリブパートが耳をつんざくような高音で、人いきれと汗で熱せられた空気を切りきざんでいた。

観客の数は、全部で百五十名といったところだ。

「チケットはおもちですか!?」

入口のほんの狭いスペースに椅子とテーブルをおいた、受付の少女が叫んだ。

「鮫島だ。晶から預かってないかい」

鮫島はステージの方を顎で示していった。娘は大きく頷いた。

「聞いてます！　もうほとんど満員ですけど、どうぞ！」

ギターソロがひき、ベースがチョッパーをかなで始めた。客席の前方で叫びがあがった。晶が爪先でリズムをとりながら、ベーシストに近づく。腰をおとし、胸をゆすりながら、舌なめずりしてベーシストの顔を見あげた。汗がとびちり、スポットの光で小粒の真珠のようにきらめいた。

鮫島は観客席の中央通路に入った。客席は中央通路をはさみ、左右に六席ずつ、十列近くがあった。全席自由席だが、完全に満員で、しかもそれを越える数が入っている。中央通路にもはみでた観客が立ち、踊っていた。

晶がベーシストのかたわらを離れ、ドラムをふりかえった。ドラムが猛烈なテンポでリズムを刻みだした。テンポはどんどん早くなり、キイボードがからんで、ギターとベースが同時に入った。

おおっというどよめきがあがった。鮫島はめまいを感じた。「ステイ・ヒア」のイントロダクションだった。

口がからからに乾いていた。額から伝った汗が目に入る。

長身の姿を捜した。全員の目がステージに注がれ、ステップを踏み、肩を動かし、頭をふっていた。

鮫島はじょじょに最前列に近づいていった。観客の六割は男だった。典型的なパンクもいれば、あたり前な感じのする若者もいる。

『Get Away！』

晶が叫んだ。バックコーラスが叫ぶ。

『Get Away！』

コーラスに観客があわせて叫んだ。以前に聞いたときより、はるかにギターのサウンドが〝重く〟なっている、と鮫島は思った。

『皆はいう　早く立ち去ったほうがいい！』

最前列に立つ観客のうしろ姿が見えてきた。最前列の左はしにひときわ高い頭があった。

鮫島は立ち止まった。

『ここは　街のどんぞこだ　泣き叫ぶ声　夜ごと　夜ごと』

長めの髪はさっぱりと切り落としていた。麻のこざっぱりとしたジャケットにジーンズをはいている。右肩に黒い吊りヒモが見えた。

『Get Away！』

『Get Away！』

『皆はいう　早く立ち去ったほうがいい！　ここは街のどんぞこだ　嘆き悲しむ　今日も

明日も』

皆が熱狂していた。早いビートで、しかもブルースの雰囲気をかもす「ステイ・ヒア」は、「フーズ・ハニイ」のオリジナルナンバーの中でも、もっとも人気があった。

だが男のうしろ姿を見た瞬間、鮫島の左耳からサウンドが遠のいていった。晶の叫びも、ギターの切りこみも、ベースのうねりも、キイボードのむせびも、ドラムの刻みも、消えていた。

男の頭が揺れていた。鮫島は見つめつづけた。男が右肩に吊るしているものが何であるか見きわめたかった。だが男より前にでるのは気づかれる危険をおかすことであり、そして何より、もうそれより前に進むことはできなかった。中央通路の最前列、スポットライトの輪の中に入ってしまうスペースで、踊り狂っている男女のグループがいたのだ。すでにある「フーズ・ハニイ」の〝追っかけ〟たちだった。

男は完全に「ステイ・ヒア」に聞きいっているように見えた。頭だけでなく、小刻《こきざ》みに肩も動いている。

一番が終わりに近づいていた。晶がひき、ギターが前にでた。男の右手が吊りヒモにかかった。

鮫島は目をいっぱいにみひらき、爪先を立てて、男の右手を見た。ちょうど男の右肩から下を背中でおおいかくしていた手前の席の女が、大きく腰をゆらし、一瞬、その手もとが見えた。

ちがった！

見えた瞬間、そう思った。男が肩から吊るしていたのは、携帯電話《ショルダーフォン》だったのだ。黒くて薄い四角形の箱に受話器がのっている。

ちがったのだ。あの男は、砂上ではなかった。鮫島は視線を男の背中からはがし、右側に移した。

そのとき、不意に、木津の〝工房〟で見た鉄棚が脳裏によみがえった。木津が盾にして、その内側から銃を発射した、あの鉄棚だ。さまざまな段ボール箱が積まれていた。いちばん下の段に傘の細長い箱がいくつもあり、その上にビデオテープの箱、そして、ひとつ大きな箱があってそれにはＮＴＴの文字が入っていた。

鮫島はくるりとふりかえった。男もちょうど背後をふりかえったところだった。携帯電話を肩から外し、両手でつかんでいる。

揺れる肩ごしに、鮫島は男と目をあわせた。砂上幸一だった。暗い目は、鮫島に気づかなかったように視線を入口の方向へと、とばしていった。

そして、その目が大きくみひらかれた。

鮫島は肩ごしに入口をふりかえった。渡辺と阪江の制服が視界のすみに入った。

『Get Away　皆はいう　早く出てったほうがいい　ここは　闇のどまん中　泣き叫ぶ声

夜ごと　夜ごと――』

砂上は、携帯電話を横にして、高くもちあげた。そのバッテリーボックスの底が、入口の方角を向いていた。

鮫島の右手が拳銃をひきぬいた。天井に向け、引き金をひいた。サウンドをふきとばす轟音と炎が、ニューナンブの銃口からほとばしった。

「ふせろーっ」

鮫島は叫んだ。悲鳴がいっせいにあがり、観客たちが椅子に倒れこんだ。携帯電話の下の部分から炎が走った。鮫島は反射的に首をすくめた。銃弾がどこにとんだかはわからなかった。

首をすくめながらも、鮫島は両手をいっぱいにのばしてつかんだニューナンブを砂上に向けていた。

「すてろ！　すながみぃ！」

砂上が裂けるほど目を広げ、鮫島を見つめた。そしてさっと首をひねり、ステージ中央で凍りついている晶を見た。

鮫島の右手の親指がニューナンブの撃鉄をおこした。シリンダーが回り、撃鉄がひきあげられた位置で固定された。木津が「できそこない」と呼んだ、三八口径の短銃身リヴォルバーの照門《しょうもん》と照星《しょうせい》が一直線に、砂上の胸を狙っていた。

砂上の目が、激しく鮫島と晶の間をいきかった。最後に晶で止まり、携帯電話をさしだすようにそちらに向けた。右手の指が、携帯電話の横腹についた奇妙な突起《とっき》にかかっていた。鮫島は引き金をひいた。

今度はまともに炎が砂上に向かって噴きだすのが見えた。ドン！　という銃声は、ステージに反響した。砂上の体が、肩を殴りつけられたように一回転して、ステージの袖にぶつかり、倒れた。再び悲鳴があがった。

「救急車！」

鮫島は背後もふりかえらずに叫んだ。客席の下で震えている〝追っかけ〟をまたぎこえ、砂上に近づいた。

砂上は左肩を下に、足をねじるようにして倒れていた。携帯電話は、そのわき腹の下じきになっている。

右肩に血の染みが広がっていた。

「砂上！　聞こえるか!?」

鮫島は呼びかけた。砂上は目を開き、かすかに頷いた。弾丸は、右肩の骨を砕いたところで止まったようだった。口から血はこぼれていない。肺には達していないのだ。

「できそこない」は、鮫島の手の中ではねあがり、狙いより上に弾丸を命中させたのだった。

鮫島は、砂上のかたわらにひざをついた。

砂上が目を動かし、鮫島を見た。頬に、薄れかけたアザの跡があった。

「俺を覚えているか？」

鮫島は呼びかけた。

「覚えているか⁉」

砂上はつらそうに瞬きし、鮫島を見つめた。小さく首をふった。覚えていないのだ。

「救急車がすぐにくる。気をしっかりもつんだ」

鮫島はいった。砂上は頷いた。鮫島は立ちあがり、砂上の放った第一弾がとんだ方角を見た。渡辺がこちらに、ぎくしゃくとした足どりで歩いてくる。

壁ぎわに吊るされたスピーカーに、穴が開いていた。スピーカーを貫通し、その向こうのコンクリート壁を削っている。鮫島は、ほっと息を吐き、ステージを見あげた。晶があっけにとられたように、鮫島を見おろしていた。大きく胸を上下させている。

「まさか……まさかね……」

晶はいって、信じられないというように首をふった。動悸《どうき》がおさまらないようだった。

「本当に、お巡り連れて、乗りこんでくるとは、思わなかったよ」

23

どこをどう走ったか、彼は覚えていなかった。だが、気づくとサブナード地下街にいた。そして、あの男がふたりの制服警官を従えて走ってくる姿を見たときには、体が凍りついた。

本当に刑事だったのだ。ま横で喋っていた包帯の男は、本物の警官だったのだ。

三人は、自分をつかまえるために走っているのだ。そう思い、彼は観念した。

しかしちがった。三人は、彼の目の前を駆けぬけ、階段をのぼって、地上に出ていった。

何かがあったのだ。大きな、何かが。

彼は「マークス・マン」で時間をつぶしたあと、もう一度、あそこから捜査本部に電話をかけたのだった。だが、香田警視はいなかった。

彼は腹がたった。せっかく、犯人が、元警官か、元自衛隊員であるという、とっておきの推理を聞かせてやったのに。

彼自身は、もう二十年も前に、警察官採用試験を受けようと思いたち、身長が足らずに落とされていた。

彼はつかのま躊躇《ちゅうちょ》した。三人が、大きな事件のために走っていったのは明らかだ。香田警視が捜査本部にいなかったのも、そのためかもしれない。

決心した。

三人のあとを追って、階段をのぼり、歌舞伎町の街に出た。

コマ劇場の周辺は、警官だらけだった。それを知ったとき、足がすくんだ。

彼は興奮と恐怖をおし殺し、三人の警官のあとを追った。今日のバイト、面接会場での人員整理のために着てきたスーツが、自分の姿を目立たなくしてくれると信ずることにした。

コマ劇場に犯人がいるのか。

三人は、しかしコマ劇場の前を通りすぎた。さっきのように走ってはいない。先頭の包帯の男は、早足で歩いている。あとをいく、ひとりの制服警官が手にしたバッグに気づき、再び彼は足が止まりそうになった。

彼のショルダーバッグだった。公衆電話の前から逃げだしたとき、忘れてきたのだ。中には、バイトの会場の地図と就職情報誌、それに手袋が入っている。

もう駄目だ。

彼は泣きだしたくなった。警察は、バイト先から自分のことをつきとめるだろう。

それでも、彼は歩いていた。三人がコマ劇場の先を折れ、歌舞伎町交番の斜め向かいにある建物に近づくのを見守った。

恐怖よりも、何が起きているのかを見届けたい気持ちが勝っていた。三人が、今は、自分ではなく、別の事件を追っていることは明らかだったからだ。

ＴＥＣ会館と看板のかかげられたビルの地下踊り場に三人はいた。彼は、階段の上から、そっと下の様子をうかがった。

やがて包帯の男だけが、地下二階の店に入っていった。制服警官ふたりが拳銃ケースのカバーを外すのを上から見て、彼は息を呑んだ。

もう、体は動かせなかった。

まちがいない。本物の犯人が、この中にいるのだ。二人の制服警官がいつでも拳銃を抜けるようにしたことが、それを証明している。そして、包帯の刑事も、きっと拳銃をもっているにちがいない。

制服警官ふたりは、地上から下をのぞきこんでいる彼に、まったく気づいていなかった。ふたりとも、緊張しきったように、刑事が入っていった店の扉を見つめている。

三人しかいないのか。三人で、連続殺人犯をつかまえようとしているのか。それとも、これから、わっと警官隊がやってくるのか。

制服警官が動いた。腕時計を見て、店の扉に手をかけた。

開いた扉から、激しいロックのサウンドが流れだしてきた。扉は、今度は、刑事が入っていったあとのように閉じられることはなかった。開け放ったまま、警官たちは中に入っていった。

叫び声、そして明らかに銃声とわかる、パーン、ドーンという響きが二発つづけて聞こえた。悲鳴がいっせいにあがり、音楽がぴたりと止んだ。

こらえきれず、彼は階段を駆けおりた。

開け放たれた店の扉をくぐった瞬間、怒鳴り声と銃声が交錯《こうさく》した。

正面のステージに、バンドをバックにした、きれいな女の子がいた。観客はすべて椅子におおいかぶさるように倒れこんでいる。

観客席で立っているのは、二人の制服警官と、そしてステージに近いところで、拳銃をかまえた包帯の男だけだった。

「救急車！」

包帯の男が叫んだ。

やった……彼はつぶやいていた。やった、やった、やった……。

ついに、犯人逮捕のその瞬間に、彼はいあわせたのだ。

通路に立つ制服警官のひとりが、くるりと向きを変え、彼のほうに駆けだしてきた。彼には目もくれず、店の外へとびだしていく。

包帯の男が、ステージのすぐそばに倒れた男にかがみこみ、何ごとかを話しかけていた。その内容までは聞きとれない。だが、真剣で懸命なその横顔は、彼の心に刻みこまれた。あの刑事がつかまえたのだ。あの刑事が、犯人を撃ち倒したのだ。あの刑事がヒーローなのだ。

そしてあの刑事と自分は、すぐ隣りあわせて、電話をかけていたのだ。

あとは犯人の姿をひと目、見たかった。自分の推理どおりなのか。元警官か元自衛隊員という、自分の想像があたっていたのか、それを見届けたかった。

彼は、身を起こし始めた観客を縫い、吸いよせられるように、ステージに近づいていった。

残った制服警官と包帯の刑事が、倒れている男にかがみこんでいる。

刑事は、ステージの女の子と、何ごとか言葉を交した直後だった。

倒れているのは、背が高く、髪の短い、若い男だった。ジャケットの右肩が、血を吸って濃く色を変えている。

彼は、しゃがんでいる二人の警察官のすぐかたわらまで近よった。

彼が立った気配に、刑事が顔を上げた。刑事と彼の目が合った。

刑事は一瞬彼を見つめたあと、すっと視線をそらした。まるで彼のことを忘れてしまったかのようだ。

刑事の顔には、緊張と安堵、そして彼にはなぜだかはわからなかったが、悲しみに似た表情が浮かんでいた。

24

「本当にたまげたぜ」

事情聴取を終えて、でてきた晶が、新宿署の廊下で鮫島にいった。晶は、砂上の名を知らなかった。だが、顔はいくどか、ライブで見ていたという。

「ライブがぶっとんだな」

鮫島はいった。晶は何もいわず、ため息をつき、首をふった。鮫島はそっと、その手を握った。晶は強く握りかえした。小刻みに晶の体がふるえていた。

「今、今ごろになって、ふるえてきちゃったよ。あたしを殺そうと思ってたなんて」

「心中するつもりだったようだ」

「冗談きついよな」

鮫島は立ちどまり、晶を見つめた。

「何だよう」

晶は泣き笑いのような顔になって、鮫島を見かえした。

「よかったな、と思ってさ。お前の『ロケットおっぱい』のまん中に穴が開かなくて」

「ばかやろう」

晶は鮫島の胸に顔をおしつけた。そして、静かにすすり泣きを始めた。

「あんまり泣くと、ロッククイーンのハクが落ちるぞ」

「うるせえ」

「レコード会社は大喜びだろう。デビュー前に大宣伝ができたって」

「殺してやる」

晶は鮫島の首を両手でつかんだ。通りかかった刑事や制服警官が、あっけにとられたように立ちどまって見つめた。

「こら。こらっ」

鮫島はあわてて、晶の手をひきはがした。

そこに香田がいた。屈辱と徒労《とろう》にうちのめされ、しかも鮫島と晶の姿を見て、言葉もなく、立ちつくしていた。

鮫島が見つめているので、晶も香田をふりかえった。

「きたねえ、スタンドプレイやりやがって……」

呻くように香田はいった。足もとを見ていた。

「あんたが、コンサートのことに気がついたおかげだ」

鮫島は静かにいった。香田はのろのろと目をあげた。低い声だった。

「認めん。俺は絶対に認めんからな。お前のやり方は、警察官としては、あるまじき行為だ」

「確かにそうかもしれん。だが――」

「やかましい。もう二度とお前のツラは見ん。いいか、俺はお前をつぶす。必ずつぶしてやるからな」

晶がいきなり、中指をたてて香田の目の前につきつけた。制止する暇もなかった。

「ファック・ユー！」

香田の顔がまっ赤になった。今にも殴りかかりそうだった。だが、かろうじて自分をおさえこむと、くるりと背を向け、歩きさった。

「無茶するな。射殺されたいのか」

晶は、ふんと不敵に笑った。

「そうしたら、あいつ撃ち殺しかえしてくれる？」

「いくぞ」

鮫島は晶の手をひっぱった。帰る前に、よらなければならないところがあった。

防犯課の刑事部屋の前までくると、晶を廊下に待たせ、中に入った。

桃井がひとりだけ、課長席にすわっていた。鮫島が入っていくと、気のなさそうに机上の書類から目をあげ、見やった。

無言で、鮫島と桃井は見つめあった。

「御苦労さん」

桃井が抑揚《よくよう》のない声でいった。鮫島は頷いた。

「ありがとうございます、課長。帰宅してよろしいですか？」

「本部のほうはもう、いいのか」

「今日のところは」

「そうか」

桃井は小さくいった。書類に目を戻しかけたが、思いついたようにいった。

「木津の墓、決まった。倅《せがれ》の隣りにいれることにした。納骨式、明日やるが……」

「うかがいます」

桃井は頷いた。鮫島はいった。

「防犯課に、また御厄介になります」

「ああ」

桃井はいって、窓を見た。テレビ中継車のライトで、新宿署の正面は、こうこうと明るかった。

「鮫が防犯に帰ってくる、か。『新宿鮫』が……」

鮫島は頷いた。そして敬礼し、くるりと踵《きびす》をかえした。鮫島が刑事部屋のドアを開けても、桃井は窓のほうを見つめ、動かなかった。

鮫島はそっとドアを閉め、廊下を歩きだした。晶があとを追ってきて、訊ねた。

「誰と話してたんだよ」

「お巡りさ」

歩きながら、鮫島はいった。

「そんなことはわかってるよ。どのお巡りだよ」

晶はじれったそうにいった。鮫島は晶の肩を抱きよせた。晶は驚いたようだが、すぐに体を預けてきた。鮫島は答えた。

「新宿署で、最高のお巡りだ」

参考文献

『わが罪はつねにわが前にあり』松橋忠光・著　オリジン出版センター
『警備公安警察の素顔』大野達三・著　新日本新書
『日本の警察　警視庁vs.大阪府警』久保博司・著　講談社
『目黒警察署物語』佐々淳行・著　文藝春秋
『刑事長《デカチョウ》マル暴日記』『マル暴が行くヤクザが走る』本間新市・著　ベストブック
『警察はなぜあるのか』原野翹・著　岩波ジュニア新書
『警視庁のウラも暗闇』幕田敏夫・丸山昇・編著　第三書館
『欲望の迷宮』橋本克彦・著　時事通信社
『交番のウラは闇』松本均・著　第三書館
『巡査部長のホンネ手帳』幕田敏夫・著　第三書館
『日本警察腐蝕の構造』小林道雄・著　講談社
「別冊　Ｇｕｎ」「別冊　Ｇｕｎ　ＰＡＲＴ３」　国際出版株式会社

ほかにも他数、資料を提供してくださった方々、そして、光文社、佐藤隆三、渡辺克郎両氏には、たいへんお世話になった。

記してお礼を申しあげる。

ありがとうございました。

大沢　在昌

解説

北上次郎《きたがみじろう》
（文芸評論家）

さあ、お待ちかね、『新宿鮫』の登場だ。冒頭からラストまで、目《め》一杯《いっぱい》に緊迫感《きんぱくかん》がみなぎる警察小説の傑作であり、ストーリー構成から人物造形にいたるまで文句のつけようがないほど迫力に満ちた長編小説である。本書で、日本推理作家協会賞と吉川英治《よしかわえいじ》文学新人賞を受賞したのちにシリーズ化され、一九九四年にはこのⅣ巻にあたる『無間人形《むげんにんぎょう》』で直木賞を受賞したことも、今さら紹介するまでもない。その「新宿鮫」シリーズの、本書は輝ける第一作なのである。そういう作品であるから、十分に堪能《たんのう》できることは保証つきだ。これまで名のみ聞いていて、その内容を読んだことがなかったという読者諸兄姉《しょけいし》は黙って本書をお読みいただきたい。これ以上、私が付け加える言葉は何もない。

とは言っても、この文庫本をレジに持っていく前にもう少し説明というか紹介を読みたいという読者もいると思われるので、周辺の事情を少しだけ書いておく。

大沢在昌は一九七九年に『感傷の街角』で小説推理新人賞を受賞してデビューした作家である。当時、二三歳。ハードボイルドをこよなく愛する若きチャンドリアンの登場であった。愛するからこそ、悪戦苦闘《あくせんくとう》する。誠実であるから、より上の作品をめざしてぎくしゃくする。そのデビュー作から一九九〇年に本書を書下ろし刊行するまでの間に、著者は数多くの著作を発表しているが、その間の物語が時にぎくしゃくしていたのは、ハードボイルド小説に対するこの作家の誠実さの現われだったと思う。もちろん、その間に秀作がなかったわけではないが、デビュー一一年後の本書で大沢在昌はダイナミックに変貌《へんぼう》する。『新宿鮫』以降の作品は、それまでの悪戦苦闘が嘘《うそ》のように、『B・D・T〔掟《おきて》の街《まち》〕』『天使の牙《きば》』と傑作を連発し続けるのだ。この変貌は、まさしく「化《ば》けた」としか言いようがない。この作家の新作なら絶対に面白《おもしろ》いはずだ、という「信頼ブランド」が業界にはあるものだが、今や大沢在昌はそういう作家になっているのである。では、それほどまでにこの作家を変えてしまった『新宿鮫』とは何であったのか。なぜ読者はあれほど本書に興奮したのか。

本書は、拳銃《けんじゆう》密売犯を追う防犯課の鮫島《さめじま》警部の捜査活動と、警察官殺害事件を追う捜査本部の活動を、同時進行的に描いていく警察小説だ。脇《わき》にまわるのは、防犯課の課長・桃井《ももい》であり、ロックシンガーの晶《しよう》である。桃井は、家族を失った交通事故以来、無感動に勤務を続けている五二歳だが、本書では重要な役を振り当てられている。鮫島がこの桃井を評する本書のラスト一行を見よ。一方のロックシンガー晶は一四歳年下の恋人で、主人公の生き方、考え方を映す鏡の役割となっている。彼女もまた本書においては重要人物だ。ようするに、変人の上司が仕事のなかの鮫島を映し出し、恋人のシンガーが私生活の鮫島を映し出すというわけである。この二人を彫り深く造形し得たことが本書の成功の因《もと》のひとつだが、これに負けずに際立《きわだ》っているのは密造犯人・木津《きづ》の造形で、この不気味《ぶきみ》な肖像も印象深い。つまり、まずキャラクター造形にすぐれた小説なのである。

さらに、ストーリーもケチのつけようがない。都合のいい偶然と不必要な挿話《そうわ》がひとつもない、というわけではないが、改造された銃のかたちがわからないという小さな謎《なぞ》が効《き》いている。小説を読ませるのは大技《おおわざ》だけではないのだ。こういう細部がひとつずつ決まっているから物語もしまってくる。

しかし、もしそれだけのことなら、人物造形にすぐれた、面白い警察小説だったなという記憶だけで、本書は忘れられてしまった危惧《きぐ》もある。『新宿鮫』を忘れられない作品にしたのは、実はたったひとつの設定だ。

本書の主人公・鮫島は新宿《しんじゆく》署で孤立無援《こりつむえん》の警部という設定になっている。なにしろ、新宿署唯一《ゆいいつ》の単独遊軍捜査官なのだ。警官とやくざの間には互いのメンツを立てるとか貸し借りの関係が生じるものだが、鮫島はそのメンツを無視して、法に触れた者を片《かた》っ端《ぱし》から引っ張ってしまう。署内でも迷惑《めいわく》がられているが、やくざにも嫌われて「鮫」の異名《いみよう》をとる男である。この設定が最大のミソ。

つまり、はみだし刑事なのだが、そのはみだした理由として、国家公務員上級試験に合格したキャリアが公安内部の暗闘に巻き込まれ、その鍵を握る手紙を預かったまま、所轄署《しょ》に転任したという設定を作者は作り上げる。すなわち、本書の主人公・鮫島は「いつか警察機構を根底から揺《ゆ》るがす爆弾」を抱いたまま、新宿署長預かりの形で防犯課に配属されたとの設定なのだ。

この大がかりな背景こそが『新宿鮫』を成立させている根本である。そしてこれこそが大沢在昌をダイナミックに変貌させた「けれん」なのである。『大辞林 第二版』によれば、「けれん」とは「他人の気を引いたり、自分を正当化したりするための、おおげさで不自然な言動。ごまかし。はったり。」と書かれている。これを読むと、マイナスのイメージがつきまとうが、実は「けれん」をプラスに考えたとき、エンターテインメントを成立させるためのひとつの有効な方法になりうる。

このことをもう少し説明する。リアリズムも大切だが、あまりにも現実にこだわりすぎると物語がちんまりと小さなものになってしまうのである。時には現実を大胆《だいたん》に無視する蛮勇《ばんゆう》も必要だ。いや、無視する、じゃないな。作り替える、と言い換えよう。物語に「けれん」を導入することで、リアリズムの呪縛《じゅばく》から解放されることも時には重要なのである。いや、リアリズムを無視するわけではない。荒唐無稽《こうとうむけい》の話にすればいいというわけではない。正確に記《しる》すならば、物語はどこかにはったりがないと、ちんまりとまとまってしまうという話だ。荒唐無稽の線をぎりぎり越えずに、しかし限りなく接近して「けれん」を導入できれば、物語に華《はな》が生まれてくる、ということだ。

そうなのである。『新宿鮫』以前の大沢作品に唯一欠けていたのはその華ではなかったか。本書の直前に書かれた『氷の森』が正統ハードボイルドの傑作でありながらも、まだ作者を変貌させるにいたらなかったのは、その方法論の違いだと思う。

この「けれん」は欧米《おうべい》型のエンターテインメントに多く見られる趣向《しゅこう》で、時にはバカヤロと言いたくなる設定もあったりするが、そのためにダイナミックな話となる傾向が少なくない。もちろん、物語にとってこれは諸刃《もろは》の剣《つるぎ》で、あまりその設定に寄り掛かりすぎると今度は荒唐無稽に近づいていく。将来的にはこの「新宿鮫」シリーズにもその懸念《けねん》はあるが、作者はぎりぎりのところできわどい綱渡《つなわた》りを開始したのである。本書におけるその決意と飛躍がこの作者を変貌させたのである。大沢在昌は作家であると同時に、翻訳《ほんやく》エンターテインメントの熱心な読者でもあり、知らず知らずのうちにその「けれん」を会得《えとく》していたような気がするがどうか。

言うまでもないことだが、「けれん」を導入すればすべての物語に華が生まれるというわけではない。キャラクター造形にすぐれ、ストーリー作りに秀《ひい》でた作家が、その最後に持つひとつの方法論としてのみ意味があるのである。大沢在昌にしても、悪戦苦闘の十余年があったからこそ、そして『氷の森』というそれまでの集大成《しゅうたいせい》があったからこそ、この『新宿鮫』が生まれたのだ、と思う。

かくて緊迫感あふれる物語が私たちの前に現われた。藤原審爾《ふじわらしんじ》「新宿警察」シリーズを始めとして新宿を舞台にした警察小説は過去にもあり、はぐれ刑事との設定も珍しいわけではないが、この『新宿鮫』のように、主人公から脇役にいたるまで存在感豊かに活写《かっしゃ》され、息をのむような緊張感が全編を貫《つらぬ》く小説はきわめて少ない。

その数少ない例外の傑作が本書だ。さあ、存分に愉《たの》しんでいただきたい。

（光文社文庫初刊本から再録）

一九九〇年九月　カッパ・ノベルス（光文社）刊
一九九七年八月　光文社文庫

光文社文庫

長編刑事小説

新《しん》宿《じゅく》鮫《ざめ》　新宿鮫《しんじゅくざめ》1　新装版

著者　大《おお》沢《さわ》在《あり》昌《まさ》

2014年2月20日　初版1刷発行
2022年10月30日　10刷発行

発行者　鈴木広和
印刷　萩原印刷
製本　ナショナル製本

発行所　株式会社　光文社

〒112-8011　東京都文京区音羽1-16-6
電話　(03)5395-8149　編集部
8116　書籍販売部
8125　業務部

落丁本・乱丁本は業務部にご連絡くだされば、お取替えいたします。
ISBN978-4-334-76698-6　Printed in Japan

組版　萩原印刷